Christian Scheller

Unbewohntes Land

Roman

Lektorat: Katja Scheller

Autorenfoto: Thomas Gruner

„...und während ihr in der Kneipe sitzt
und jammert, dass das Leben scheiße ist,
sitz´ ich hier, vor ´nem Stück Papier,
der eine jagt den nächsten Geistesblitz...“

Jan Delay

„Fantasie ist nicht Ausflucht.
Sich etwas vorstellen heißt,
eine Welt bauen, eine Welt erschaffen.“

Eugène Ionesco

Mit sagenhaften zweiundsiebzigtausend Kilometern pro Stunde, raste der gut neunzig Kilogramm schwere Asteroid am Mars vorbei. Er hatte keinen Namen, da ihn bis dato niemand auf dem Schirm hatte. Inmitten seiner Flugbahn lag der Planet Erde.

Wäre er nur vierzig Kilo leichter gewesen, wäre er allenfalls als Sternschnuppe am Himmel der Welt in Erscheinung getreten, wobei er, im Idealfall, den ein oder anderen zufälligen Beobachter noch zu einem stillen Wunsch inspiriert hätte, ehe er durch Verglühen aufhörte zu existieren.

Doch von diesem Geschoss, aus den Tiefen des Weltalls, sollte sehr wohl etwas übrig bleiben, was den Erdboden erreichte. Und wäre es nur kohlenstoffhaltiges Gestein und Metall gewesen, gäbe es dieses Buch nicht.

1

Heute war es auf den Tag genau sieben Jahre her, als die zivilisierte Welt begann zusammenzubrechen.
Es war schon komisch, weshalb ich genau wusste, welcher Tag heute war, obwohl es eigentlich nur noch darum ging, etwas zu Essen zu beschaffen und nicht krank zu werden. Zu überleben. Aber ich glaube gerade das hielt uns jämmerlichen Rest (von immerhin einmal fast 8 Milliarden) davon ab, völlig zu resignieren. Alltag und Struktur. Zu wissen, welchen Tag wir heute hatten. Heute war mein achtunddreißigster Geburtstag.

Vor sieben Jahren, als der Meteorit in Russland, siebzig Kilometer südlich der Stadt Jakutsk, niederging, hatte ich eine statistische Chance den heutigen Tag zu erleben, die gegen Null tendierte. Nicht, dass Pokrovsk 1 (als man den Meteoriten fand, erhielt er diesen Namen) eine Druckwelle oder sonst dergleichen zerstörerische, physikalische Kräfte entfaltet hätte. Dafür war er einfach zu klein. Trotzdem brachte er das Massensterben auf den Planeten Erde.

Am Dienstag dem fünfzehnten April, meinem einunddreißigsten Geburtstag, überschlugen sich die Ereignisse.
Damals lebte ich in der geografischen Mitte Deutschlands.
Ich war frisch verliebt und freute mich an diesem herrlichen Frühlingstag auf einen abendlichen Restaurantbesuch mit ein paar ausgewählten Freunden und meiner hübschen, neuen Freundin. Seit drei Wochen waren wir nun offiziell zusammen.

So saß ich am frühen Mittag, frisch geduscht, auf meiner Couch, vor mir eine duftende Tasse Kaffee.
Ich hatte in dieser Woche Urlaub genommen, da ich es hasste auf Arbeit mit einem gequälten Dauergrinsen herumlaufen zu müssen, nur damit Kollegen, die ich nicht leiden konnte oder kaum kannte, mir einer nach dem anderen alles Gute zum Geburtstag wünschen konnten.
Der Fernseher lief und ich war damit beschäftigt, mir auszumalen, was wohl die zuckersüße Maus mir schenken würde, mit der ich nun fast täglich fantastischen Sex hatte.

Ich war alt genug um zu wissen, dass, wenn wir zusammen blieben, es sich mit viel Glück auf ein bis zweimal wöchentlich reduzierte, aber im Moment waren wir so wild auf den Körper des jeweils anderen, dass ich das als weit entfernte Zukunftsmusik abtat.

In den zwölf Uhr Nachrichten ging es um das Übliche: Horrorunfall auf der Autobahn, einen anschließenden Massencrash auf der Gegenspur, verursacht durch Gaffer, Banküberfall und Politik. Ganz am Schluss wurde von einem Meteoriten berichtet. Kein Fund sondern ein Fall, wie der Nachrichtensprecher erklärte. Das bedeutete, dass man zuvor den Niedergang des Gesteinsbrockens auf die Erde beobachtet hatte. Ein außerirdischer Klumpen, der in der Weite Russlands keinen Schaden angerichtet hatte. Man wollte ihn untersuchen. Aus gegebenem Anlass würde man heute Abend um zweiundzwanzig Uhr dreißig eine fünfundvierzig minütige Dokumentation über Meteoriten zeigen. So genau hörte ich damals gar nicht hin. Ich ließ die Informationen auf mich einplätschern, während ich meinen Kaffee schlürfte und mein Unterbewusstsein *Laaaaangweilig!* schrie. Wie dem auch sei.

In Russland braute sich eine Katastrophe apokalyptischen

Ausmaßes zusammen und ich hörte mir Songs auf Youtube an (größtenteils gefühlvolle Balladen – ich schwebte seinerzeit auf Wolke sieben) und genoss die Vorfreude auf schöne Stunden bei meinem Lieblingsitaliener, bei denen ich im Mittelpunkt stehen würde.
Es kam dann genau so.

Der Abend war fantastisch.
Wir bekamen einen tollen Tisch, das Essen war hervorragend. Ich hatte Vitello Tonnato bestellt. Anschließend Spaghetti mit reichlich frisch gehobeltem Trüffel. Wir lachten Tränen beim Erzählen von Anekdoten aus früheren Tagen. Kirsten wich nicht von meiner Seite und streichelte und liebkoste mich. Mit ihrem Geschenk hatte sie ins Schwarze getroffen. Ein Buch meines Lieblingsautors Richard Laymon. Es war zwar gebraucht, aber das eigentlich Besondere erwartete mich, als ich es aufschlug. Es enthielt eine persönliche Widmung von Laymon. Einfach nur genial!
Nach einem gelungenen Abendessen wechselten wir in eine benachbarte Bar. Wir hatten Glück, denn im Moment unseres Eintreffens, stand eine Gruppe aus einer der

gemütlichen Couchnischen auf.

Nachdem Kirsten die Karte studiert hatte, erkundigte sie sich bei der Bedienung nach einem Drink mit dem Namen *Ellens Finest*. Die freundliche, junge Frau grinste und erklärte, dass sie da genau die Richtige ansprechen würde, denn sie sei der Grund, weshalb es diesen Drink überhaupt gäbe. Bei einem Junggesellinen-Abschied, an dem eine Freundin der Barkellnerin teilgenommen hatte, wurden seinerzeit Glückskekse verteilt. Die junge Frau berichtete weiter, dass eine Freundin namens Ellen den Spruch: *Nach Ihnen wird einmal ein Getränk benannt! aus* ihrem Gebäckstück schälte. Da eben diese Freundin sich jedoch gegen jegliche Art von Aberglauben erhaben zeigte, nahm sich die Barkellnerin den Spaß heraus, ihren Chef zu überreden diesen Drink auf der Karte zu platzieren.

„Das eigentlich Lustige ist ja, dadurch, dass vergessen wurde, die Zutaten mit aufzuführen, fragen extrem viele Leute nach und etliche bestellen dann den Drink."

„Was ist denn drin?", erkundigte sich Kirsten.

„Wodka, Karamellsirup, Grapefruit- und Cranberrysaft."

„Hört sich gut an, ich probiere ihn."

Während hinter der Bar unsere Getränke zubereitet wurden, erreichte uns das brisante Thema. Auf Flatscreens, welche in den Ecken unter der Decke hingen, lief N24. Der Sender verkündete mysteriöse Todesfälle nach der ersten Untersuchung des Meteoriten. Die drei Männer, die im Auftrag ihrer wissenschaftlichen Organisation mit dem Schwerpunkt Meteoritenkunde, eine erste Probe entnommen hatten, waren allesamt elendig verreckt. Als dann im Ticker wiederholt ---*Killerbakterien aus dem All?*--- durchlief, gab man der Dame im Fernsehen eine Stimme, indem die Musik leiser gestellt und der TV-Ton hochgefahren wurde. Das verarbeitete mein Gehirn schon eher als interessante Information, im Gegensatz zu den vorangegangenen zwölf Uhr Nachrichten. Doch irgendwie war selbst das noch ziemlich weit weg. Ich empfand Sorge und die entfachte Berichterstattung als zugegebenermaßen brisant. Mehr aber auch nicht. Unser Gesprächsthema, wie auch das der anderen Barbesucher, drehte sich jedenfalls in diesem Moment um den Meteoriten und um ein mögliches Seuchenszenario.

„Die sollen ja aufpassen, dass sie den Scheiß da bei sich behalten! Wenn das erst mal über die Grenze gelangt, könnte es echt gefährlich werden. Nicht auszudenken!“, äußerte sich kopfschüttelnd ein schmerbäuchiger Gast am Tresen und blickte, um Zustimmung heischend, in die Runde, bevor er sich wieder dem Fernsehbild und seinem halb ausgetrunkenen Glas Pils zuwandte.

Ich glaubte daran, dass wir das Meteoritenthema mit dem Verlassen der Bar bis zu den nächsten Hauptnachrichten hinter uns gelassen hätten, doch Kirsten und ich waren kaum angegurtet, als der Taxifahrer uns in seinem Rückspiegel musterte (Kirsten länger und irgendwie anzüglich) und ungefragt anfing drauflos zu plappern.

„Habt ihr das mit dem Asteroiden schon gehört?“

„Meteorit.“

Der Mann auf dem Fahrersitz zippelte kurz an seiner grauen Schiebermütze und tat einfach mal so, als hätte er meine Berichtigung nicht gehört.

„Das ist ja mal was. Also wenn die da nicht höllisch aufpassen, dann haben die ein echtes Problem. Die hätten an diesem Asteroiden gar nicht erst rumfummeln sollen. Schuld sind sie doch selbst!“

Ich beugte mich etwas vor.

„Meteorit. Sobald das Ding in die Erdatmosphäre eintritt und dabei nicht zur Gänze verglüht, handelt es sich um keinen Asteroiden mehr, sondern um einen Meteoriten."

Ich muss zugeben, ich war etwas angedüdelt, als wir uns endlich ins Bett kuschelten. Selbstverständlich bekam ich noch fantastischen Geburtstagssex und schlief anschließend selig und erschöpft ein. Meine letzten Gedanken galten unserem Taxifahrer, der stoisch und beratungsresistent seine Meinung kund getan hatte und dabei vollkommen ignorierte, dass wir sie nicht einmal hatten hören wollen.

Am nächsten Morgen erwachte ich allein in meinem Bett. Kirsten hatte um sieben Uhr auf Arbeit sein müssen. Sie war in einer Event-Agentur tätig, die gerade damit beschäftigt war, die Deutschlandtour irgendeiner angesagten Boyband (deren Hype mir verborgen blieb) zu organisieren und hatte somit alle Hände voll zu tun.

Nachdem ich mich erleichtert hatte, tapste ich in die Küche. In der Spüle stand eine einsame Tasse. Kirsten hatte wohl noch einen schnellen Kaffee geschafft, während sie sich für ihren Job fertig gemacht hatte. Auf dem Küchentisch lag ein Zettel.

Du siehst sooo süß aus, wenn du schläfst!
Würde mich heute Abend zu dir zum Essen einladen.
Du kochst!

Ich musste schmunzeln, beim Lesen ihrer schriftlichen Hinterlassenschaft.

Als ich für das Abendessen einkaufte, traf es mich wie einen Schlag.
Ich hatte mich mit dem Vorhaben Pasta für uns zu kochen, in einen Supermarkt begeben. *Pasta e basta!,* wie die sagen würden, die es erfunden hatten. Grandios war, dass Kirsten nie mäkelte. In den vergangenen drei Wochen hatte ich erfahren dürfen, dass sie weder vor Meeresfrüchten, noch vor Knoblauch, Fleisch oder scharfen Gerichten zurückschreckte. Es sollte also Gnocchetti Sardi mit schwarzen Oliven, Kapern, Knoblauch und Thunfisch in

einer scharfen Tomatensauce geben. Dazu einen anständigen sardischen Rotwein.

Da stand ich nun im Supermarkt und traute meinen Augen kaum. Ausnahmslos alle Kunden schienen heute ihren Monatseinkauf zu erledigen. Viele von ihnen schoben gleich zwei Einkaufswagen mit hochgestapelten Paletten mit Dosensuppen und Mikrowellengerichten und dergleichen mehr vor sich her. Wasser war ausverkauft und Konserven standen nur noch einzeln in den geplünderten Regalen. Die Menschen hier kauften nicht mehr nur ein, sie rannten wie angestochen hin und her und bevorrateten sich, als gäbe es kein Morgen.

Im Regal, wo sonst die Nudeln zu finden waren, war...nichts. Der Inhalt von zwei, drei zerrissenen Tüten lag noch auf dem granitfarbenen Boden des Supermarktes verstreut.

Ja, so fing es an, damals.

Heute, sieben Jahre später, lebten vielleicht noch zwei bis drei Prozent der einstigen Weltbevölkerung.

Wir wussten jetzt, dass das, was der Meteorit mit sich brachte, bei Kontakt tödlich für jedwedes Säugetier war, wozu ja bekanntermaßen auch die Gattung Mensch gehörte. Die Inkubationszeit betrug gerade einmal zwischen zehn und zwölf Stunden. Danach zeigten sich beim Infizierten leichte Erkältungssymptome. Husten, Niesen, gefolgt von starken Halsschmerzen und Schüttelfrost, dann Sturzblutungen aus Ohren, Nase, Augen, Rachen und After. Anschließendes Versagen sämtlicher Organe und letztendlich der Exitus. Von den ersten Symptomen bis zum Tod vergingen keine zwanzig Minuten.

Während der zehn- bis zwölfstündigen Zeit des Angestecktseins, war es unmöglich festzustellen, ob man infiziert war oder nicht. Weder gelang es Wissenschaftlern etwaige Zellen, Bakterien oder Viren unter einem Mikroskop zu sichten, noch ein Gegenmittel herzustellen, dass den Krankheitsverlauf hinauszögerte, geschweige denn aufhielte.

Abgesehen davon, wurde kurz nach Bekanntwerden der ersten Todesfälle nur minimal Forschung betrieben, denn dadurch, dass alles innerhalb von Stunden zusammenbrach, war ein Erfahrungsaustausch oder das Vergleichen von Forschungsergebnissen schlichtweg unmöglich. Fakt war, dass sich das Zeug, welches der Meteorit auf sich trug, rasend schnell verbreitete.

Nahmen wir einmal an, jemand berührte mit seiner bloßen Hand eine infektiöse Stelle, oder aber den Meteoriten selbst und hat dann, gute zehn Stunden lang, keinen blassen Schimmer von seiner Infektion. In diesem Zeitraum trug derjenige den außerirdischen Dreck an alles weiter, was er eben mit dieser Hand anpackte. Alle Säugetiere, die mit dieser Hand berührt wurden, infizierten sich direkt. Kontaktierte diese Hand ein Autodach und Tage später ließ sich dort eine Katze für ein Sonnenbad nieder, war diese anschließend ebenfalls kontaminiert und trug die nächsten zehn bis zwölf Stunden das Zeug sonst wohin.

In den lächerlich wenigen Stunden, in denen man noch hoffte, die Epidemie eingrenzen zu können (am Anfang wurde versucht Russland zu isolieren, dann die Kontinente Europa und Asien und schließlich die nördliche Erdhalbkugel – wovon übrigens nichts half), fand ein Experiment mit einem Affen statt. Der durchführende Virologe war auf dem richtigen Weg. Während er einen Schutzanzug mit externer Atemluftversorgung trug, warf er dem Affen einen kleinen Ball zu, den dieser auffing, um ihn kurz darauf achtlos liegen zu lassen. Primaten eben.

Besagter Ball wurde einer Katze zugespielt, die sich

begeistert damit beschäftigte. Der Wissenschaftler wollte herausfinden, ob das allein schon ausreichte, den Dreck aus dem All weiterzutragen. Als er zehn Stunden und vierunddreißig Minuten später sein positives Ergebnis verzeichnete, befand sich die Welt bereits heillos im Chaos.

War es Glück oder Pech, dass ich noch am Leben war?
Ich glaubte, die wahre Hölle war nicht die, in die wir nach unserem Tod fürchteten zu kommen (und diese Angst hegte ein jeder, der an so etwas wie Himmel und Hölle glaubte, da das normale Menschsein zwangsläufig verbunden war mit sogenannter Sünde), sondern die wahre Hölle war das Leben selbst. Und ich meinte das als Optimist. Was ich damit sagen wollte war, dass derjenige, der das Leben meisterte, den Himmel mehr als verdient hatte. Selbst für einen gesunden Mitteleuropäer hielt das Leben mit all seinen schönen Facetten doch Unvermeidbares bereit: Schmerz, Liebeskummer, Selbstzweifel, Verlustängste. Selbst wenn man in einer wohlhabenden Zivilisation mit achtzehn Jahren zehn Millionen im Lotto gewann – alle genannten negativen Gefühle hätten trotzdem auf einen gewartet.

2

Der größte Teil von uns Übriggebliebenen (eigentlich alle soweit mir bekannt war) lebte am Meer oder in dessen unmittelbarer Nähe. Die mit Abstand wichtigste Erkenntnis, als die menschliche Rasse anfing wieder zu Barbaren zu mutieren, war nämlich die, dass verseuchte Gegenstände mit Meerwasser neutralisiert werden konnten. Man versuchte das gleiche Ergebnis mit gesalztem Süßwasser zu erzielen, ohne Erfolg. Es wurde alles ausprobiert, was die Palette an Flüssigdesinfektionsmitteln hergab, es gab sogar Tests mit Urin. Nichts davon funktionierte. Einzig natürliches Meerwasser entfaltete die gewünschte Wirkung. Allerdings blieb ein infiziertes Säugetier infiziert. Da konnte es stundenlang im Ozean baden und das Wasser bis zum Erbrechen saufen (solche verzweifelten Bemühungen fanden tatsächlich zuhauf statt), es blieb dem Tode geweiht.

Hier saß ich nun unter den Palmen eines ehemaligen fünf

Sterne Hotel-Resorts und blickte hinaus auf den südchinesischen Ozean. Beim Betrachten des Horizontes fragte ich mich, wie weit ich wohl würde sehen können, wenn es die Erdkrümmung nicht gäbe. Ich meinte, wir sahen ja auch die Sterne, die Millionen von Lichtjahren entfernt waren. Wenn die Erde nicht als Kugel, sondern wie ein Suppenteller geformt, im All ihre Bahnen um die Sonne ziehen würde, könnte ich dann vom einen Ende, über die Ausbuchtung in der Mitte bis hin zum anderen Ende blicken?

So aber reichte meine Sicht lediglich bis zu der Linie, an der Himmel und Meer aufeinandertrafen. Ob irgendwo dahinter noch menschliches Leben existierte? Ich glaubte ja.

Was ich allerdings gar nicht einzuschätzen wagte, war, ob diese Menschen (so es sie denn gab) es mittlerweile geschafft hatten, der Seuche insoweit Herr zu werden, dass sie wieder ohne Angst zusammenleben konnten.

Vielleicht in Häusern mit Strom und vielleicht sogar mit so etwas wie einer funktionierenden Infrastruktur und anderen vergleichbaren Annehmlichkeiten. Oder saßen die da genauso verzweifelt in kleinen Grüppchen herum und misstrauten allem und jedem, dachten nicht an Luxus und

Kultur, sondern versuchten von Tag zu Tag zu überleben, so wie wir es an diesem Strand taten?

Ich sah Kirsten nie wieder. Das Chaos, mit dem ich anfänglich im Supermarkt erstmalig konfrontiert wurde, war wie ein Flächenbrand durch Europa gerast und als auch dem letzten Hinterwäldler klar wurde, dass ein Massensterben den Planeten heimsuchte, hatte der Tag noch gute drei Stunden, ehe Tag zwei, nach Bekanntwerden der Seuche, begann.

Ausnahmslos jeder war damit beschäftigt, sich zu Hause zu verbarrikadieren oder sich ohne Rücksicht auf Verluste, zu dem Ziel durchzuschlagen, von dem er glaubte, dort sicher (sicherer) zu sein.

Die zwölf Uhr Nachrichten wurden noch ausgestrahlt. Bei der fünfzehn Uhr Tagesschau blieb der Bildschirm auf ARD schon dunkel. Zu dieser Uhrzeit wurde das reguläre Programm von RTL (Hartz IV-TV) durch eine Sonderberichterstattung unterbrochen, aber es war bereits abzusehen, dass die Aufrechterhaltung der Sendebereitschaft nur noch eine Frage der Zeit war.

Ich stopfte alles, von dem ich der Meinung war, es könnte von Nutzen sein, in einen Rucksack. Proviant, Armeemesser, Kreditkarte, Bargeld, Trinkwasser und ein paar Klamotten. Ich hatte vor, Kirsten von der Arbeit abzuholen. Die Option Auto gab es für mich nicht, da die Straßen hoffnungslos verstopft waren. Es hatte etliche Unfälle gegeben, weil die Leute die Straßenverkehrsordnung nicht mehr für voll nahmen; Polizei war nirgends in Sicht und so entschied ich mich für mein Fahrrad.

In weiser Voraussicht, stahl ich zusätzlich ein altes Damenrad aus dem Fahrradkeller, in der Hoffnung, Kirsten und mir somit ein schnelleres Vorankommen zu ermöglichen, als den aggressiven Fußgängern und Autofahrern. Telefonverbindungen kamen nicht zustande und das Allerschlimmste für die meisten Menschen um mich herum war wohl, dass das Internet nicht funktionierte. WhatsApp, Facebook, e-mails gleich Fehlanzeige.

Ich fuhr in die Richtung von Kirstens Arbeitsstelle, wobei ich mit der linken Hand meinen Fahrradlenker führte und mit der rechten, das geklaute Damenrad. Inmitten der Fahrbahn, auf der sonst die Autos mit durchschnittlich 60 km/h dahin brausten, schlängelte ich mich zwischen den, Stoßstange an

Stoßstange klebenden, Wagen hindurch.

Schon beim Betrachten aus der Ferne, verhieß das Gebäude, in dem Kirstens Arbeitgeber seine Büros unterhielt, nichts Gutes.

Der im Erdgeschoss untergebrachte Supermarkt wurde gerade geplündert. Scheiben gingen zu Bruch und Leute prügelten sich im und vor dem Geschäft.

Dort angekommen, schloss ich die Fahrräder in einer Seitenstraße zusammen.

Ich rannte zum Eingang und hetzte die Stufen zur zweiten Etage hinauf. Vom Treppenhaus aus, gestattete mir eine Vollglastür einen Blick in das Innere der Agentur, die aber, wie ich schon befürchtet hatte, den Anschein machte, als wäre niemand mehr da.

Mehrmals betätigte ich die, neben der Tür angebrachte, Klingel. Niemand reagierte.

Ihr Auto fand ich. Es stand verschlossen auf dem Tiefgaragenparkdeck.

Damals versuchte ich einen plausiblen Weg nachzuvollziehen, der von ihrer Arbeitsstelle aus zurück zu mir führte (was unter Berücksichtigung, dass sie weder das

Auto noch irgendwelche öffentlichen Verkehrsmittel genutzt haben konnte - die fuhren nämlich nicht mehr), nur den kürzesten Fußweg als Überlegung zuließ.
Ich fuhr die gut acht Kilometer lange Strecke mit dem Rad ab. Das Damenrad hatte ich gelassen wo es war; mir ging es nur noch darum, irgendwie Kirsten ausfindig zu machen.

Bis heute weiß ich nicht, was ihr widerfahren ist.

Ziemlich bald tauchten Unmengen von Spinnern auf, die sich hinstellten und lauthals öffentlich bekannt gaben, dass die Seuche die gerechte Strafe Gottes für all die menschlichen Sünden sei. Und auch solche, die meinten zu wissen, dass Aliens uns diesen Meteoriten geschickt hatten, weil der Mensch den Planeten zerstörte und ungerecht mit der eigenen Rasse umgegangen war und nun aus diesen Gründen ausgelöscht werden sollte.
Das Geplärre dieser Möchtegern-Prediger empfand ich als unglaublich anmaßend und extrem nervig.
Glücklicherweise starben diese Esotherikfreaks wie die Fliegen. Wie alle anderen auch.

Meine Meinung war, falls tatsächlich irgendwelche Aliens diesen Tod und Verderben bringenden Gesteinsbrocken zur Erde entsandt hatten, um alle Säugetiere zu vernichten, so waren diese nicht ganz dicht und nach allem, was ich in den letzten sieben Jahren mit ansehen musste, hätte ich nicht übel Lust, den Verursachern brutalste Gewalt anzutun. Aber diese Variante will nicht so recht in meinen Schädel. Ja, es hatte Kriege, Morde, Bereicherungen ohne Ende zum Schaden anderer und Gewaltverbrechen jeglicher Art gegeben in der einstigen Zivilisation und das stünde zurecht, bei einer Bewertung Außenstehender, in unserer Contra–Spalte.

Was aber war mit der Pro–Spalte? Nächstenliebe, Mitgefühl, Familiensinn, Hilfsbereitschaft, nachhaltiges Nutzen der planetarischen Ressourcen und der stetige Wille, aus Fehlern zu lernen und es in Zukunft besser zu machen. Bewusstes, demütiges und dankbares Leben. Auch das hatte seinen Platz in der damaligen Weltordnung!

3

Wir lebten hier zu siebt.

Da war Melanie mit ihrer jüngeren Schwester Lena, der Australier Kent, ein älterer Herr den wir Rolf nannten sowie Ben, Birko und meine Wenigkeit.

Melanie war neunundzwanzig, ihre Schwester Lena neunzehn, Kent war einundvierzig, Rolf um die siebzig – genau wusste er das selber nicht, da er einmal dermaßen eins auf seine Rübe bekommen hatte, dass er sich an sein früheres Leben nicht erinnern konnte (der Glückliche). Ben war zweiunddreißig Jahre alt und Birko fünfundzwanzig.

Abends, am Strand, leuchtete nicht nur unser Feuer in der Dunkelheit. In einigen Kilometern Entfernung, jeweils rechts und links von uns, gab es weitere Lagerfeuer, an denen kleine Gruppen von Überlebenden saßen. Doch kamen diese Menschen nicht zu uns und wir nicht zu ihnen. Alle hatten wahnsinnige Angst vor Ansteckung. Innerhalb unserer Gruppe wussten wir, dass keiner infiziert war. Bisher zumindest. Ein Austausch mit Menschen anderer Gruppen wäre zu riskant gewesen. Ich mochte nicht sagen, dass wir abgestumpft waren. Es war mehr so, dass uns der natürliche Selbsterhaltungstrieb gewisse Dinge verbot. Da war vor einigen Wochen zum Beispiel diese Frau mit ihrem Baby. Sie kam einfach so eines Tages den Strand entlang, einen in ein Tuch gehüllten Säugling, auf einer groben Decke hinter sich herziehend. In Rufweite blieb sie stehen. Jeder der fremd war und nicht in Rufweite stehen blieb, war eine potentielle Bedrohung für die Gruppe und das eigene Leben.

Sie stand da, die langen Haare vom Wind zerzaust, sah zu uns herüber, die wir an diesem Abend am Lagerfeuer saßen und Fisch brieten. Sie weinte.

Von uns sagte niemand etwas, bis sie sich soweit gefestigt hatte, dass sie das Wort erhob.

„Hört mich an! Ja ich habe mich mit ziemlicher Sicherheit angesteckt und werde bald sterben!"

Der Australier und Rolf tauschten ernste Blicke, wobei Kent mit seiner Rechten einen Holzknüppel umfasste, mit dem er zuvor in der Glut gestochert hatte.

„Mein Baby hier, ich schwöre es bei allem was mir heilig ist, ist gesund! Bitte, ich flehe euch an, nehmt es bei euch auf! Ich habe es nicht berührt, seit ich...seit ich mich angesteckt habe. Niemand will mir glauben, dass das Kleine gesund ist! Man hat mich weggejagt, bitte helft!“

Die junge Frau lief erbärmlich schluchzend zurück in die Richtung, aus der sie gekommen war. Die Decke mit dem Säugling ließ sie liegen.

„Hey! Lady! Nehmen Sie ihr Baby mit! Hey! Verdammt nochmal!“

Kent hatte sich erhoben, machte jedoch keinerlei Anstalten der Frau zu folgen oder nach dem Baby zu sehen.

„Bloody Hell.“

Er setzte sich zurück ans Feuer.

Dass er zu unserer Gruppe gehörte, hing auch damit zusammen, dass Kent drei Jahre lang als Moderator bei einem deutschen Radiosender gearbeitet hatte. Mit seinen sonnengebleichten, strohgelben Haaren sah er aus wie ein Surflehrer.

„Und jetzt?“, fragte Lena. „Wir können das Würmchen doch nicht einfach da liegen lassen!“

„Wir können aber auch nicht einfach da hin latschen und uns den Tod holen“, erwiderte Ben, ohne den Blick von seinem Fisch zu nehmen, der aufgespießt am Ende seines Stockes über dem Feuer briet. Am Horizont versprach der glutrote

Himmel das baldige Einsetzen der Dämmerung. Von meinem Platz aus, konnte ich erkennen, wie sich das kleine Bündel bewegte. Wenigstens schrie es nicht, aber es würde wohl nur eine Frage der Zeit sein, bis das Neugeborene versuchen würde, sich mitzuteilen.

Es entbrannte eine hitzige Diskussion um das Dilemma, bei der die beiden Frauen emotional „pro Baby" argumentierten und die Herren (zu meiner Schande sei gesagt, dass ich mich hierbei nicht ausnehmen konnte) kühl und sachlich, „contra Baby" Stimmung machten. Allein Rolf verlor kein einziges Wort über unsere missliche Lage. Umso aufmerksamer wurde die Gruppe, als er (unser Wortgefecht drehte sich im Kreis) seine Stimme erhob.

„Wir rühren das Kind nicht an. Sollte es morgen früh noch am Leben sein, versuchen wir mit allem, was in unserer Macht steht, dem Wunsch der Mutter nachzukommen."

Rolfs Stimme war ruhig und seine Worte schienen wohl durchdacht. Die Nacht würde lau werden. Falls das Kleine wirklich nicht infiziert war und sich Mutter Natur gnädig erwies, hätte es zumindest eine Chance. Wie zum Protest, plärrte es in genau diesem Augenblick los.

Rolfs Meinung hatte in der Gruppe Gewicht, so blieben wir

trotz des greinenden Säuglings, jeder für sich recht nachdenklich, am Feuer sitzen und aßen, was wir Stunden zuvor dem Meer abgerungen hatten.

Bei jedem erneuten Luftholen des Babys hofften wir, dass es vielleicht aufhören würde zu schreien. Ich war mir sicher, dass uns das Geplärre innerhalb der nächsten Minuten in den Wahnsinn treiben würde, doch noch blickte ein jeder von uns stur in die Glut des mittlerweile heruntergebrannten Feuers und tat so, als höre er nichts. Dann endlich wurde das Schreien des Babys zaghafter, weniger wütend, bevor es schließlich ganz verstummte. Es war über seine anstrengende Schreierei eingeschlummert, nur bezweifelte ich, dass es die Nacht durchschlafen würde. Unsere Schlafplätze, die, aus mit Meerwasser gereinigten Poolliegen bestanden, befanden sich nur knappe einhundert Meter entfernt unter einem Terrassendach des ehemaligen Urlauberresorts.

Wir waren allesamt ziemlich müde, da wir den Tag unter anderem damit verbracht hatten, einige Kilometer im Landesinneren Süßwasser, von einem dort fließenden Bach zu besorgen. Immer dabei, bei solchen Exkursionen, waren mit Meerwasser gefüllte Plastikflaschen, um etwaige kontaminierte Gegenstände zu neutralisieren. Wir hatten uns abgewöhnt, Sachen mit bloßen Händen zu berühren. Stattdessen trugen wir lange Stöcke mit uns, die wir bei unserer Rückankunft ins Meer tauchten, um uns nicht vielleicht doch noch, auf indirektem Weg, zu infizieren.

Ich hatte noch nicht lange geschlafen, als ich von dem schreienden Kind geweckt wurde. Der Wind trug sein Brüllen genau in unsere Richtung. Ich wälzte mich auf die andere Seite und vergrub meinen Kopf unter der Decke. Irgendwann musste ich dann wohl wieder in den Schlaf gefunden haben, denn mitten in der Nacht weckte mich meine volle Blase. Ich horchte in die Dunkelheit, konnte außer dem Meeresrauschen kein Geräusch ausmachen. Vorsichtig ging ich das Stück zu dem Ort, an dem wir für unsere Notdurft eine Grube ausgehoben hatten. Leise, fast so als fürchtete ich, das Baby sonst zu wecken und zu einem neuerlichen Schreimarathon zu animieren, schlich ich zurück zu meinem Schlafplatz.

Am darauffolgenden Morgen weckten mich laute Schluchzer Lenas, die direkt neben meiner Liege stand. Schlaftrunken blinzelte ich sie an. Beim Versuch zu sprechen zitterten und bebten ihre Lippen.

„Das Baby...“

Mehr brachte sie nicht hervor. Lena ließ sich kraftlos auf das Fußende meiner Liege sinken. Ich machte ihr etwas Platz und schälte mich müde aus meiner Decke. Erst wollte ich mich neben sie setzen, um sie etwas zu beruhigen und in Erfahrung bringen, was denn los war, da sah ich die anderen im Halbkreis um die Stelle stehen, an der gestern noch das Kleine gelegen hatte. Nur, dass da im Moment nichts mehr lag. Da war nur Sand.

Beim Näherkommen sah ich es dann. Nur ein kleiner Zipfel der Decke lugte noch unter dem darüber gehäuften Sand hervor. Jemand hatte das Kind einfach zugeschüttet.

Nach langen Minuten betretenen Schweigens erfuhr ich nur, dass sich alle anderen ebenso ratlos zeigten, wie ich selbst. Ich blickte hinüber zu Ben und Birko. Die Mädchen wären zu so einer niederträchtigen Tat niemals in der Lage, soviel mutmaßte ich. Dann bemerkte ich die argwöhnischen Blicke von Lenas älterer Schwester Melanie. Oh Gott, sie zog doch nicht etwa in Erwägung, dass ich am Ende...?!

Bis heute wusste ich nicht, wer es damals gewesen war. Viele Tränen flossen an jenem Tag und jeder fühlte sich unwohl in seiner Haut und hatte Angst irgendwie verdächtig zu erscheinen, indem was er sagte oder wie er sich verhielt.

4

Diese Kopfschmerzen machten mich noch wahnsinnig! Sie waren nicht sonderlich stark, aber die Tatsache, dass das tumbe, drückende Gefühl mich mitten in der Nacht heimgesucht und mich bis zu diesem, sonst eigentlich recht schönen, Nachmittag begleitet hatte, brachte mich zusehends an den Rand der Verzweiflung. Ja gut, Kopfschmerzen, hatte ich noch beim Aufstehen gedacht, die werden sich schon verflüchtigen, wenn ich erst richtig wach bin. Falsch gedacht. Weder nach dem Frühstück, noch nach dem Schwimmen im Meer und auch nicht nach dem Mittagsnickerchen. Sie hatten sich nicht in Wohlgefallen aufgelöst, sondern waren noch immer da. Sie wurden nicht stärker, aber eben auch nicht schwächer.

Ich saß auf meiner Poolliege und massierte mir die Schläfen. Die Nachmittagssonne schickte ihre Wärme auf die Erde, der Wind blies dazu kräftige aber durchaus angenehme Böen ins Land. Die Luft roch nach Orchideen und Ingwer und hinterließ auf der Zunge einen leicht salzigen Geschmack. Das Meer machte mit seiner herrlichen Brandung und dem dahinterliegenden, türkisblauen Wasser Lust auf ein ausgiebiges Wellenbad. Ich blickte an meinem Körper hinunter. Der Ansatz eines Wohlstandsbäuchleins, den ich vor der Katastrophe an mir feststellen musste, war einer braungebrannten, flachen Bauchdecke gewichen, unter der sich bei Anspannung deutlich die Muskeln abzeichneten. Sehnige Arme und Beine rundeten das Bild von jemandem ab, der sehr auf seine Ernährung achtete und regelmäßig Sport trieb. Nur, dass in meinem Fall der Sport aus Nahrungsbeschaffung bestand und ich fraß was ich kriegen konnte. Unsere Hauptmahlzeiten waren Fisch, Muscheln, Schildkröten, Vögel, Reptilien und Schlangen. Da Säugetiere vom Erdboden so gut wie verschwunden waren, mussten wir uns mit dem begnügen, was da sonst noch so kreuchte und fleuchte. Das Fangen der Fische und vor allem das der Vögel, gestaltete sich als extreme Herausforderung, an der wir mit der Zeit aber gewachsen waren. Was den Fischfang betraf, bastelten wir uns Reusen und Kescher, mit denen wir zumindest im flachen Wasser gute Erfolge erzielten. Das ging immer einige Zeit gut, bis wir uns einen neuen Platz zum Fischen suchen mussten, da die Biester innerhalb von Tagen extrem vorsichtig wurden. Wir besaßen auch ein etwas größeres Netz, an dessen Enden wir schwere Holzscheite geknotet hatten. Das warfen wir über in den Bäumen sitzende Vögel, doch ein Fang gelang uns nur sehr selten. Von daher bedeutete gebratenes Federvieh für uns einen außergewöhnlichen Festschmaus.

Glücklicherweise waren wir in einem sehr fruchtbaren Teil der Erde gestrandet. Wir ernährten uns von Jackfrüchten, deren Geschmack mich stark an den von Bananen erinnerte. Die Kerne im Inneren ließen sich hervorragend rösten. Das Fruchtfleisch kochten wir zu einem wohlschmeckenden Brei, machten Chutneys daraus oder verzehrten es einfach roh.

Kent kannte Pflanzen im Landesinneren, die für mich wie Unkraut aussahen mit ihren dünnen Stengeln, den grasartigen Blättern und der schmutzig gelblichen Blüte. Er wusste, dass deren Wurzel als Ingwerknolle heranwuchs. So würzten wir unsere Speisen mit Meersalz und dem Ingwer, aus dem wir ebenfalls scharfen Tee zubereiteten, der kalt unglaublich köstlich und erfrischend schmeckte.

Ein kulinarischer Hochgenuss war der regelmäßige Schlangeneintopf von Kent, den wir mittlerweile fast alle perfekt nachkochen konnten. Niemand, einschließlich Kent, hätte es vorher für möglich gehalten, dass zubereitetes Schlangenfleisch, weder auf Grund der Konsistenz, noch beim Geschmack, keinerlei Ekel bei uns verursachte. Im Gegenteil. Der erste Eindruck beim Probieren ließ Hühnchen vermuten, nur, dass Schlange viel zarter und feiner war als Geflügel. Ein Bissen und man konnte gar nicht mehr aufhören davon zu essen.

„Hey! Hast du Kopfweh?“

Die Stimme gehörte Lena.

Ich weiß nicht, warum sie sich gerade mich als ihre Bezugsperson ausgesucht hatte, doch war es auch nicht gerade so, dass ich etwas dagegen gehabt hätte. In letzter Zeit erwischte ich mich häufiger dabei, wie ich sie und ihre Art zu reden und sich zu bewegen, interessiert beobachtete.

Natürlich hatte ich nicht ernsthaft vor, mich in ein neunzehnjähriges Mädchen zu verlieben. Außerdem schien mich ihre ältere Schwester nicht leiden zu können. Zumindest warf sie uns immer wieder argwöhnische Blicke zu, sobald wir zusammenhockten. Apropos...Ich sah mich um, konnte jedoch lediglich die Köpfe von Ben und Birko ausmachen, die im Meer schwammen. Von Lenas älterer Schwester Melanie keine Spur. Lena stand vor mir, legte den Kopf schief und blickte mich besorgt an. Ihre Aufmerksamkeit schmeichelte mir. Wahrscheinlich war ihr der fünfundzwanzigjährige Birko zu aufdringlich. Der Gute hatte ihr in letzter Zeit wie ein Gockel den Hof gemacht und dabei weder eine gute Figur abgegeben, noch war er mit einer solchen gesegnet. Birko hatte vor der Katastrophe ordentlich Übergewicht mit sich herumgetragen. Sein Gewicht hatte sich mittlerweile anhand fehlender Cola und Burgern zwar dem Normalbereich genähert, doch die Hautlappen, die an seinem Bauch, den Oberarmen und Beinen herunterhingen, waren alles andere als ansehnlich. Nichts desto trotz schien er vor Lena eine ordentliche Portion Selbstbewusstsein zu besitzen.

„Ja. Jetzt nicht unmenschlich stark, aber ich habe das schon seit heute morgen und langsam nervt es."

„Hm. Bin gleich wieder da."

Es mochten um die zehn Minuten vergangen sein, die mir allerdings wesentlich länger vorkamen, bevor Lena zurückkehrte. Sie lief vorsichtig, um den Inhalt des Gefäßes, welches sie mit ihren beiden Händen umklammernd vor sich hertrug, nicht zu verschütten.

„So, das trinkst du jetzt und dann besorge ich dir noch ein kaltes Tuch für deinen Nacken."

Sie reichte mir den dampfenden Becher, in dem ausgepresste Ingwerstücke schwammen.

„Wow, das ist mal viel Ingwer im Tee", bemerkte ich und pustete in den Becher.

„Soll ja auch richtig schön scharf sein. Sonst wirkt es nicht. Und du musst es trinken, solange es heiß ist. Vertrau mir einfach. Bin gleich wieder da!"

Am liebsten hätte ich sie zurückgehalten, da ich es leid war, auf sie zu warten und sie lieber hier bei mir gehabt hätte, doch sie hüpfte bereits wieder leichtfüßig durch den Sand in die Richtung, aus der sie eben gekommen war. Ich sah ihr solange nach, bis sie vollständig aus meinem Blickfeld verschwunden war.

Diesmal ließ Lena nicht solange auf sich warten.

Bevor sie bei mir angelangt war, trank ich hastig noch ein paar kleine Schlucke des Gebräus, dessen Schärfe in der Nase kribbelte und mir die Tränen in die Augen trieb.

„Dein Tee ist ja noch ganz voll! Du solltest ihn doch heiß trinken!“

„Ist doch noch total heiß!“, protestierte ich.

Ich saß noch immer auf meiner Liege. Lena nahm hinter mir Platz.

„Nicht erschrecken!“

Die plötzliche Erfrischung ließ mich dann aber doch zusammenzucken. Kurz darauf entspannte ich mich und genoss den sanften Druck, den Lenas Hände auf meinen Nacken ausübten, um das nasse Tuch gegen meine Haut zu pressen.

„Wie hast du das Wasser so herrlich kalt bekommen?“, fragte ich mit geschlossenen Augen.

„Na ja, Meerwasser ist es nicht. Das ist einfach zu warm.“

„Lena! Du hast doch nicht etwa...?!“

Ich drehte meinen Oberkörper ein Stück nach hinten, um ihr ins Gesicht blicken zu können.

„Meine Güte ja, ich habe unser Trinkwasser dafür vergeudet!

Woher sonst soll ich denn bitteschön kaltes Wasser bekommen? Und jetzt reg dich nicht auf, es hat keiner mitbekommen."

Ich sah ihr in die grün-blauen Augen und konnte ein Grinsen nicht verbergen, bevor ich mich wieder zurückdrehte und sie das Tuch wendete, um es erneut an meinem Nacken zu platzieren.

„Danke Lena."

„Gern geschehen."

Meine Kopfschmerzen waren weg.

Eine Weile saßen wir stumm da. Wassertropfen, die mir vereinzelt den Rücken herunterrannen, verursachten ein wohliges Kribbeln auf meiner Haut.

„Weißt du, was ich am meisten vermisse?", fragte Lena jäh in unser Schweigen hinein. „Am meisten vermisse ich Musik."

Sie wendete das Tuch erneut, welches eigentlich gar nicht mehr kalt war.

„Ist es noch kühl genug oder soll ich aufhören?"

„Nein nein, es ist hervorragend. Tut wirklich gut."

„Ich weiß...", hob sie erneut an, „...eigentlich sollte ich doch genug damit zu tun haben, meine Eltern und meine Freunde zu vermissen. Ich habe auch ein bisschen ein schlechtes Gewissen deswegen. Es ist ja nicht so, dass ich nicht alles dafür tun würde, sie wieder zu bekommen, aber keine Musik mehr hören zu können ist das Schlimmste für mich. Einen Song zu hören, während ich mir die Haare mache. Das war echter Luxus! Leider wird mir das erst jetzt richtig bewusst, wo es zu spät ist."

Ich drehte mich wieder etwas zu ihr.

„Ist das nicht mit allem so? Erst wenn etwas nicht mehr da ist, merkt man, wie sehr man es gebraucht hat."

Am späten Nachmittag versammelten wir uns am Strand. Es war nicht wie sonst. Wir saßen nicht beieinander, sondern jeder stand irgendwie für sich, nahe dem Meer im Sand, die meisten von uns mit verschränkten Armen.

„Wie lange wollen wir hier eigentlich noch versauern, an diesem langweiligen Scheißstrand?"

Birko war sichtlich ungehalten.

„Langweiliger Scheißstrand?", meldete sich Rolf zu Wort. „Langweiliger Scheißstrand? Wir leben noch, oder?! Es gibt ausreichend Nahrung, wir frieren nicht und du findest das unter den gegebenen Umständen langweilig? Soll ich dir mal was sagen? Du bist ein Idiot!"

„Ach, ich bin also ein Idiot, ja? Vielleicht ist in Europa oder Amerika das normale Leben bereits wieder in vollem Gange, während wir hier weiter einen auf Robinson Crusoe machen! Das ist für mich idiotisch!"

„Ja und was wenn nicht? Willst du ohne genaues Wissen los spazieren und dir den sicheren Tod holen? Bist du dir im Klaren darüber, dass die Menschen auf diesem Planeten so gut wie ausgerottet sind und dass unsere sogenannte zivilisierte, übrig gebliebene Welt verseucht ist? Du kannst nicht einfach so in die nächste Stadt latschen und in einem Supermarkt oder einer x-beliebigen Wohnung nachsehen, ob da Klamotten, Konserven oder Medikamente zu holen sind! Weil du nämlich bis dahin schon hundertmal mit etwas in Berührung gekommen sein wirst, das dich innerhalb weniger Stunden umbringt!"

„Ich kann dich verstehen, Birko", schaltete sich Kent in die Diskussion ein.

„Im Vergleich zu unserem früheren Leben, haben wir hier eigentlich nur die Aufgabe, immer genug zu Essen zu besorgen und Feuerholz zu sammeln. Zwei, drei Ausflüge zur

Süßwasserquelle die Woche und das war´s. Aber ich muss Rolf Recht geben, wenn er sagt, dass als Alternative da draußen der sichere Tod auf uns wartet."

Jetzt kam auch Ben in Fahrt.

„Ihr wollt nicht allen Ernstes bis an euer Lebensende so weitermachen, oder? Es muss doch auch andernorts Überlebende wie uns geben! Ich meine ihr seid echt okay und so, aber so langsam wäre ich mal über ein anderes Gesicht richtig dankbar. Wir sollten zumindest versuchen, irgendwohin zu gelangen, wo viele Menschen überlebt haben!"

„Uns geht es da allen sicher ähnlich, Ben und ich habe bisher auch viel nachgedacht, komme aber zu einem anderen Schluss."

„Der da wäre, Kent?"

„Es ist nunmal nicht mehr wie früher, als wir einen interessanten Job hatten und unsere Freizeit nach Belieben gestalten konnten. Es geht jetzt nur noch darum, zu leben oder zu sterben. Um den Erhalt der menschlichen Rasse. Wenn dir das nicht passt oder zu anstrengend ist, kannst du dich ja beschweren gehen."

Ben ging nicht auf Kents sarkastischen Vorschlag ein,

sondern starrte, ohne zu blinzeln, mit gerunzelter Stirn, auf das offene Meer.

„Bei Extremsituationen haben wir das Bedürfnis nach Veränderung. Geht es uns zu schlecht, ändern wir etwas, weil wir eine Verbesserung erhoffen. Geht es uns zu gut, langweilen wir uns, so wie das jetzt der Fall ist und wir sehnen uns ebenfalls nach Veränderung. Wie gesagt, ich nehme mich da nicht aus, habe aber an etwas Realistischeres gedacht."

Birko zog eine Augenbraue hoch, in Erwartung was da jetzt kommen möge. Ben schnaufte nur verächtlich. Rolf blickte mehr oder minder nichtssagend drein, während Melanie zu mir herübersah. Ihr Blick schien zu fragen: *Und du hast gar keine Meinung?* Ihre Schwester, die von uns allen dem Wasser am nächsten stand, pulte mit dem großen Zeh im Sand. Ungefähr jede dritte Welle schaffte es soweit den Strand hinauf, dass Lenas Füße umspült und die von ihr gebohrten Löcher wieder eingeebnet wurden. Gott, selbst ihre Füße waren wunderschön!

Kent blickte von einem zum anderen, bevor er fortfuhr.

„Ich vertrete die Ansicht, dass wir uns den Gegebenheiten hier gut angepasst haben und nun tatsächlich für einen weiteren Schritt bereit sind. Kultivieren wir unser Umfeld! Fische nicht mehr im offenen Ozean fangen und verspeisen, sondern sie fangen und in einem eingegrenzten Bereich aussetzen, einer Art kleinem Fischteich im Meer, den wir natürlich vorher bauen müssen; sie fett füttern und sich vermehren lassen und somit eine stete Nahrungsquelle erschließen. Das gleiche gilt für essbare Pflanzen. Wir sollten anfangen Landwirtschaft zu betreiben. Ich schlage vor, wir versuchen uns mit Gruppen in unserer unmittelbaren Nähe zu verbünden. Je mehr desto besser. Falls sie kein Interesse daran haben mit uns gemeinsam an einem Strang zu ziehen, könnten wir immer noch Handel mit ihnen treiben. Ihre Arbeitskraft im Tausch gegen unsere Lebensmittel, respektive Anschluss an eine Trinkwasserversorgung. Das wäre möglich mit einem prall gefüllten Fischteich und der Errichtung einer Leitung, mittels der wir unser Trinkwasser direkt bezögen. Wir bräuchten außerdem…“

„Alter, jetzt mach mal halblang!“

Weder Ben noch Birko schienen Lust auf das gewaltige Pensum Arbeit zu haben, welches sich gerade vor ihren geistigen Augen abzeichnete.

Nachdem ich mir, als bisher stummer Zuhörer, meine

Meinung gebildet hatte, meldete auch ich mich schließlich zu Wort.

„Ich denke Kent hat nicht Unrecht. Ben, Birko, glaubt mir...“, sprach ich die beiden direkt an, „...wenn wir erst eine echte Aufgabe haben, wie zum Beispiel diese Sache mit der Fischzucht, werden wir in einigen Wochen voller Stolz und mit Befriedigung zurückblicken, auf das was wir geschaffen haben und mit Selbstbewusstsein das nächste Projekt in Angriff nehmen wollen. Machen wir uns keine falschen Hoffnungen und suchen irgendwo nach Zivilisation. Wir sollten bleiben. An dem Ort, der uns bisher wohlgesonnen war und anfangen hier so etwas wie Zivilisation aufzubauen.“

Meine Worte erzeugten keine Begeisterungsstürme bei Ben und Birko. Bei den Frauen war ich mir nicht sicher. Sie verhielten sich bis jetzt neutral. Kent und Rolf bedachten meine Aussage jeweils mit zustimmendem Kopfnicken.

Der harsche Meinungsaustausch ließ uns allesamt ziemlich grüblerisch zurück. Irgendetwas lag nun in der Luft, was mich zutiefst beunruhigte. Zwei Tage darauf sollte sich mein negatives Bauchgefühl bestätigen.

5

Gleich nach dem Aufstehen ging es los. Motorengebrumm lag in der Luft. Der bedrohlich ansteigende Lärm kam von der Straße, die vor der ehemals penibel gepflegten Grünanlage des Hotelresorts entlangführte.

Früher waren die Urlauber aus der ganzen Welt vom Flughafen abgeholt und mit einem Shuttle auf eben diesem Fahrweg zu ihrem Ferienziel chauffiert worden. Beim Anblick des luftigen Hauptgebäudes und der sorgsam gestalteten Rasenflächen rings umher, werden die meisten Leute sich in ihrer Hotelwahl bestätigt gefühlt haben. Spätestens aber nach dem Betrachten der direkt hinter dem Haupthaus verlaufenden Liegewiese mit den vielen Palmen, die unmittelbar an den Strand grenzte, wird auch der letzte Skeptiker milde gestimmt worden sein.

Aufgeschreckt durch die so untypische Geräuschkulisse, begaben wir uns auf die der Straße zugewandten Seite und blickten gebannt und auch etwas ungläubig auf die donnernden Lastkraftwagen, die sich uns näherten. Konnte das wirklich sein? Kam die Armee? Gab es wieder so etwas wie eine staatliche Ordnung? Doch schon auf den zweiten Blick wurde klar, dass da keine Armeefahrzeuge anrückten.

Zwei uralte, vor Schmutz und Rost starrende, Vierzehntonner hielten mit quietschenden Bremsen auf unserer Höhe. Die Staubwolke, in der wir weitere Fahrzeuge erhofft hatten, holte die LKW ein und hüllte die Szenerie in einen Dunst. Ich bekam Dreck in die Augen und musste sie mir mehrfach mit den Händen ausreiben, ehe ich wieder einigermaßen klar sehen konnte.

Auf der Ladefläche des ersten Lastautos saßen fünf Vietnamesen, die sich alle erhoben und mit grimmiger Miene auf uns herunterstierten. In den Händen hielten sie Macheten. Einer der fünf hatte ein MG umgehängt. Der Beifahrer beglotzte uns durch sein geöffnetes Fenster. Als der Fahrer sich herüberbeugte und anfing rumzuschreien, kam Bewegung in die Männer.

„Ban là ai? Có thêm cua ban? Múi dài ngó ngan nguòi!"

Wir verstanden kein Wort und blieben fürs Erste wo wir waren. Keiner von uns hatte Lust darauf sich anzustecken und so waren wir auf Abstand bedacht.

Das aggressive Auftreten der Neuankömmlinge bereitete mir Sorge. Hoffentlich fuhren sie gleich weiter. Ich warf einen Blick auf den zweiten LKW, der bis auf Fahrer und Beifahrer keine Leute an Bord zu haben schien. Stattdessen war er mit zwei großen Tanks versehen, die die gesamte Ladefläche in Beschlag nahmen. Die Männer vom ersten Laster sprangen herunter, wobei sie lauthals in ihrer Landessprache redeten und wild gestikulierten. Der Beifahrer des hinteren LKW öffnete seine Tür und machte ebenfalls einen Satz ins Freie. Der Fahrer blieb sitzen. Das permanente vietnamesische Geschnatter (wobei die Hälfte der geworfenen Aussagen anscheinend uns galt) brachte eine alles vergiftende Hektik in die Situation.

Hinten kletterte der ausgestiegene Beifahrer auf die Ladefläche zu den Tanks und machte sich an einem davon zu schaffen. Er begann mit Hilfe einer Handpumpe mehrere Behältnisse mit einer klaren Flüssigkeit zu befüllen. Die Männer begaben sich nacheinander zu ihm und ließen sich die Spritzflaschen aushändigen. Während ich so langsam begriff, was da vor sich ging, liefen sie, uns nun mit völliger Nichtachtung strafend, in Richtung unseres Domizils. Dabei spritzten sie alles mögliche mit dem Meerwasser ab. Türgriffe, Stühle, Geländer. Da sie uns keinerlei weitere Beachtung schenkten, folgten wir den Eindringlingen in gebührendem Abstand auf den Strand und zu unseren Trinkwasser- und Lebensmittelvorräten.

Einer der Vietnamesen trat mit voller Absicht einen Kessel um, in den wir bereits am Abend zuvor Fisch und Gemüse sowie etwas Trinkwasser gegeben hatten. Der Inhalt ergoss sich nun vor unseren Augen in den Sand.

„Ey sagt mal, spinnt ihr?!"

Birko, offensichtlich aufgebracht durch die sinnlose Aktion, unternahm einige forsche Schritte in Richtung des Mannes, der unser Mittagsmahl auf dem Gewissen hatte, als es plötzlich kurz und heftig aufratterte.

Die Kugeln, abgefeuert von dem Kerl mit dem MG, trafen rechts neben Birko im Sand auf, bevor einige seinen Brustkorb durchschlugen. Die Salve endete dann links von ihm, ebenfalls im Sand.

„Giu´ khoàng cách!", rief der Stiefeltreter mit in den Hüften gestemmten Händen.

„Wir sprechen eure verdammte Sprache nicht!"

Kent hatte einen puterroten Kopf und Speicheltröpfchen

flogen aus seinem Mund, als er fassungslos zu toben begann. Schon richtete sich der Lauf des Gewehrs auf ihn. Sofort packte ich ihn von hinten an seinem Shirt und zog ihn zurück.

Birko war nicht mehr zu helfen. Als seine Brust durchlöchert wurde, griff er sich nicht etwa an seine Verwundung oder sah an sich herunter; nein, er schien die kleinen Fontänen zu bewundern, die die einschlagenden Kugeln im Sand verursachten, ehe er zusammenklappte und bewegungslos liegen blieb.

Unwillkürlich zog ich meine Schultern hoch, doch das erwartete Kreischen der Mädchen blieb aus. Lena vergrub ihr Gesicht am Hals ihrer älteren Schwester, die mit einer Hand den Hinterkopf Lenas umklammerte. Ihre andere, stark zitternde, Hand hielt sie sich vor Nase und den offen stehenden Mund. Tränen quollen aus ihren Augen. Ben war kalkweiß, lief ein paar Schritte zur Seite und kotzte sich auf die Schuhe. Rolf stand einfach bloß da. Ich konnte deutlich seine Wangenmuskeln arbeiten sehen.

„Kent!“, raunte ich. „Hier können wir nichts ausrichten. Das Einzige was sinnvoll wäre, ist zurück zu deren Autos zu gehen. Vielleicht finden wir da ja noch Waffen. Dann können

wir uns gegen diese brutalen Schweine wehren."
In Kents Augen funkelte es. „Das machen wir."
Er und ich überließen Ben, Lena, Melanie und Rolf vorerst sich selbst. Wir entfernten uns langsam, wobei wir die herumwütenden Vietnamesen fest im Auge behielten.

Vorsichtig schlichen wir um die beiden LKW, bis wir auf einen der Fahrer stießen. Er zapfte gerade Diesel aus dem zweiten Behälter der Ladefläche in einen bereitstehenden Tankkanister. Er schien fertig damit zu sein, denn er verstaute den Schlauch, den er dafür benutzt hatte, am Fuß des Behälters. Er sprang von der Ladefläche, schnappte sich den verbeulten, grünen Kanister und ging hinüber zum ersten LKW. Dann schraubte er den Tankdeckel herunter und begann Treibstoff einzufüllen. Der Vietnamese war uns jetzt gefährlich nahe und so verließen wir unsere Spähposition vor dem Führerhaus des ersten LKW und gingen behutsam einmal um die Ecke. Jetzt befanden wir uns genau gegenüber des nachtankenden Vietnamesen. In den Staub gekniet konnten wir unter dem LKW hindurch dessen Beine ausmachen.
„Wir schauen uns am besten mal den hinteren LKW etwas

genauer an. Solange der hier noch rumwerkelt, versuchen wir ins Fahrerhaus zu kommen. Vielleicht finden wir da was Brauchbares", flüsterte Kent.
Er hatte wohl etwas zu laut geflüstert, denn plötzlich tauchte das Gesicht des Mannes auf, der, wie wir, auf alle Viere gegangen war und uns direkt in die schreckensgeweiteten Augen sah.
„Anh dang làm gi?!"

Ich weiß nicht mehr, was ich in diesem Moment gedacht habe. Ob ich bewusst und überlegt gehandelt hatte oder ob ich mich von meinen niedrigsten Instinkten leiten ließ. Gleich danach jedenfalls prasselte es mit voller Wucht auf mich ein. Gedanken, Gefühle und Emotionen von derart heftiger Natur, dass Kent den leblosen Vietnamesen allein nach einer Waffe und Autoschlüsseln durchsuchen musste. Später erzählte er mir, er hätte mich mehrfach gebeten ihm zu helfen, doch daran kann ich mich beim besten Willen nicht erinnern.

Wie ein Besessener bin ich um den LKW gerannt, während

der Vietnamese versuchte ins Führerhaus zu klettern. Mit einem kräftigen Ruck zog ich ihn von hinten an den Haaren zurück auf die Straße. Einen seltsamen hohen Schmerzensschrei ausstoßend, verlor er das Gleichgewicht und knallte der Länge nach auf den Staub bedeckten Asphalt. Als er sich herumrollte sah er mich an. Ich wusste es, er wusste es. In den nächsten Sekunden würde er laut schreiend seine Kollegen herbeirufen. Doch dazu wollte ich es nicht kommen lassen. Mit meinem Knie ließ ich mich auf seinen Hals fallen. Meine Kniescheibe gegen seinen Kehlkopf. Der Gewinner war klar. Der Verlierer war tot.

Augenblicke später war mir speiübel. Ich hatte einen Menschen umgebracht. Er hätte vielleicht in ferner Zukunft ein Kind gezeugt oder jemandem das Leben gerettet oder wer weiß was angestellt, mit der Zeit die ihm auf Erden vergönnt gewesen wäre, wenn ich ihn nicht getötet hätte. Der Tod kotzte mich an. So viele hatte ich sterben sehen in den letzten Jahren. Die ständige Angst als Nächster dran zu sein. Und jetzt hatte ich dem Tod sogar noch aktiv zugespielt. Wie zum Unterstreichen meiner Gedanken übergab ich mich.

Ich wusste nicht, wie ich dorthin gekommen war, aber ich

saß hinter dem Lenkrad von einem der LKW. Neben mir durchwühlte Kent das Handschuhfach. Die abgestandene Luft in der Fahrerkabine stank nach gerauchtem Joint und altem Sofa. Kent förderte nichts zutage außer vergilbten Papieren und einer halb verschimmelten Orange.

„Bah!"

Er verzog das Gesicht und ließ die Frucht zu Boden fallen.

„Ich hab genau in den grünen Pelz gefasst!"

Angewidert schmierte er seine Finger an den zerschlissenen Sitzpolstern ab und sah dabei zu mir herüber.

„Na? Bist du wieder bei dir? Oder brauchst du noch eine Backpfeife?"

Unwillkürlich berührte ich meine linke Wange, die leicht brannte. Meine Fingerspitzen signalisierten meinem Gehirn, dass die Haut dort sehr warm war.

„Hast du mir etwa eine geknallt?"

„Na logisch. Wahrscheinlich würdest du sonst immer noch draußen im Dreck sitzen und ins Nichts starren. Also sei gefälligst dankbar."

Ich blickte durch die Windschutzscheibe nach vorn; die Finger dabei noch immer an meiner Wange.

„Danke."

Kent setzte seine Suche nach brauchbaren Gegenständen fort, indem er die Sonnenblende nach unten zog. Nichts.

„Schau mal bei dir nach!"

Ich tat wie mir geheißen und tatsächlich plumpste mir der Zündschlüssel in den Schoß, als ich die Fahrersonnenblende herunterklappte. Mir fiel auf, dass wir im Gegensatz zu sonst, ohne groß zu überlegen, alles direkt anfassten. *Ach was soll's,* dachte ich. *Hier drinnen wird wohl kaum etwas verseucht sein und wenn doch, dann ist es jetzt auch nicht mehr zu ändern.*

In der Nähe krachten Schüsse.

Erschrocken hielten wir inne und sahen aus dem Beifahrerfenster zum Gebäudekomplex des Hotelresorts, bevor eine weitere Salve zu vernehmen war. *Ratatatatat!*

Wir waren uns einig, dass wir zurück zu den anderen mussten und hasteten los. *Hoffentlich waren „die anderen" überhaupt noch am Leben. Wenn sie dicht beieinander gestanden haben, wäre es möglich, dass sie alle, mit den zwei zu hörenden Maschinengewehrsalven, erschossen worden sind.* Ich schob diesen krassen Gedanken beiseite und versuchte nicht in Panik zu geraten. Den Zündschlüssel des LKW ließ ich in meine Hosentasche gleiten.

Am Strand war kein Mensch. Keine Wolke am Himmel und kein Lüftchen wehte und wären die schwachen Wellen nicht gewesen, so hätte man annehmen können, dass es sich bei dem Anblick um ein gemaltes Stillleben handelte. Der umgekippte Kessel, unsere Poolliegen weiter hinten, die Patronenhülsen im Sand, der leblose Körper von Birko. Wo waren die Vietnamesen? Wo der Rest unserer Truppe?
Da nahm ich im Augenwinkel eine Bewegung wahr. Hinter einem Fenster des Haupthauses hatte sich etwas geregt. Da! Schon wieder! Ich machte Kent darauf aufmerksam und wir beschlossen uns die Sache aus der Nähe anzusehen.
Rolf und Ben standen an der Wand. Sie hatten den Blick schamvoll auf den Boden vor ihren Füßen gerichtet. Keine drei Meter von ihnen entfernt standen Melanie und Lena. Melanie trug oben rum nur noch ihren BH und war gerade dabei, sich die kurze Hose aufzuknöpfen. Ihr Blick wirkte leer und wütend zugleich. Ihre Schwester Lena weinte, während sie sich ihr Shirt über den Kopf zog. Vor ihnen und leicht schräg mit dem Rücken zu uns standen die Vietnamesen. Sie bellten Befehle und gestikulierten wild in Richtung der Mädchen. Anscheinend dauerte ihnen das Entkleiden zu lange. Einer der Männer ging zu demjenigen

der die ganze Zeit das MG im Anschlag hielt und sprach mit ihm. Der Mann mit dem Maschinengewehr drehte daraufhin seinen Kopf etwas seitwärts. Dann nickte er und entblößte sein schlechtes Gebiss bei einem dreckigen Grinsen. Glücklicherweise befand sich in meiner unmittelbaren Nähe eine Säule mit großem Durchmesser, hinter der ich in Deckung gehen konnte, als der Vietnamese mit den faulen Zähnen sein Gesicht drehte. Kent war direkt hinter mir und schlau genug, meinen Ausfallschritt mitzumachen (ein bisschen erinnerte mich das in dem Moment an die Synchronchoreografie einer Boygroup), sodass er ebenfalls geschützt stand. Ich schielte an der Säule vorbei und soviel Mitleid ich in diesem Moment auch mit den beiden jungen Frauen hatte, konnte ich dennoch nicht umhin, den blanken Busen Lenas zu betrachten. Sie trug im Gegensatz zu ihrer Schwester zwar ihre Hose noch, dafür hatte sie aber bereits den BH abgelegt.

Hinter mir ging Kent in die Hocke. Jetzt schien es wirklich brenzlig zu werden. Einer der Vietnamesen trat nach vorn und grabschte mit seiner Hand nach Lenas Brüsten. In der anderen Hand hielt er sein halb erigiertes Glied. Der Anblick seines unförmigen Schwanzes weckte Ekel in mir. Lena, die während dieser Attacke gerade dabei war, unbeholfen an ihrer Caprihose herumzunesteln (sie wollte offensichtlich Zeit schinden), trat erschrocken einen Schritt zurück. Wir mussten handeln. Jetzt. Doch obwohl ich mir dessen durchaus bewusst war, hatte ich nicht den nötigen Schneid in die Situation einzugreifen. Ich konnte mich einfach nicht mit dem Gedanken anfreunden, den Lauf des Maschinengewehrs auf mich gerichtet zu wissen, um gleich darauf nicht mehr zu existieren.

Etwas Faustgroßes flog an mir vorbei und krachte gegen den Kopf des Mannes mit dem MG.

Ich kann nicht sagen, ob Rolf und Ben uns vorher wahrgenommen hatten - falls ja, dann hatten sie sich nichts anmerken lassen – jedenfalls machte es den Anschein, als würden die beiden nur auf ein Kommando gewartet zu haben. Augenblicklich stürzten sie in Richtung der Drangsalierer. Ihr lautes Gebrüll, welches sie dabei von sich gaben sowie die Tatsache, dass der Mann mit dem MG einen zertrümmerten Schädel hatte, ließ die Vietnamesen, die nunmehr nur noch ihre Macheten als das Recht des Stärkeren aufweisen konnten, wertvolle Sekundenbruchteile verharren.

Da trat Ben auch schon dem ersten, der sich der Situation und der Klinge in seiner Hand bewusst wurde, so dermaßen heftig in die Weichteile, dass dessen Augen aus den Höhlen quollen und er tonlos zusammensank und völlig gekrümmt liegen blieb. Ehe der Rest der Bande einschreiten konnte, hatte sich Rolf des MGs bemächtigt. Zwei Vietnamesen waren von Kent zu Boden gebracht worden, der sich, nach seinem Wurf, direkt ins Getümmel stürzte. Einer durch einen kräftigen Tritt in die Kniekehlen, dem anderen boxte er beherzt auf die Nase, die der Wucht des Schlages, außer einem lauten Knacken, nichts entgegenzusetzen hatte. Angesichts des Besitzerwechsels beim Maschinengewehr, gab es keinen weiteren Widerstand der Vietnamesen.

Wäre der Treffer von Kent (er bediente sich dafür übrigens einer Buddha-Figur aus Alabaster, die zu Dekorationszwecken auf einer Anrichte stand) nicht so präzise ausgeführt worden, sähe die Lage jetzt mit Sicherheit anders aus und unsere Körper lägen mit Blei gespickt auf dem Boden. Ein Grauen erregender Gedanke. Ich sprach Kent auf den, meiner Meinung nach hochriskanten, Wurf an. Seine Erklärung fand ich dann allerdings schlüssig.

„Handball. Hab früher regelmäßig mit ein paar Jungs vom

Radiosender gespielt."

Wir gaben den Vietnamesen die Gelegenheit das Weite zu suchen, was sie auch taten. Bei demjenigen, mit dem wirklich bösen Hodentritt war definitiv was kaputt gegangen. Sein Gesicht berührte fast seine Knie, so gebeugt lief er. Blut sickerte durch den Stoff seiner Hose.
Als ich hörte, wie der Motor eines der Fahrzeuge gestartet wurde, fiel mir der Zündschlüssel wieder ein und es stellte sich heraus, dass die Vietnamesen den zweiten LKW einfach hatten stehen lassen. Und zwar genau den LKW, auf dem sich die Diesel- und Meerwassertanks befanden.

6

Wir fuhren. Treibstoff hatten wir zur Genüge und unser Hab und Gut war schneller verstaut als gedacht.
Nach dem Überfall der Vietnamesen und dem Tod Birkos hielt uns nichts mehr an diesem Strand. Als hätten wir die

Entscheidung, fortzugehen, vorher gemeinsam telepathisch beschlossen, zeigte sich niemand erstaunt oder sprach sich dagegen aus, als Ben vorschlug, mit Hilfe des LKW zu neuen Ufern aufzubrechen.

Kent, Rolf und ich, die vor Kurzem noch absolute Gegner eines solch riskanten Unterfangens gewesen waren, bekundeten unser Einverständnis.

Ich weiß nicht, was bei Rolf und Kent im Kopf ablief – bei mir jedenfalls war hinsichtlich einer möglichen Infektion und dem damit verbundenen, unausweichlichen Tod, so etwas wie eine Scheißegal-Stimmung aufgekommen. Wenn ich so darüber nachdachte, war es für mich sogar unvorstellbar zu unserem eigentlichen Alltag zurückzukehren. Alles in mir wollte nur noch weg. Hier waren wir nicht sicher und mussten etwas Neues versuchen, auch wenn das den Tod bedeuten könnte. Oder, aus einer anderen Perspektive betrachtet, die Erlösung von der immensen Aufgabe des Lebens. Das was mir im Moment aber wirkliches Kopfzerbrechen bereitete, war Lenas Gemütszustand. Bis jetzt hatte sie nicht zugelassen, von mir in den Arm genommen zu werden. Jeglichen Kontakt mit Ben, Rolf und Kent vermied sie ebenso. Es schien fast, als widere sie allein

die Gegenwart einer männlichen Person an. Jetzt war ich doch froh, dass sie ihre Schwester hatte. Melanie versuchte sie so gut es ging zu beschützen und gab ihr Geborgenheit und Liebe und das machte sie unter den gegebenen Umständen nicht mal schlecht.
Vielleicht war etwas Abstand zwischen Lena und mir ganz gut. So kam ich zumindest nicht in Versuchung, in ihrer unmittelbaren Nähe zu sein und dabei mehr zu empfinden als bloße Freundschaft.

Wir steuerten auf die nächstliegende Stadt zu. Wenn man dem verrosteten, aber immer noch lesbaren Schild am Straßenrand Glauben schenken durfte, handelte es sich um Phan Thiet oder das, was davon übrig war

Als das Massensterben auf dem Planeten in vollem Gange war, stanken die Städte wortwörtlich bis zum Himmel. Verwesende Leichen, wohin das Auge reichte. Wenn so ein Landbewohner beim Bepflügen seines Ackers tot aus seinem Traktor fiel und seine Seele die sterbliche Hülle zurückließ, war das für Mutter Natur noch kein Problem. Vor allem nicht geruchstechnisch. Es dauerte seine Zeit und im Umkreis roch es bestimmt einige Tage unangenehm, aber im Großen und Ganzen, ein biologisch zu ertragender Prozess für die restliche Umwelt. Als die Seuche publik wurde, suchten die Leute Krankenhäuser, Polizeistationen und andere Menschenansammlungen auf, um an Informationen und Hilfe zu gelangen. Wie die Lemminge. Kurz darauf waren Städte (ehemals Vorzeigeobjekte unserer ach so fortschrittlichen Zivilisation) nur noch Kadaverstätten, in denen Fäulnis und Zersetzung herrschte. Während über dem Bauernopfer auf dem Land schon wieder Gras wuchs, gammelte es in den Betonburgen ekelerregend vor sich hin.

Kent, Ben und ich hockten hinten auf der Ladefläche, eingezwängt zwischen der Rückwand des Führerhauses und den beiden Riesentanks. Die Straße war in einem erbärmlichen Zustand. Hinzu kam, dass hier und da einfach verlassene Fahrzeuge mitten auf der Fahrbahn (eigentlich kein gerechtfertigter Ausdruck für die Schlaglochpiste) standen. Holpernd und schaukelnd umfuhren wir derlei Hindernisse so gut es ging. Diesel und Meerwasser gluckhsten dabei in ihren Gefängnissen aus PVC. Rolf saß am Steuer.

Neben ihm Melanie und Lena. Für mehr als drei Personen war vorn beim besten Willen kein Platz und so arrangierten wir uns eben mit der Situation. Was blieb uns übrig. Auf dem Boden der Ladefläche, da wo die Außenwände der beiden Rundtanks aufeinandertrafen, gab es einen Hohlraum, in dem wir unsere persönlichen Sachen verstaut hatten. Ein paar Klamotten, das MG, unsere Angelausrüstung und dergleichen. Wir hatten alle verfügbaren und verschließbaren Gefäße, mit Ausnahme der Spritzflaschen für das Meerwasser, mit Trinkwasser aus der Quelle gefüllt und seitlich am LKW mit Seilen festgezurrt. Darunter einige gelbe Plastikkanister, die sehr viel früher einmal Speiseöl für Großabnehmer wie Restaurants und Betriebskantinen enthalten hatten. Für die gut neunzig Kilometer nach Phan Thiet benötigten wir satte vier Stunden. Mittendrin gönnten wir uns eine kurze Pause, in der wir etwas tranken und uns die Füße vertraten. Ich bot Rolf an, für die zweite Etappe das Steuer zu übernehmen, doch Melanie schaltete sich ein und gab unmissverständlich zu verstehen, dass ihre Schwester und sie es besser fänden, wenn kein Fahrerwechsel stattfände. Mir machte das im Grunde nichts aus, ebenso wie den restlichen Männern in unserer kleinen Gemeinschaft und so behielten wir die Konstellation eben bei. Obwohl ich Lena gern gesagt hätte, dass sie sich vor mir sicher nicht zu fürchten bräuchte. Irgendwie wünschte ich mir nun doch unsere frühere Vertrautheit und die Gewissheit zurück, ihre Bezugsperson zu sein und war stocksauer auf die Vietnamesen, die ja eben diese Vertrautheit auf dem Gewissen hatten.

Falls wir ein Fünkchen Hoffnung in uns getragen hatten, so erlosch das jäh beim Eintreffen in Phan Thiet. Nirgends auch nur eine Spur von Überlebenden oder Hinweise auf solche. Alles kaputt, verfallen und zugewachsen. Erstaunlich wie schnell die Natur die Betonklötze und Straßen zurückerobert hatte. Die neuen Stadtbewohner waren Vögel. Überall und zahlreich hatten sie ihre Nester gebaut. Sie stolzierten auf rostigen Autodächern, in Geschäften, deren Fensterscheiben zerbrochen waren, auf skelettierten Leichen und auch sonst überall umher. Sie waren die neuen Herrscher dieser Geisterstadt und hatten sie für sich beansprucht und sich rasend vermehrt.

Wir plünderten unter dem mordsmäßigen Protestgeschrei, der um unsere Köpfe flatternden Federviecher, ein paar Nester.

Vorsorglich alles um uns herum mit Meerwasser besprühend, brieten wir uns, einige Kilometer von der unheimlichen Vogelstadt entfernt, ein gigantisches Omelett.

„Und nun?"

Kent sah furchtbar müde aus. Nicht die Art von Müdigkeit, die man verspürt kurz bevor man zu Bett ging. Eher die Art erschöpfter, hoffnungsloser Müdigkeit, kurz bevor man sich geschlagen gibt und aufhört. Auch mein Mut bröselte so langsam aber sicher in sich zusammen. Wenigstens Rolf blickte entschlossen drein, als er zu einer Antwort ansetzte.

„Ich schlage vor, wir fahren weiter die Küste hoch. Wenn es sein muss bis nach China. Wer weiß, vielleicht haben die Chinesen es ja irgendwie geschafft."

„Du willst allen ernstes bis nach China? Mit dem Ding da?"

Mit ungläubig aufgerissenen Augen wies Ben mit seinem Kopf in Richtung LKW.

„Na einfach immer am Meer entlang. Ich schätze mal, wir erreichen Da Nang in ungefähr zwei Tagen. Dann nochmal so weit und wir sind nur noch wenige Autostunden von der chinesischen Grenze entfernt."

Rolf strich sich mit der Hand über die grauen Stoppeln seines Dreitagebartes. Bevor er weitersprach, zuckte er für sich selbst mit den Schultern, wie um zu sagen: *Hey was soll's, wir können es doch eh nur nehmen wie es kommt!*
„Sind wir bis dahin nicht auf irgendetwas oder jemanden gestoßen, der oder das uns zum Bleiben bewegt, ist das erstmal der Plan."

7

Wir hatten in einer Bucht, bei der wir mit unserem Riesengefährt direkt bis ans Ufer fahren konnten, jede Menge Fisch gefangen und so gab es zum Abendessen gegrillte und mit Meersalz gewürzte Ozeanbewohner und dazu, ebenfalls gegrillte, Mango. Ich hatte das Gefühl, lange nicht so reichlich und gut gegessen zu haben. Wir unterhielten uns noch etwas nach dem Festmahl, wobei die Frauen zwar bei uns saßen, sich aber nur untereinander austauschten und unsere Themen zu ignorieren schienen. Ich konnte auch nicht heraushören, worum es bei ihnen ging; sie tuschelten mehr, als dass sie redeten. Es musste fast Mitternacht sein, als wir uns zur Ruhe begaben. Die Mädels schliefen im Führerhaus. Wir Männer machten es uns um den LKW herum leidlich bequem.

Als in der Nacht Regen einsetzte, verkrochen wir uns unter das Fahrzeug.

Ich mochte Regen. Das Geräusch der aufprallenden Tropfen beruhigte mich. Ich lag so da und war eigentlich nicht unglücklich über den nächtlichen Regenschauer, als mein Herz urplötzlich verkrampfte und mich tiefe Traurigkeit befiel. Just in diesem Moment vermisste ich es. Ich vermisste meine vierzig Stunden Woche. Ich vermisste es, die restlichen einhundertachtundzwanzig Stunden mit behütetem Schlaf, essen gehen mit Freunden oder kochen mit Kirsten oder umgekehrt oder in Kombination zu verbringen. Einfach so abends im Bett zu liegen, kranken- und sozialversichert an den Kühlschrank zu gehen, sich ein Bier zu genehmigen, damit ins Bett zurückzukehren, um ein gutes Buch zu lesen und wenn die Augen zu schwer wurden, auf das Smartphone mit seiner allgegenwärtigen Internetverbindung zurückzugreifen, youtube aufzurufen und sich bierseelig ein paar a capella Versionen seines aktuellen Lieblingssongs reinzuziehen. Verdammt noch mal, ich vermisste es! Ich vermisste mein Zuhause!

„Pssst!“

Aus meinen melancholischen Gedankengängen gerissen drehte ich den Kopf zur Seite und erblickte – „Lena!“

Noch während sie sich den Zeigefinger an die Lippen legte, krabbelte sie zu mir unter den LKW. Obwohl von dem Augenblick, als sie aus dem Führerhaus gekommen sein musste, bis zu dem Moment als sie sich an mich schmiegte, nur Sekunden vergangen sein konnten, war ihr Haar tropfnass. Die Melancholie, die ich eben noch so intensiv spürte, dass ich glaubte sie niemals wieder los zu werden, war von jetzt auf gleich verschwunden. Als würde man sich zwei sechshunderter Ibus auf einmal reinpfeifen, wenn man den drückenden Kopfschmerz nicht mehr länger auszuhalten glaubte. Ich wollte diesen Augenblick einfach nur genießen. Ihre Nähe und die sensible Zärtlichkeit, die sie mit sich brachte. Ich würde mich nicht verlieben oder mir etwa einbilden, dass ich irgendeinen Anspruch auf dieses zauberhafte Wesen hätte; ich würde es mir lediglich nicht nehmen lassen, ihre Gegenwart auszukosten. Ihren Duft einatmen, die warme, glatte Haut an der meinen spüren. Ihr den Kopf zu streicheln, während sie ihn in meine Schulter vergrub.

„Tut mir leid, dass ich so auf Abstand gegangen bin", flüsterte sie in meinen Oberarm hinein.

„Schon okay. Hast es ja auch nicht ganz leicht gehabt. Ich will nur, dass du weißt, dass ich dir niemals etwas böses..."

„Kannst du mich einfach nur drücken? Ganz fest? Und nicht reden?"

„Aber ja."

Wir befanden uns wieder auf dem Weg.

Ben steuerte den LKW, der zwar alles andere als einen vertrauenserweckenden Eindruck machte, uns aber bisher nicht im Stich gelassen hatte. Das Verhältnis zwischen uns Männern und den Frauen hatte sich merklich entspannt. Ich stand auf dem Auflieger und hielt mich an der Rückwand des Fahrerhauses fest, während mir der Fahrtwind ins Gesicht wehte. Das war weitaus angenehmer, als sitzend jedes Schlagloch der Buckelpiste, auf der wir fuhren, auszuhalten. Das fühlte sich nämlich ganz so an, als würde man auf einem Kamel sitzen, welches sich nicht zwischen liegen und stehen entscheiden konnte und permanent hoch und wieder runter ging. Im Stand war mein Körper weitaus besser in der Lage dieses auf und ab zu kompensieren, welches das schon arg gebeutelte Fahrwerk schonungslos und ungefiltert an uns weiter gab.

Die nahe Zukunft war ungewiss. Wir wussten nicht, was uns hinter der nächsten Biegung erwartete. Es war unwahrscheinlich, dass wir, sollten wir es bis nach China schaffen, dort auf Menschen und geordnete Strukturen trafen. Außerdem blieb selbst in diesem unwahrscheinlichen Fall die berechtigte Frage, ob man uns überhaupt mit offenen Armen empfangen würde.

Ich stand da, blickte mit zusammengekniffenen Augen (ich weiß nicht wie viele Insekten mir schon hineingeflogen waren aber es mussten Dutzende gewesen sein) nach vorn und lächelte. Ich versuchte mir einzureden, dass meine gute Laune nicht nur von der letzten Nacht herrührte, in der Lena sich ihre Streicheleinheiten bei mir abgeholte hatte, sondern, dass ich auch sonst mit mir im Reinen war. Ja, ich fand Lena süß. Es tat unglaublich gut, sie anzusehen und es war noch viel besser, wenn sie das Gespräch mit mir suchte, um mit mir ihre Sorgen zu teilen. Erhebend war es, wenn, wie letzte

Nacht, Umarmungen zwischen uns stattfanden. Einfach so. Ohne Hintergedanken. Nur allein deswegen, weil es schön war gedrückt zu werden. War das ein Verbrechen? Viele schien es nicht mehr zu geben von uns in dieser Welt und ich würde mir sicherlich keine Gedanken mehr darüber machen, ob es moralisch vertretbar wäre, mich in eine achtzehn Jahre jüngere Frau zu verlieben. War das etwa ein Lachen? Durch das geöffnete Fahrerfenster drang es an mein Ohr. Lenas Lachen. Ohne dass ich etwas dagegen hätte tun können, verabschiedete sich meine gute Laune. Lena war unbeschwert. Ohne mich. Ich wusste im Moment ja nicht einmal, auf wen oder was ich eifersüchtig war, da es sich meiner Kenntnis entzog, aus welchem Grund sie so wohl gestimmt zu sein schien, aber er war da und deutlich spürbar – der Stachel der Eifersucht. Ich saß nun auf dem Auflieger des LKW, an die Rückwand des Führerhauses gelehnt und die Bodenwellen, die meinen Körper hin und her schüttelten, waren mir scheißegal. Ich hatte schlechte Laune.

In gnädiger Lethargie versunken, bemerkte ich nach einiger Zeit wie unser Transportmittel erst merklich langsamer wurde, um schließlich komplett zum Stillstand zu kommen. Nun gut. Vielleicht noch ein wenig früh für eine

Essenspause, aber wir würden ja vorher noch die Feuerstelle errichten müssen sowie Früchte suchen und eventuell ein, zwei Fische fangen.

Kent wechselte, ungläubig drein schauend, aus seiner liegenden Position neben einem der Tanks, in eine hockende. Mir war schleierhaft, wie er bei dem Geholpere und in Anbetracht des wenigen Platzes, der ihm zur Verfügung stand, überhaupt ein Auge zu tun hatte können. Aber genau das hatte er offensichtlich getan, denn er gähnte erst herzhaft, um dann seine Glieder zu strecken und sich den Schlaf aus den Augen zu reiben.

„Was ist los? Wir sind doch noch gar nicht so lang unterwegs?"

Rolf, der am Ende des Aufliegers gesessen hatte und die Beine über der Straße hatte baumeln lassen, lief gerade zu uns herum. Zu dritt begaben wir uns neben dem LKW auf die Höhe des Führerhauses und sahen, aus welchem Grund Ben unseren fahrbaren Untersatz gestoppt hatte.

Aus dieser Position blieben uns die Gesichter der Frauen sowie das von Ben verborgen. Aber in dem Moment dürften wir wohl alle ziemlich gleich ausgesehen haben. Mit heruntergeklappter Kinnlade.

Als Ben, Melanie und Lena in der Fahrerkabine es gesehen hatten, musste Ben sofort seinen Fuß vom Gas genommen und unseren LKW in die breite Auffahrt gelenkt haben, die direkt von der Hauptstraße (die grottige Piste hatte diese Bezeichnung definitiv nicht verdient) abging.
Da standen wir und blickten auf ein riesiges, hölzernes Tor, welches, nicht zu knapp, mit Stacheldraht umwickelt war. Mittig unter die Stacheldrahtschnüre geklemmt, standen auf einem überdimensionierten Pappschild drei klare Aussagen. Die ehemals signalrot gepinselten Buchstaben waren von der aggressiven Sonne schon völlig verblichen.

Zone free of epidemic!

Announce to the guard!

With unauthorised entry if death threatens!

Das mächtige Tor, welches aus etlichen, schnurgerade gewachsenen Baumstämmen errichtet worden war, strahlte eine festungsartige Unüberwindbarkeit aus. An dessen rechter Seite fiel das Gelände stark ab, bis hin zu einem Fluss der breit genug war und schnell genug floss, dass man es sich zweimal überlegen würde, einfach so hindurch zu schwimmen. Links vom Tor wuchs dichter Wald. Ein gut drei Meter hoher Bretterzaun trennte die angeblich bewohnte Zone von der restlichen Landschaft. Obenauf Stacheldraht.

Ben fand als erster seine Sprache wieder.

„Meint ihr die Information ist noch aktuell oder verwesen dahinter einfach nur noch mehr arme Schweine, die sich letztendlich doch alle infiziert haben?"

„Finden wir´s raus!", entgegnete Rolf, der dabei in Richtung des Tors nickte. An der einen Seite hing träge ein fingerdickes Seil herab. Das war mir auf den ersten Blick gar nicht aufgefallen. Rolf war zurück zu dem LKW-Auflieger gegangen und hatte eine Flasche mit Meerwasser geholt. Großzügig benetzte er das untere Ende des Seils, ehe er, erst zaghaft dann beherzter, an ihm zog.

Ein unerwartet satter, metallener Gong war weithin zu vernehmen. Gespannt traten wir einige Schritte zurück, weg vom Tor. Es dauerte nicht lange und oberhalb der hölzernen Pforte erschienen zwei Gesichter.

Sie musterten uns kritisch, während sie sich erst etwas nach rechts und dann in die andere Richtung bewegten. Vermutlich gab es in ihrer Höhe eine Art Steg, der es den beiden erlaubte dort zu patrouillieren.

„Hey guys! Where are you from?“

Kent antwortete auf ihre Frage mit seinem breiten, australischen Akzent. Schnell war klar, dass die zwei (ich schätzte die beiden Männer auf Anfang vierzig) alles andere als Muttersprachler waren, was das englische betraf. Als sie von uns erfuhren, dass wir allesamt, bis auf Kent, aus Deutschland kamen, erklärten sie, dass sie Schweizer wären. Was sie auch nicht verleugnen konnten, denn wenn sie sprachen, betonten sie so eigentümlich und die scharfen Rachenlaute taten ihr übriges.

Wir wurden von oben herab gefragt, ob wir infiziert seien. Natürlich war diese Frage zu erwarten gewesen. Unseres Wissens nach, war das nicht der Fall und so bekundeten wir unser einstimmiges Nein. Selbst wenn wir uns diesbezüglich unsicher gewesen wären, so hätten wir wohl trotzdem die gleiche Auskunft erteilt.

Die Schweizer schienen mit unserer Antwort zufrieden und erklärten, dass sie jetzt öffnen würden.

Also wenn das alle Vorsichtsmaßnahmen waren, bevor man

uns einließ, dann hatten wir es mit naiven Vollidioten zu tun, ging mir durch den Kopf.

Es sollte sich herausstellen, dass das mitnichten so war.

Das eindrucksvolle Baumstammtor teilte sich in der Mitte in zwei gleichgroße Flügel. Wir traten hindurch und erblickten ein weiteres, verschlossenes Tor. Langsam und mißtrauisch liefen wir auf dem sandigen Untergrund einige Meter hinein. Hinter uns schwangen beide Torflügel zu, die mittels Seilzügen bedient wurden.

Wir fanden uns in einem gut fünfzig Quadratmeter großen Areal wieder. Über uns der Himmel. Nicht ganz soweit oben, für uns allerdings unerreichbar hoch, verlief direkt an den Bretterwänden tatsächlich ein schmaler Steg, der auch an den Toren angebracht war. Damit war es den beiden Schweizern möglich, sich ständig schräg über uns zu befinden. Das Tor vor uns war, im Gegensatz zum ersten, nicht aus Holz sondern aus Eisen. Allem Anschein nach, hatte es einmal einen himmelblauen Anstrich gehabt, doch war dessen Oberfläche mittlerweile derart verwittert, dass es eher rostbraun und porös daherkam. Der Rost hatte der Farbe so zugesetzt, wie es Krebs mit einem Organismus tat. Einmal da, auf gnadenlos, zersetzende Eroberung aus. Beim

Betrachten der Dinge zu unserer Rechten, wuchs die Unbehaglichkeit, die ich verspürte, seitdem sich das Holztor hinter uns verschlossen hatte und uns somit ein Rückzug unmöglich gemacht worden war. An der rechten Bretterwand reihte sich Zelle an Zelle. Obwohl der Begriff Zelle einen ja an verschließbare, beengte Räume in Gefängnissen erinnerte, in denen zumindest ein Bett, ein Schrank, ein Tisch und ein Stuhl Platz hatten. In unserem Fall aber handelte es sich um Gitterboxen, acht an der Zahl, die da allesamt gleich ausgestattet waren. Eine folierte Matratze und auf dem Boden davor ein Eimer. Und das alles auf maximal zwei Quadratmetern. Gemütlich war anders. Mir schwante Böses und meine Vorahnung sollte sich bestätigen. Um sicher zu gehen, dass wir die vermeintlich kleine, heile Welt hinter dem Eisentor nicht mit der Seuche in Verbindung brachten und sie somit ins Verderben stürzten, wollte man uns in Quarantäne stecken. So nannten sie es. Tatsächlich handelte es sich dabei um eine vierundzwanzigstündige Einzelhaft unter permanenter Beobachtung. Also doch keine naiven Vollidioten.

Die Boxen standen alle nebeneinander, waren aber jeweils gute zwei Meter voneinander entfernt. Die Gehäuse bestanden aus dünnen Metallstangen, die in engem Abstand zueinander angebracht waren, sodass man allerhöchstens eine Hand hindurch stecken konnte. So blieb wohl garantiert, dass man keinen direkten Körperkontakt zu seinem Nachbarn herstellen konnte.

Eine Stunde später saßen wir, jeder für sich, in einer der jeweiligen Gitterboxen und ich überlegte fieberhaft, welchen Leichtglauben wir gerade an den Tag gelegt hatten. Wir waren eingesperrt, hatten uns vollkommen der Willkür unserer Wärter ausgeliefert, nur weil wir anscheinend die Hoffnung hegten, wieder so etwas wie zivilisierte Verhältnisse erfahren zu dürfen. Wir hatten unsere Freiheit und unseren LKW, der vor zehn Minuten weggefahren wurde (ich hatte es deutlich hören können) gegen etwas vage Hoffnung eingetauscht.

Die Schweizer hatten uns etwas von sechzig Leuten, vorhandener Elektrizität und ausreichend Essen und Trinken jenseits des Eisentores erzählt, aber inwieweit das stimmte, war für uns zu diesem Zeitpunkt nicht nachprüfbar. Die Hoffnung stirbt bekanntermaßen zuletzt. Dann kam Toshi.

Der Gong, den wir bei unserer Ankunft ausgelöst hatten, ließ uns aufhorchen. Jemand verlangte Einlass!
Die Schweizer liefen oberhalb des Holztores entlang, blickten hinab nach draußen und bedienten wortlos die Seilzüge, damit die hölzernen Flügel den Weg frei machen konnten.

Toshi war Ende zwanzig und der Inbegriff eines Männermodels. Erst bei seinem Anblick fiel mir auf, dass wir unseren Haaren länger schon keine wirkliche Beachtung mehr geschenkt hatten. Weder denen auf unseren Köpfen, noch denen, die im Gesicht, in den Ohren und der Nase wuchsen (bei uns Männern). Auch Toshi sah man an, dass er am Morgen keine Stunde in einem Bad verbracht hatte, um Körperpflege zu betreiben, trotzdem machte er mit seinem Dreitagebart einen weitaus gepflegteren Eindruck als wir es taten. Er erinnerte mich mit seiner stietzigen Frisur an die out-of-bed-style-Haarpaste, die es vor dem Kometen im Supermarkt zu kaufen gab und die so unglaublich intensiv nach Kaugummi roch.
Unsere Haare waren lang und verfilzt. Immerhin nicht fettig, denn durch das tägliche Baden im Meer, hatten sie die

Konsistenz von Stroh angenommen. Die Frauen hatten ihre Haarpracht mit Hilfe von reißfesten Gräsern zu Pferdeschwänzen zusammengebunden. Wir Männer kamen schlicht und ergreifend daher wie Robinson Crusoe. Unsere Barthaare waren lang und kräuselten sich. Toshi hingegen sah aus, als wäre er für ein Fotoshooting extra stundenlang so zurechtgemacht worden, dass er aussah, als würde er gerade vom Strand kommen, an dem er übernachtet hatte. Sein haselnussbraunes, glänzendes Haar ließ einen bestimmten Schnitt zumindest erahnen.

Plötzlich schämte ich mich meiner selbst. Wie hatte ich annehmen können, dass Lena mich auch nur ansatzweise anziehend finden könnte? Ich wusste, dass das Zähneputzen nach dem Aufstehen (allein schon, um den ekligen, pelzigen Geschmack loszuwerden) mein einzig gebliebenes ziviles Bedürfnis war. Mit einem faserigen Holzstück und etwas Wasser gelang es mir recht gut, so immerhin ein vages Gefühl von Sauberkeit zu erlangen. Nicht, dass ich gerade den Blick in einen Spiegel ertragen musste, aber wenn ich Kent, Rolf und Ben so betrachtete und Toshis Erscheinung dagegen hielt, wurde mir ganz anders. Seine kurze, beige Hose und das ausgeblichene Achselshirt erweckten vielleicht nicht gerade den Anschein, als hätte er die Sachen neu gekauft, aber im Gegensatz zu unserer Bekleidung, die aussah, als würde sie sich jeden Moment vor Dreck und Sprödigkeit in Wohlgefallen auflösen, sah er in seiner doch weitaus angezogener aus als wir in unserer.

Mich verlangte nach einer Dusche, einer Rasur, einem Friseur und sauberen Klamotten und dann wollte ich ein verdammtes Candle-light-Dinner mit Lena, dazu eine Flasche eiskalten, sardischen Weißwein – das war doch wohl nicht zuviel verlangt! Nach all den Strapazen und Entbehrungen, die hinter mir lagen, stand mir das doch mehr als zu.

Während ich mich selbst bemitleidete, bezog Toshi seine Zelle.

Er sprach Englisch mit britischem Akzent und wurde sogleich von Kent ausgequetscht, der im Gitterverschlag neben ihm einsaß.

Das sollte heißen, er versuchte es. Toshi, der anscheinend zu cool für eine Unterhaltung mit ihm war, gab nämlich durch seine einsilbigen Antworten zu verstehen, an keiner Konversation interessiert zu sein.

Im letzten Käfig, der, der dem Holztor am nächsten stand,

saß Lena. Zwischen ihrem und meinem Verschlag befand sich ihre Schwester Melanie. Zu meiner anderen Seite folgten Ben, Rolf, Kent und schließlich Toshi. Käfig Nummer 8 blieb leer.
Unsere beiden Aufseher waren verschwunden. Gut, was sollten wir auch anstellen?

„Meinst du, die sagen die Wahrheit?"
Ben war es, der mich das fragte. Uns alle beschäftigte diese Frage und je mehr Zeit zum Nachdenken da war, umso größer wurden die Zweifel daran.
Auf mein Schulterzucken reagierte Ben mit einer weiteren Frage.
„Wer ist eigentlich dieser neue Typ? Der scheint hier ja bekannt zu sein, so wie die Schweizer Burschen ihn begrüßt haben."
Ich brummte eine Antwort vor mich hin, während mein Blick auf Melanies Rücken ruhte, die an der Gitterwand zum Käfig ihrer Schwester hockte und mir somit die Sicht auf Lena versperrte.
Ben indes schien sich von meiner Missmutigkeit in keinster Weise gestört zu fühlen und setzte die relativ einseitige

Konversation munter fort.

„Was ist, wenn die uns hier einfach nicht mehr rauslassen?“

Nun ärgerte mich Bens schwachsinnige Denkweise doch zumindest so sehr, dass ich mich gezwungen sah, zu reagieren.

„Warum sollten sie das tun? Das wäre unlogisch.“

Wortfetzen drangen an mein Ohr. Ich horchte etwas angestrengter hin. Kent und der Beachboy sprachen miteinander. Diesmal schien Toshi Interesse an der Unterhaltung zu haben, denn in den letzten Sekunden meines Lauschens hörte ich ausschließlich ihn.

„Was reden die da?“

„Ben, bitte!“

Entnervt sah ich Ben an, der sich keiner Schuld bewusst zu sein schien. Zumindest nicht der, die gerade dabei war, mir so dermaßen auf den Sack zu gehen, dass ich keine Lust mehr hatte, gute Miene zum bösen Spiel zu machen. Also erklärte ich, mit in Falten gelegter Stirn, dass Ben doch einfach mal den Mund halten solle, damit man vielleicht etwas von dem verstünde, worüber sich Kent und Toshi da unterhielten.

Es gelang weder Ben noch mir, zu verstehen, worum es bei der Konversation zwischen Kent und Toshi ging. Zum einen waren sie viel zu weit weg (Rolfs Gefängniszelle war schließlich auch noch dazwischen) und zum anderen war das Gespräch in einer vertrauten Lautstärke und auch nicht von langer Dauer.

Einige Zeit später, brüteten wir, jeder für sich, vor uns hin. Mir kam in den Sinn, dass ich Lust auf Käsekuchen mit Vanilleeis hatte und dieser Gedanke ließ mich einfach nicht mehr los. Nicht, dass ich früher exorbitant viel dieser süßen Kombination gegessen hätte, aber ab und an war mir dieser Genuss zuteil geworden und jetzt in diesem Moment, würde ich sonst etwas dafür tun, dieses Geschmackserlebnis wieder erfahren zu dürfen.

Mitten in der Nacht, mich fröstelte doch etwas, obwohl es immer noch um die fünfundzwanzig Grad haben musste, wurde Toshi aus seinem Gefängnis geholt.

Niemand von uns schlief so tief, dass er nicht das Aufschließen seiner Gitterbox mitbekam.

„Hey und wir?!“, rief Ben den beiden Schweizern zu, die, nachdem sie Toshi hinausgelassen hatten, ihn rechts und links flankierten.

„Ihr kommt raus, sobald der Tag anbricht!“, antwortete ihm

einer der beiden.
In der Dunkelheit versuchte ich Lena auszumachen und glaubte die Silhouette ihres Körpers in einer Ecke ihrer Zelle zu erkennen. Es hätte sich dabei aber ebenso gut um einen Schatten handeln können.
Ben im Käfig neben mir, versuchte derweil Kent dazu zu bewegen, ihm zu erzählen, worum es in dem Gespräch zwischen ihm und Toshi gegangen war. Der aber erklärte, er sei müde. „Lass uns schlafen und morgen reden“, beendete er das Gespräch, bevor es richtig begonnen hatte.

Als langsam aber sicher die Stille die Nacht zurück eroberte, begannen sich meine Gedanken um meine irdische Existenz zu drehen. Wo werde ich in zwei Wochen sein? In einer zivilen Gemeinschaft? In einer noch vertrauteren Beziehung mit Lena? Noch am Leben? War das wirklich die richtige Entscheidung gewesen, uns in die Gewalt von Leuten zu begeben, die uns zur Begrüßung in einen Käfig sperrten wie räudige Hunde? Ich fühlte noch, wie ich in den Schlaf abzudriften begann und war dankbar darüber, nicht mehr denken zu müssen.
Es musste noch früh am Morgen sein und doch weckten

mich die Sonnenstrahlen nicht nur durch ihr bloßes Licht, sondern auch schon durch spürbare Wärme. Es versprach ein heißer Tag zu werden. Ich blinzelte in unsere Runde. Ben schien noch zu schlafen. Er lag in Embryonalhaltung auf der Matratze, das Gesicht in seinen Oberarmen vergraben.
Melanie lag in ihrem Verschlag auf dem Rücken. Sie war wach, denn ich konnte sehen, wie sich ihre Wimpern in regelmäßigen Abständen bewegten. Ihre Schwester, in der Zelle dahinter, saß im Schneidersitz auf ihrem Lager und flocht sich einen Zopf mit den Haaren, die ihr an der Schläfe herunterhingen. Kent und Rolf unterhielten sich leise. Lange konnten sie noch nicht wach sein. Sicher ging es um das gestrige Gespräch zwischen Toshi und Kent.
Gerade hatte ich vor, meine aufkeimenden Zweifel, ob man uns je wieder frei ließ, mit den anderen zu teilen, schließlich hatten die Schweizer versprochen bei Tagesanbruch zurückzukommen (und der war ja nun bereits im vollen Gange), da erschienen sie auf der Bildfläche. Sie kamen nicht allein. Bei ihnen war ein großer, hagerer Mann mit silbergrauen, raspelkurzen Haaren.
Ich konnte nicht sagen weshalb genau, aber er strahlte irgendwie etwas Würdevolles aus. Das merkwürdige Trio

blieb direkt vor meinem Verschlag stehen.

„Ihr sprecht alle deutsch, ist das richtig?“

Allgemeines Nicken. Selbst die Schweizer wackelten bejahend mit ihren Köpfen.

Der Hagere sprach nicht laut, hatte allerdings eine so markante, tiefe Stimme, dass ich mir sicher war, dass sie auch den am weitesten entfernten Käfig deutlich vernehmbar erreichte.

„So ihr denn willens seid, euch in unsere Gemeinschaft einzubringen und unsere Regeln zu befolgen, heiße ich euch herzlich willkommen. Wenn...“

„Wie lauten denn die Regeln?“, unterbrach ihn Kent.

Das hätte er wohl besser bleiben lassen sollen, denn sogleich erntete er einen bösen Blick des Hageren, ehe der sich dazu herabließ fortzufahren.

„Wenn ihr das aber ablehnt, so ist da der Ausgang.“

Er wies mit einer Handfläche auf das Tor, durch welches man uns gestern hereingelassen hatte.

„Zu den grundlegenden Regeln...“, sprach er weiter, ließ eine theatralische Pause und bedachte Kent mit einem vorwurfsvollen Blick, „... Sybills Wort ist Gesetz. Ihr allein verdanken wir das Funktionieren unseres Systems. Ein gerechtes System. Ohne Zank und Streit. Überhaupt sind wir ihr verpflichtet, da es diesen wunderbaren Ort, der uns zugleich Zuflucht und eine menschenwürdige Existenz gewährt, gar nicht gäbe."

Der Hagere blickte grimmig in die Runde. Er ahnte wohl, dass sich unsere Fragen überschlagen würden. Und er sollte Recht behalten, denn sein Geschwafele von Sybill-über-alles (wer immer das auch sein mochte), warf mehr Fragen auf, als das es welche beantwortete. Ich war ernsthaft versucht, die Option zu befürworten durch das Tor wieder zu verschwinden.

Ein hellgrün gefiederter Vogel stakste zwischen den Käfigen hin und her und blieb schließlich knappe zwei Meter neben dem Hageren stehen. Er drehte seinen Kopf, beäugte mich interessiert, wobei er seinen Hals immer wieder kurz und hektisch hin und her zucken ließ und schien sagen zu wollen: Los, unterhaltet mich!

„Ehe ihr mich mit euren Fragen löchert, schlage ich vor, ich zeige euch unser kleines Paradies. Danach könnt ihr darüber entscheiden, ob ihr euch in unsere Gemeinschaft einbringen wollt oder es vorzieht, auf eigene Faust da draußen herumzustolpern."

Beim letzten Teil seiner kleinen Ansprache verzog er verächtlich das Gesicht.
Die Schweizer machten sich daran unsere Verschläge zu öffnen und einen nach dem anderen herauszulassen. Als das geschehen war, warf der Hagere einen letzten überheblichen Blick auf uns, ehe er sich zu dem Eisentor begab und mit der Faust dagegen schlug. Dreimal kurz, dreimal lang. Bamm,-bamm-bamm! – Bahm! Bahm! Bahm!
Sekunden später wurde geöffnet. Im Gegensatz zu dem Holztor, bestand dieses hier nur aus einem monströsen Torelement, welches nach innen aufschwang. Ich erwartete ein Quietschen oder Schleifgeräusch, aber nichts dergleichen war zu hören. Lautlos glitt das wuchtige Tor zur Seite und gab den Blick frei auf einen Trampelpfad. Der Hagere schritt hindurch und wies uns an, ihm zu folgen.
Aha. Jetzt bekommt die Sache auch die nötige Portion Authentizität, dachte ich beim Anblick des kleinen Vietnamesen, der uns neugierig aus den Augenwinkeln beobachtete, während er sich anschickte das Tor hinter uns wieder zu verschließen.
Hier war nichts mehr vom Rost zu sehen. Mit einem tadellosen, dunkelbraunen Anstrich hatte man die eiserne

Barriere auf dieser Seite versehen.

„Danke, ich brauche euch nicht mehr. Tung wird uns ja nun begleiten." Der Hagere schaute in Richtung der beiden Schweizer, die unterwürfig nickten und dann eine, an der Seite des Tores angelehnte, Holzleiter ansteuerten. Nacheinander kraxelten sie hinauf und gelangten so zu dem Steg, der ihnen als Beobachtungsposten diente. Sie nicht weiter beachtend, beschritten wir, wie auf eine Perlenkette gereiht, den Trampelpfad, der uns in einem leichten Bogen durch den Wald führte. Vorweg der Hagere, dann kamen Kent, Rolf, meine Wenigkeit, hinter mir Ben und dahinter Lena, Melanie und schließlich Tung. Als ich mich einmal vorsichtig umdrehte, bemerkte ich, wie Tung Melanie auf den Hintern stierte. Durch seine geringe Körpergröße und der Tatsache, dass der Po Melanies vor ihm her schaukelte, wie eine Möhre vor einem Esel, konnte ich es ihm nicht einmal verdenken. In einiger Entfernung hörte ich den Fluss rauschen. Das Geräusch wurde während unserer kleinen Wanderung mal klarer und dann wieder schwächer. Wir durchquerten trockenes Nadelgehölz auf einem zwar schmalen, aber regelmäßig benutzten, weil plattgetretenen Weg.

Dann endlich, nach einigen Minuten Fußmarsch erreichten wir eine großzügige Lichtung, die sich wie aus dem Nichts vor uns auftat. In deren Mitte stand ein massiver, gemauerter Brunnen. Containermodule, wie sie früher auf Baustellen zur Unterbringung von Arbeitern gedient hatten, standen in zwei Reihen übereinandergestapelt am Rande der Lichtung. Sechs Stück an der Zahl. Sie schienen miteinander verbunden zu sein, denn ich konnte beobachten, wie im oberen, ersten Modul, eine Person hinter dem Fenster zu sehen war, die sich zügig nach rechts bewegte, um einige Sekunden später hinter dem Fenster des oberen, zweiten Moduls zu erscheinen. Jeweils rechts und links, von den in dieser Umgebung irgendwie deplatziert wirkenden Containerelementen, standen einige zusammengezimmerte Bretterhütten. Hier sollten sechzig Leute zivilisiert miteinander leben? Ich kam zu dem Schluss, dass es zwar möglich, aber eher unwahrscheinlich war.

Nachdem wir zielstrebig auf die Wellblechquader zugesteuert und durch eine Tür ins Innere gelangt waren, beschlich mich eine Ahnung und ich änderte meine Meinung. Fast erwartete ich, einen schmucklosen, pragmatisch eingerichteten Raum zu betreten, in dem ein paar Männer im Blaumann an einem

Tisch saßen, vor sich ihre Helme, Kaffeebecher und Bauzeichnungen. Dem war nicht so.

Deckenhohe Holzregale säumten die Wände. Einige leer, andere vollgepackt mit Kartons, Flaschen und Dosen. Auf einem der Regale lagen alle erdenklichen Werkzeuge. Vom Zimmermannshammer über Rohrzangen bis hin zu Maulschlüsseln in verschiedensten Größen war alles vertreten. In einer Ecke des Raumes stand eine Liege. Eine, die bei Ärzten benutzt wurde, um Patienten auch in der Waagerechten behandeln zu können. Dunkelgraues Kunstleder und für jeden neuen Patienten wurde eine frische Bahn dünnen Krepppapiers, von der am Fußende angebrachten Rolle, auf die Liegefläche gezogen. Hygienisch unschlagbar.

Wir durchquerten den Container und hielten auf eine Tür zu, die sich just in diesem Moment öffnete. Hindurch traten zwei vietnamesische Frauen. Sie schienen überrascht, doch fingen sich in dem Augenblick, als sie den Hageren erblickten. Sie nickten einmal kurz zum Gruß, richteten ihren Augen dann zu Boden und schritten zügig an uns vorbei, in die Richtung, aus der wir gerade gekommen waren.

Einer Entenfamilie gleich, folgten wir dem Hageren weiter.

Wir hatten uns eingebildet, die Größe des Dorfes (oder wie auch immer man diese offensichtlich autarke Gemeinschaft nennen wollte) in dem Moment einschätzen zu können, als wir auf der Lichtung standen. Ein Irrglaube. Wie sich nämlich herausstellte, begann das eigentliche Konstrukt erst auf der Rückseite des Containers, durch den wir eingetreten waren.

Wir standen auf einer hölzernen Terrasse und blickten über eine Vielzahl von Gebäuden, Geländern und Stegen. Allesamt aus Balken und Brettern gezimmert. Das Gelände, welches sich uns darbot, verlief abschüssig, weshalb es uns vorhin auf der Lichtung gar nicht möglich gewesen war, das hier auch nur zu erahnen.
Wir verließen die Terrasse mit ihrer erhabenen Aussicht und standen alsbald staunend und ebenerdig beisammen. Von jetzt auf gleich begann es zu regnen. Innerhalb von Sekunden wurde aus den herabfallenden Tropfen ein regelrecht himmlischer Wasserfall. Es goss wie aus Eimern. Ich beobachtete fünf, nein sechs geduckt rennende Menschen, die jeder einen dieser typisch asiatischen Kegelhüte trugen.
Es roch nach nasser Erde und Wald.

Die Spitzhüte begannen lange, weiße Stoffbahnen, die an dünnen Drahtseilen entlanggeführt wurden, über weite Teile des Areals zu ziehen. Die Seile, die wir zuvor gar nicht bemerkt hatten, befanden sich gut zwanzig Zentimeter über unseren Köpfen.

Der Hagere schritt voran und wir gelangten trockenen Hauptes bis an den Rand der soeben errichteten Bedachung. So wie auch das Gelände, verliefen die Stoffbahnen über uns abschüssig. Dort, wo das Regenwasser am Ende des provisorischen Daches hinunterstürzte, waren hölzerne Rinnen aufgestellt, die das kostbare Nass sammelten und hin zu einem, in den Boden eingelassenen, Fass führten. Dieses Fass, von dem sich höchstens zehn Zentimeter über der Erdoberfläche befanden, war auch nur eine Zwischenstation für das Regenwasser, denn angesichts der Massen, mit denen die Holzrinnen es speisten, hätte es längst überlaufen müssen. So aber schluckte es den ihm zugeführten Strom wie ein nimmersattes, schwarzes Loch.

„Das hier also ist unser stetig wachsender Lebensraum!"

Der Hagere musste seine Stimme heben, um gegen das Prasseln des Regens und das Rauschen des aufgefangenen Wassers anzukommen und machte eine ausladende Geste.

„Und nun kommt, es wird Zeit, dass ihr Sybill vorgestellt werdet! Erweist ihr den nötigen Respekt und sie wird euch eine Chance zu geben!“
Die Frage, die sich mir aufdrängte, während wir auf eine flache Baracke zuschritten, war, ob ich, respektive wir, das überhaupt wollten.

Wir fanden uns sitzend an einer langen Tafel wieder. Es war nicht die einzige in dem riesig wirkenden Raum. Ich sah mich um, überschlug grob die vorhandenen Plätze und kam zu dem Schluss, dass hier alle sechzig Leute Platz fänden, so es sie denn wirklich gab. Einige Meter hinter der Stirnseite unseres Tisches befand sich ein Podest.
Mein Magen machte sich bemerkbar und jetzt, da ich hier saß und wartete, wurde ich mir meines Löwenhungers erst so richtig bewusst. Mir fiel auf, dass wir untereinander gar nicht mehr sprachen. Natürlich war das alles hier neu und sehr eindrucksvoll, aber was ich und wohl auch die anderen fühlten, war weniger Neugier, als eher eine Art der Einschüchterung. Waren wir nicht als freie Menschen hergekommen? Warum scheuten wir uns dann miteinander zu reden? Es sagte doch gerade niemand etwas. Bloß weil

der Hagere uns behandelte wie ein paar dahergelaufene, schmutzige Straßenkinder? Konnten wir nicht einfach sagen, dass wir ihn und seine Art mit uns zu reden ziemlich Kacke fanden?

Vor uns, auf dem Podest, hantierten ganz plötzlich zwei Leute mit einem Stuhl mit hoher Lehne herum. Wo kamen die denn jetzt auf einmal her? Ich hatte sie jedenfalls nicht an unserer Tafel vorbeikommen sehen.

„Unsere Ackerflächen wollen bewirtschaftet werden“, setzte der Hagere ungeachtet dessen fort, was hinter seinem Rücken geschah. „Der Wald muss urbar gemacht werden. All das erfordert viel Kraft und wird durch die Mitglieder unserer Gemeinschaft getragen. Wenn ein jeder seinen Platz akzeptiert, den Sybill ihm zuweist und dabei sein Bestes gibt, dann und nur dann können wir in einer Gesellschaft zusammenleben, in der niemand Hunger oder Durst leiden muss. Unsere Gemeinschaft pflegen und wachsen zu lassen, es neu und besser zu machen, das ist unsere Aufgabe.“

Der Hagere senkte sein Haupt und auf der Bildfläche erschien eine Vietnamesin. Sie war in eine schwarze Robe gehüllt und schritt bedächtig um unsere Tafel herum. Dabei sah sie einem jedem von uns lange ins Gesicht. Bis auf das leise Rascheln der Robe war es mucksmäuschenstill.

Als ich mit ihrem eindringlichen Augenkontakt an der Reihe war, fühlte es sich an, als würde ich nackt und vollkommen schutzlos von ihr begutachtet werden. Sie sah mich nicht nur an, sie sah in mich hinein. Das also war Sybill. Mich fröstelte.

Zwei, drei Gänsehäute später (Die Dame mit Robe - ich schätzte sie auf Anfang, Mitte dreißig - hatte mittlerweile ihren Platz auf der Bühne eingenommen und thronte nun regelrecht dort) begann sie zu sprechen.

„Hier herrschen Regeln und ich verlange, dass sie eingehalten werden. Verdient euch meinen Respekt und ihr werdet hier ein gutes Leben haben. Tut es nicht, tragt ihr die Konsequenzen."

Die charismatische Frau sprach akzentfrei deutsch. Das erste, was einem an ihr auffiel, war die grüne Iris, die rund um ihre Pupillen leuchtete. Bei allen Vietnamesen, die ich je zu Gesicht bekommen hatte, war diese ausnahmslos braun.

„Ich verstehe, dass ihr die vielen, neuen Eindrücke erst einmal verarbeiten müsst. Daher bekommt ihr jetzt etwas zu eurer Stärkung und könnt dann in aller Ruhe miteinander beratschlagen, ob ihr zu uns gehören wollt oder eben nicht. In jedem Fall seid ihr herzlich zu dem bescheidenen Mahl eingeladen, welches euch in wenigen Augenblicken serviert wird. Sobald aufgetragen wurde, lassen wir euch allein. In einer Stunde kehre ich zu euch zurück und dann erwarte ich eure Entscheidung."

Die Tür öffnete sich und herein traten zwei ältere Frauen. Eine Vietnamesin und eine europäisch aussehende Frau. Die Vietnamesin trug eine riesige, dampfende Schüssel mit Reis. Die andere hielt ein nicht minder großes Gefäß in den Händen, deren Inhalt an exotische Gemüsepfanne erinnern ließ. Jedenfalls roch es köstlich und prompt knurrte mein Magen und das Wasser lief mir im Mund zusammen.

Das Essen wurde wortlos in die Mitte unseres Tisches gestellt. An den Stielaugen und den vermehrten Schluckbewegungen meiner Mitankömmlinge erahnte ich, dass wir alle vor Hunger fast vergingen. Nachdem die beiden Frauen abgeladen hatten, holten sie Geschirr. Schüsseln und Löffel wurden grob auf der Tischmitte verteilt.

„Also dann, wir sehen uns in einer Stunde. Ich wünsche guten Appetit", sprach Sybill, erhob sich von ihrem Thron und verschwand mitsamt dem Hageren und den beiden Frauen durch die Tür.

Wir waren allein. Ich weiß gar nicht wer zuerst zulangte, irgendwie griffen wir alle gleichzeitig zu. Der Duft war einfach zu verführerisch. Mit vollen Mündern tauschten wir uns aus.

„Oh. Mein. Gott. Ist das köstlich! Das ist mit Abstand das beste, was ich je im Leben gegessen habe.“, bekundete Ben mampfend.

„Das kommt dir nur so vor, weil du so lange nichts zwischen den Kiemen hattest“, erwiderte Rolf, ebenfalls kauend.

„Aber ich gebe dir Recht – es ist verdammt gut.“

Rolf schob sich einen weiteren, voll gehäuften Löffel des noch immer dampfenden Essens in den Mund, ohne dabei den Blick von seiner Schüssel zu nehmen.

Der Regen hatte aufgehört. Neben unseren Mampf- und Schlinggeräuschen hörte man das ablaufende Wasser vom Dach. Das Geprassel der Regentropfen über unseren Köpfen war verschwunden.

Eigentlich hatten wir doch genau nach so etwas gesucht. Menschen, die überlebt hatten und nach vorn sahen. Welche, die nicht hausen wollten wie Wilde, sondern bereit waren, sich aus der Asche zu erheben, Strukturen errichteten und als Gemeinschaft etwas bewegten. Nur hatte eben diese

Gemeinschaft oder besser gesagt deren Sprecher, es zu verantworten, dass wir uns mehr als Bittsteller fühlten, denn als bereichernd und gleichwertig. Interessanterweise brachte Melanie, von der ich es am wenigsten erwartet hätte, genau das auf den Punkt. Sie legte dabei sogar so viel Selbstbeherrschung an den Tag, erst auszukauen und zu sprechen, ohne dabei neue Nahrung in ihren Mund zu stopfen. „Das gute Essen in allen Ehren“, eröffnete sie ihre Ansprache. „Aber ob wir bei diesem Verein hier mitmachen, sollten wir uns vorher gründlichst überlegen. Ich habe jedenfalls keine Lust, nur weil es...“, sie warf mit ihren Fingern Gänsefüßchen in die Luft, „... der göttlichen Sybill...“ und verdrehte die Augen „... in den Sinn kommt, ihr die Füße zu massieren oder dergleichen.“

Wir aßen und nickten. Das Bedürfnis nach Essen (nach äußerst schmackhaftem Essen wohlgemerkt) wollte erst befriedigt werden, ehe wir anderen tiefere Gedanken, denen von Melanie gleich, zulassen konnten. Es sollte noch einige Minuten dauern, ehe das dann tatsächlich der Fall war.

„Was hat dieser Toshi dir eigentlich erzählt?“

Ich musste zugeben, dass ich das schon ganz vergessen hatte, aber in dem Moment als Ben seine Frage stellte, konnte ich nicht umhin zuzugeben, dass genau das mich jetzt auch brennend interessierte. Es schien wohl einigen so zu gehen, denn mehrere Augenpaare richteten sich erwartungsvoll auf Kent. Erst da fiel mir auf, dass der irgendwie abwesend schien. Er sah sich permanent um und musterte jeden Winkel im Raum. Ruhelos streiften seine Augen umher, bis er ganz plötzlich innehielt. Ich folgte seinem Blick und hätte schwören können, dass jemand von außen durch einen Schlitz zwischen den Brettern zu uns herein gelinst hatte. Doch dort, wo ich eben noch meinte ein Augenpaar gesehen zu haben, schien nun wieder etwas Licht durch einen kleinen Spalt in der Wand.

„Er sagte, wir sollten uns in Acht nehmen. Sie hat ihre Augen und Ohren überall."

Kent flüsterte die Worte und nahm den Blick nicht von der Stelle, wo sich der Spalt befand.

Ich vermisste unseren Strand, meine Poolliege, das Baden im Meer, gleich nach dem Aufstehen. Soweit hinausschwimmen, dass man es gerade so wieder zurück an Land schaffte, um völlig erschöpft im Sand liegen zu bleiben und sich von der Sonne trocknen zu lassen, während Herz und Lunge

schlugen und pumpten, als wäre ihnen der Brustkorb ein zu kleines Gefängnis, aus dem sie ausbrechen wollten.
Das Knistern der Salzkristalle auf meiner Haut, wenn ich dann der Meinung war, mich wieder bewegen zu können.
Shakern mit Lena beim Fische fangen.
Sollten wir einfach umkehren oder war das alles hier ein notwendiger Schritt, der uns weiter brachte? Als hätte sie meine Gedanken gelesen, ergriff Lena das Wort. „Ich kehre auf keinen Fall wieder um! Es ist doch nur verständlich, dass diese Leute hier sicher gehen wollen, dass wir mit anpacken. Sie haben halt keine Lust, sich Schmarotzer heran zu holen. So ist es doch, oder?! Habe ich nicht recht?“
Lena blickte verzweifelt in die Runde.
„Ja.“, antwortete ich. „Du hast Recht. Wir werden bleiben und warten ab, was kommt. Gehen können wir immer noch.“
Die verbleibende Zeit bis zu Sybills Rückkehr verbrachten wir damit, uns gegenseitig Mut zuzusprechen. Es wurde vereinbart, dass wir gemeinsam gekommen waren und im Fall eines Falles auch gemeinsam wieder gehen würden. Wir waren näher zusammengerückt. So konnte unser gehauchter Flüsterton unmöglich bis zu den Holzwänden gelangen. Rolf bemerkte außerdem, dass, so wir denn gezwungen waren

Sybill und ihren Anhängern den Rücken zu kehren, wir uns nicht zwangsläufig zu unserem Strand zurückbegeben mussten. Wir könnten einfach dem Abenteuer ins Gesicht blicken und weiter die Küste entlang reisen.

„Was die hier geschafft haben, wird wohl auch andernorts möglich gewesen sein", so eine seiner Aussagen, die allgemeine Zustimmung fand. Andererseits wollten wir unser Glück auch nicht überstrapazieren, denn die Wahrscheinlichkeit bei der Suche nach weiteren Überlebenden zu Tode zu kommen, war so gering nicht. Fernab von einer steten Nahrungs- und Trinkwasserversorgung und dazu die Gefahr der Seuchenansteckung permanent vor Augen.

Sybill kam wie verabredet zurück. Diesmal flankiert von zwei vietnamesischen Männern. Sie postierte sich auf dem Podest. Die beiden Vietnamesen hielten sich derweil im Hintergrund.

„Eure Entscheidung bitte."

Ich konnte beobachten, wie ihre Wangenmuskeln arbeiteten, als sie auf unsere Antwort wartete.

Rolf übernahm für uns wie verabredet das Wort.

„Wir möchten uns als allererstes für die bisher erfahrene Gastfreundschaft bedanken. Das Essen war sehr schmackhaft und hat uns gestärkt. Danke dafür. Wir wären gern Teil eurer Gemeinschaft. Uns ist bewusst, dass sich das, was ihr hier habt, nur durch ehrliche Arbeit bewerkstelligen lässt. Keiner von uns hat ein Problem damit, sich durch Leistung einzubringen. Auch wir haben uns, bevor es uns hierher verschlagen hat, organisiert, in kleineren Dimensionen zwar, aber wir haben Fertigkeiten im Fisch- und Vogelfang erlangt und uns selbst versorgt. Wir sind bereit…"

Sybill wirkte sehr ungeduldig. Sie sog hörbar tief Luft ein und schnitt Rolf das Wort ab.

„Meine Zeit ist begrenzt. Ihr wollt also bleiben. Schön. Ich gebe euch eine Woche Probezeit. Danach wird entschieden, ob ihr euch als würdig genug erwiesen habt, Teil unserer neuen Weltordnung zu sein. Ich werde euch nun den jeweiligen Bereichen zuteilen, wobei das nichts Endgültiges zu bedeuten hat."

Kent und Rolf tauschten Blicke aus, bei denen Kent eine Augenbraue hochzog. Die Gesichter der Mädchen schienen ein einziges Fragezeichen. Ben entzog sich meinem Blickfeld, da er angelehnt saß und somit von den Körpern von Rolf und Kent verdeckt blieb.

„Wie ist dein Name?“

Sybill deutete direkt auf mich.

Ich antwortete.

In der Welt, in der wir jetzt lebten, genügten unsere Vornamen. Nicht von einem meiner Gefährten kannte ich den Nachnamen.

„Du wirst mit Toshi auf die Jagd gehen. Jäger.“ Sie nickte leicht, wie um sich selbst zu bestätigen.

„Wie ist dein Name?“

Sie zeigte auf Kent. Während er antwortete, warf sie einen Blick zu den beiden Vietnamesen, von denen einer eifrig etwas auf einem Zettel notierte.

„Landwirtschaft.“

Es ging reihum. Rolf sollte seine Fähigkeiten als Wirtschafter (was auch immer das beinhaltete) unter Beweis stellen, Ben bekam ebenfalls die Aussage: „Landwirtschaft“ zu hören und Lena wurde der Küche zugewiesen. Zu guter Letzt war Melanie an der Reihe.

„Säuberungskolonne.“

Melanie zog die Stirn kraus.
„Keine Sorge, meine Füße fallen nicht in deinen Aufgabenbereich“, spöttelte Sybill ohne Melanie eines Blickes zu würdigen, wobei sie sich anschickte von der Bühne zu treten und an uns vorbei die Räumlichkeit zu verlassen.
Sie machte sich nicht einmal die Mühe zu verbergen, dass sie uns belauscht hatte!
Bevor sie die Tür erreichte, drehte sie sich noch einmal um. Die beiden Männer die ihr folgten, wichen ergeben zur Seite, damit sie freie Sicht hatte.
„Der Tag ist noch jung. Ihr werdet gleich von den Leuten abgeholt, mit denen ihr die Woche verbringt. Sie werden euch alles Weitere zeigen. Wo ihr schlaft, esst, arbeitet. Den groben Tagesablauf. Ich wünsche euch eine erfolgreiche Zeit.“
Sprach`s und verschwand.

8

„Hey man, how are you?“

Gestik und Mimik meines Gegenüber sprachen für sich. Toshi war mir sympathisch. Gott sei Dank. Die Begrüßung war kein Problem. Die nachfolgenden Sätze auch nicht. Mein Schulenglisch war dem gewachsen. Ich hörte konzentriert zu und übersetzte in Gedanken. Wenn es mir auch nicht gelang, jedes einzelne Wort herauszufinden, den Satz als solches, also seinen groben Sinn, verstand ich leidlich. Dann aber, als ich mich nach meinem Aufgabengebiet für die folgenden Tage erkundigte, wurde es etwas prekärer.

„What will we do? What will I do?“

Toshi setzte zu einer Antwort an und redete von da an ohne Punkt und Komma, gerade so, als wäre ich ebenso wie er Englischmuttersprachler. Ich kam nicht mehr mit, nickte aber trotzdem einfach und ließ ab und an ein: „Aha“ und: „Yes, okay“ verlauten. Toshis Redefluss kannte kein Halten und er erzählte und erzählte. Irgendetwas davon, dass das

Leben im Dorf ganz okay sei, aber Sybill und ihre Regeln ihm zuwider waren. Zumindest glaubte ich so etwas in der Art herauszuhören.

Was Lena jetzt wohl gerade in der Küche machte? Irgendwie gefiel mir der Gedanke, dass ich später etwas essen würde, an dessen Zubereitung sie mitgewirkt hatte. Was ich zu diesem Zeitpunkt noch nicht ahnte, war, dass ich Lena und die anderen erst Tage später wiedersehen sollte.

Wir aßen mitnichten alle gemeinsam zu Abend, wie ich mir das, wahrscheinlich in einem Anflug hoffnungsloser Romantik, gedacht hatte. Eine schöne, lange Tafel in der Mitte des Dorfes, gedeckt mit den erwirtschafteten Früchten des Dschungels rings um uns. Dazu die Gaben des Meeres. Gefüllte Schalen mit dampfendem Inhalt, der ansprechend für Augen und Gaumen daherkam. Hinterher vielleicht ein selbst gebrannter Reiswein. Ein Wiedersehen mit den Schweizern und ein Kennenlernen der anderen, die hier ohne Frage noch leben mussten. Sich, vom Reiswein gelöst, auf die Schultern klopfend erzählen zu lassen, dass man ja von Anfang an gewusst hatte, dass keiner von uns infiziert sei und

jetzt: Herzlich willkommen! Ein wenig Kurzweil eben. Aber nein, diese, meine Idealvorstellung vom Abendessen sollte sich nicht erfüllen. Es kam,wie gesagt, etwas anders.
Toshi nahm mich mit zu sich. Zu sich, das hieß eine spärlich eingerichtete Holzbaracke. Innen vier Pritschen, ein Tisch und eine Art Herd. Darauf war eine Feuerstelle zu erkennen, neben der eine blitzblank polierte Pfanne stand.
„Toshi?"
„Yes my friend?"
„Ähm, the switzer guys say, here in your village, there is some electricity?"
„Yeah, that´s true. But only for special buildings and not all the time. And this my friend...", er machte eine ausladende Geste mit der Hand, „...is definitly not a special building."
Zwei der Pritschen im Raum, die, die voneinander am weitesten entfernt standen, schienen belegt. Jeweils ein Laken sowie eine Strohmatratze befanden sich auf ihnen. Auf einer der Schlafgelegenheiten lag zudem noch ein Jagdmesser. Toshi schnappte sich das Messer und steckte es in die dafür vorgesehene Lederscheide, welche an seinem Gürtel befestigt war. Danach ließ er sich rücklings auf seine Schlafstätte fallen.

„Hey man, take a seat! Your choice!“

Er deutete auf die beiden leeren Pritschen. Ich entschied mich für eine und ruckelte sie etwas unbeholfen hin und her.

„Behind you!“

Toshi zeigte auf einen groben Leinenvorhang in meinem Rücken. Ich drehte mich um und zog ihn beiseite. Dahinter fand ich Laken, Strohmatratze und einen muffigen Geruch.

Nachdem ich mir meine Liege hergerichtet hatte, ließ auch ich mich darauf nieder.

Während ich so da lag und im Kopf eine anständige Frage in englischer Sprache zu formulieren versuchte, musste ich auch an denjenigen denken, der hier ebenfalls wohnte, schlief oder was auch immer. Ob der auch englisch sprach? Oder nur vietnamesisch?

Den Besitzer der anderen belegten Liege sollte ich vorerst nicht kennenlernen, denn Toshi erklärte mir, dass wir unmittelbar aufbrechen würden, wobei er einen großen Armeerucksack unter seinem Bett hervorzog.

Ich bekam auch einen Rucksack. Besser gesagt zwei. Den einen, etwas kleineren, verstaute ich in dem großen, den wiederum ich mir auf den Rücken pflanzte.

Trinkwasser und Proviant war uns, wie auch meine Rucksäcke, in einer der vielen Hütten auf dem Gelände ausgehändigt worden. Ein mürrischer, alter Vietnamese packte unsere Sachen wortlos auf einen Tresen und sah uns mit aufgestemmten Armen dabei zu, wie wir alles auf die Tornister verteilten.

Auf dem Weg zu einem weiteren, kleinen Gebäude ganz am Rande des Dorfes, blickte ich mich aufmerksam um, in der Hoffnung Lena, Kent, Rolf, Ben, oder wenigstens Melanie zu sehen, aber Fehlanzeige.

Weiter hinten, zwischen den Bäumen, konnte ich Ackerfläche ausmachen. Es befanden sich Leute darauf. Bei der Entfernung war es mir allerdings unmöglich zu erkennen, um wen es sich dabei handelte.

In der zweiten Baracke bekamen Toshi und ich eine Machete. Toshi verstaute noch Pfeile und Bogen, sowie Werkzeug und ein großes, feinmaschiges Netz in seinem Marschgepäck. Die Pfeilspitzen und das Ende des Bogens ragten aus seinem Rucksack heraus, da sie einfach zu lang für diesen waren. Dann erklärte er uns für komplett und wir schritten den Pfad entlang, auf dem ich vor einigen Stunden mit den anderen das Dorf erreicht hatte.

Am Tor bot sich mir die gleiche Szenerie wie bei unserer Ankunft. Wieder waren da die beiden Schweizer, die Toshi und mich diesmal verabschiedeten.

Wir liefen vielleicht eine Viertelstunde die Hauptstraße entlang (nicht in die Richtung aus der meine Kameraden und ich gekommen waren, sondern in die entgegengesetzte), bis wir uns schließlich seitlich der asphaltierten Strecke ins Dickicht schlugen. Ich wurde in den dahinter liegenden Wald geführt, in den wir tief eindrangen. Stundenlang ging es durch dichtes Gestrüpp bergauf, welches mir Arme, Beine und das Gesicht zerkratzte. Ab und an scherten wir auf unserem Weg nach oben mal nach links, mal nach rechts aus. Toshi hatte in der Vergangenheit Vogelfallen errichtet. Wie Fischer auf einem Krabbenkutter holten wir seine, in die Wildnis drapierten Fangnetze ein, in denen es mal mehr und mal weniger flatterhaft zuging. Er erklärte mir, dass er die Vögel am Leben ließ, bis wir sie auf unserem Rückweg einsammeln würden. So befreiten wir die Tiere, die sich in den Maschen der Netze verhakt hatten und sperrten sie auf ziemlich engem Raum ein, doch immer noch so, dass sie sich hüpfend bewegen konnten. Dazu nahmen wir die eingeholten

Netze doppelt und bauten mehr schlecht als recht Vogelvolieren, gingen damit aber immerhin sicher, dass unsere Beute nicht wieder ausbüxte.

Ich gab mit meiner Machete definitiv ein deutlich schlechteres Bild ab als Toshi, dessen Schläge weitaus präziser waren und viel müheloser schienen, während meine eher nach Selbstverteidigung aussahen, denn als Angriff auf die sich im Weg befindende Flora. Toshis Schläge kamen aus dem Handgelenk und weg war der Zweig mit seinen trockenen, scharfen Verästelungen. Ich drosch zu, mit dem Kräfte zehrenden Schwung meines ganzen Armes und das riesige, grüne Blatt vor meiner Nase, welches ich zwar traf, mir aber nicht den Gefallen tat, abgeschnitten zu Boden zu fallen, schnellte zurück, um mir kurz darauf eine peitschende Ohrfeige zu verpassen. Missmutig fand ich die Erklärung darin, dass Toshis Machete scharf und die meine stumpf und auch sonst in allen anderen Belangen zweitklassig war.

Immer mal wieder wies Toshi mich an, eine hellgrüne Frucht einzusammeln, welche die Form einer Birne hatte. Wir fanden sie zwischen all dem, für uns unnützen, Grünzeug am Boden wachsend.

„That´s Chayote“, wurde ich aufgeklärt und verstand

immerhin soviel, dass diese Art von Früchten, die Kürbisse Vietnams genannt wurden. Immer wenn sich durch deren Gewicht mein Rucksack anzuhängen drohte, häuften wir sie ordentlich zusammen und ließen sie liegen. Wie die Vögel würden wir sie auf unserem Rückweg einsacken. Gleiches taten wir mit den Mangos, die wir in den Bäumen entdeckten. Deren Ernte unternahm ausschließlich Toshi, der es nicht nur besser verstand mit der Machete umzugehen, sondern zudem auch, behände wie ein Affe, die Baumstämme erklomm. Hier, mitten im Dschungel, vermischte sich der süßlich, erdige Geruch, mit dem von nassem Holz. Die Luftfeuchtigkeit lag bei gefühlten einhundert Prozent. Mein Shirt klebte an meiner Haut. Mein Haar klebte an meiner Haut. Und meine Haut klebte an meiner Haut. Beispielsweise wenn ich den Arm anwinkelte und sie sich in meiner Armbeuge schweißnass berührte.

„Be quiet now! I´ll try to show you something, okay?“

Toshi legte, um seiner Aufforderung nach Ruhe Nachdruck zu verleihen, den Zeigefinger an die Lippen.

Wir bewegten uns nun umsichtiger. Keine Blätter oder Äste wurden mit der Machete weggeschlagen. Wir schlichen geduckt (warum auch immer) und vermieden es Geräusche zu erzeugen. Ich wunderte mich, was genau wir hier taten. Toshi, der immer wieder nach oben spähte, konnte ich nicht fragen. Es wäre wohl zu laut gewesen.

Ich hörte es eher, als dass ich es sah. Selbst als Toshi mit seinem Finger in die Richtung wies, sah ich außer Blattwerk in den Baumkronen erst einmal nichts. Hören aber konnte ich es dann dafür umso besser. Abgehackte, hysterische Schreie. Und dann endlich sah ich es auch. Affen!

Toshi bedeutete mir stehen zu bleiben. Ohne seinen Blick von den Baumwipfeln abzuwenden, entnahm er seinem Rucksack Pfeil und Bogen und ließ diesen dann neben sich auf den Boden gleiten. Lautlos wie eine Katze schlich er davon und war schwuppdiwupp! aus meinem Sichtfeld verschwunden.

Da hockte ich nun und lauschte den aggressiven Schreien der Affen über meinem Kopf. Diese Horde Primaten konnte nur fortbestanden haben, weil sie komplett abgeschottet von allen anderen Säugern, tief im vietnamesischen Regenwald gelebt hatte und es immer noch tat.

Weiter hinten konnte ich in genau diesem Augenblick einen von ihnen von Baum zu Baum springen sehen. Urplötzlich zischte es, gefolgt von einem dumpfen *Plack!* und dann brach die akustische Hölle los. Um mich herum wütendes Affengekreisch, als wären es tausende von ihnen, die da brüllten. Ich war versucht, mir die Ohren zuzuhalten. Dann schlug die Stimmung mit einem Mal um und aus dem bedrohlichen Gebrüll wurden langgezogene, jaulende, jammernde Töne. Sie gingen von rechts nach links und entfernten sich letztendlich. Wie aus dem Nichts trat Toshi zwischen den Bäumen hervor. Mit triumphierender Miene reckte er einen leblosen Affenkörper in die Höhe, in dem noch der Pfeil steckte, mit dem Toshi ihn zur Strecke gebracht hatte.

„I got one!"

Das erlegte Tier, welches ohne Zweifel für den menschlichen Verzehr gedacht sein musste, sah aus wie ein stark behaartes Kleinkind. Ich spürte Ekel in mir aufsteigen und bekam eine Gänsehaut. Was ich mir zu diesem Zeitpunkt schon denken konnte, erklärte mir Toshi nun ausführlich. Affenfleisch galt als die Delikatesse im Dorf und war in Gold nicht aufzuwiegen. Wie gesagt, ich verstand nicht immer alles, was er erzählte, aber es wurde stetig besser und so wie ich es heraushörte, würde Sybill ihm sehr wohlgesonnen sein aufgrund des von ihm getöteten Affen.

Wir legten eine ausgedehnte Rast ein. Schon auf dem Weg hierher hatten wir ab und zu eine kleine Verschnaufpause gemacht, um, auf einem umgestürzten Baumstamm sitzend, etwas Proviant zu verzehren. Es gab gekochten, kalten, süßen Reis, eine Art Fladenbrot, welches ebenfalls nach Reis schmeckte, aber gesalzen daherkam. Dazu gönnten wir uns einige der Mangos. Dieses Mal aber breitete Toshi eine Decke aus und machte sich die Mühe, eine Feuerstelle zu errichten.

Nachdem ein paar Flämmchen züngelten, welche er zwischendurch mit immer größer werdenden Aststückchen nährte, bedeckte er die Fläche der Decke mit allem was unsere Rucksäcke an Köstlichkeiten hergaben. Süßer Klebereis, Mangos, Scheiben der Fladenbrote und, was mir bisher verborgen geblieben war, Gemüse. Genauer gesagt Gemüseeintopf. Der bloße Anblick weckte Begehrlichkeiten in mir. Der Abstand zwischen Toshi und mir betrug um die vier Meter, als er die gewürzten Gemüsestücken, bestehend aus Pok Choi, Blumenkohl und Karotten, neben dem Feuer drapierte, in das er jetzt armdicke Äste legte. Ich schwöre, dass ich den Duft der Gemüsebrocken, die ich sah, so intensiv wahrnahm, als würde ich sie genau in diesem

Moment zerkauen. Ich roch sie. Ich spürte die Bissfestigkeit und die Liebe, die sie mit Grundgewürzen wie Salz, Pfeffer und Chili eingegangen waren, auf meiner Zunge, zwischen meinen Zähnen, bei ihrem bloßen Anblick.

Ich wurde nicht enttäuscht. Der Gemüseeintopf schmeckte fantastisch und er hatte Bumms.
„That´s fucking delicious!"
Toshi griente mich an, als ich mit vollem Mund meine Einschätzung zu der Mahlzeit gab.
„Yeah...nice. It would be better with some meat inside."
Ich wusste absolut nicht was er meinte. Das, was ich da gerade in mich hinein schaufelte, war perfekt. Eine runde Geschichte.
Nachdem ich fertig mit essen war, hatte ich nicht das Gefühl proppevoll zu sein (obwohl ich ordentlich zugelangt hatte), sondern freute mich vielmehr auf ein neuerliches Mahl dieser Art, ohne dabei unbedingt Hunger zu verspüren.
Dann ging plötzlich alles ziemlich schnell. Toshi wollte jetzt und sofort los. Er legte eine Hektik an den Tag, die ich bis dato von ihm so nicht kannte. Das Lagerfeuer, welches unseren Gemüseeintopf auf die richtige Verzehrtemperatur

gebracht hatte, schwelte noch vor sich hin. Auf den ersten Blick schien es erloschen, doch wenn man nur etwas genauer hinsah, konnte man unter der dünnen Ascheschicht das dunkelrot glühende Auge des Feuers ausmachen. Kompromisslos bereit alles hinwegzufressen, was man ihm darbot. Bohrte man nur einen Zweig in die hellgraue Pulverschicht, so würden Sekunden später Flammen an ihm lecken und schmatzend, knisternd dafür sorgen, dass das verbrannte Holz in eine neue Schicht feiner Asche verwandelt würde und sich über die Glut legte, ganz so, als würde sie sich tarnen wollen.

Durch das nahrhafte Gericht fühlte ich mich zufrieden und gesättigt. Ich hätte gern etwas Zeit gehabt, um meinen Gedanken nachzugehen, aber das sollte mir nicht vergönnt sein, da Toshi zur Eile mahnte. Mit seinen Stiefeln schob er Erde auf die Feuerstelle. Asche wirbelte auf und die darunter liegende Hitze rauchte wütend auf, als würde sie es persönlich nehmen, einfach so erstickt zu werden.

Während wir zusammenräumten, erklärte er mir den Grund für den rasanten Aufbruch. Würden wir heute noch ein Stück unseres Rückweges bewältigen, bevor die Dunkelheit über uns hereinbrach, so bräuchten wir nur eine Nacht im

Dschungel zu verbringen. Dadurch, dass wir gleich auf die Affen gestoßen waren, lohnte sich eine Rückkehr zu den anderen bereits. Er stopfte die Affenleiche in seinen Rucksack. Nur den Kopf ließ er herausschauen. Auf groteske Art und Weise sah es so aus, als würde er einen dieser kitschigen Plüschrucksäcke für Kinder tragen, der einem Affen nachempfunden war. Es gab sie auch als Frosch, Tiger oder Eisbär, aber Toshi hatte sich für einen Affenrucksack entschieden. Und wieder bedeckte eine Gänsehaut meine Arme. Seinen verbliebenen, leeren Rucksack schnallte er sich auf den Bauch und wies mich an, es ihm gleich zu tun. So würden wir die zusammengetragenen Früchte und die Vögel einsammeln und verstauen können. Soweit der Plan.

Es dämmerte bereits, als wir begannen unser Lager für die Nacht herzurichten. In Vietnam war es vom Beginn der Dämmerung bis hin zur totalen, nächtlichen Finsternis nur ein gefühlter Augenblick und so sputeten wir uns, um rechtzeitig fertig zu werden. Ich kämpfte mit der Errichtung einer Zeltschlafstätte, während Toshi ein Feuer entfachte. Wir verfügten noch über eine anständige Portion des

Gemüseeintopfes und beim Gedanken daran, lief mir das Wasser im Mund zusammen. Nach dem Marsch durch den Regenwald, mit zunehmend schwerer werdendem Gepäck, verspürte ich jetzt einen gesunden Appetit. Zwar waren wir noch nicht so weit gekommen, dass wir all unsere Zwischendepots mit den Mangos und dem Pok Choi einsammeln hätten können – die Vögel würden zuletzt an der Reihe sein – aber Toshi versicherte mir, dass wir am morgigen Tag, noch vor Einbruch der Dunkelheit, zurück am Tor sein würden.

Unwillkürlich dachte ich an mein letztes Erlebnis beim Zelten. Damals, vor der Seuche. Ich musste so um die Mitte zwanzig gewesen sein und hatte entgegen meiner Natur einem Zelturlaub zugestimmt. Grund dafür war ein Mädchen namens Sanja, in das ich zum damaligen Zeitpunkt schwer verliebt gewesen war. Sie war es, die die Idee hatte, romantisch, inmitten der Wildnis zu zelten (ihr Leichnam vermoderte gerade, mit an Sicherheit grenzender Wahrscheinlichkeit, unbestattet, irgendwo auf dem europäischen Kontinent) und mich überredete bei diesem gänzlich sinnfreien Unterfangen mitzumachen. Ich hasste es ab dem Moment, als das Zelt sich weigerte, sich von mir aufbauen zu lassen. Anstatt in einem anständigen Restaurant unser Abendessen einzunehmen, hockten wir im Nieselregen vor dem windschiefen Zelt (ich hatte vor Wut eine der Zeltstangen dermaßen heftig in die dafür vorgesehene Öffnung getrieben, dass das Material an der Stelle aufgerissen war) bei dem kläglichen Versuch eine Dose Ravioli aufzuwärmen. Mit dem Ergebnis, dass ich mir beim Probieren die Zunge verbrannte und letztlich doch eiskalte Ravioli herunterwürgte, da der fitzelige Gaskocher unser Essen nur unten im Topf erhitzt hatte. Zudem schmeckte es auch noch irgendwie nach Brennspiritus. Es sollte unser erster und letzter gemeinsamer Urlaub gewesen sein. Die ganze Beziehung hatte sowieso nicht sein sollen. Sanjas Mutter war ein Drachen. Sie mochte mich nicht und machte sich auch nicht die Mühe das zu verbergen. Mit diesem Umstand kam ich so überhaupt nicht zurecht, da ich ein harmoniebedürftiger Mensch war und solche Unzulänglichkeiten weder verstand, noch akzeptieren konnte. Schließlich hatte ich ihr nichts getan. Bei dem engen Verhältnis, welches Sanja zu ihrer Mutter gepflegt hatte (einen Vater gab es nicht – der hatte wohl Reißaus genommen), stand die Sache mit uns von Anfang an unter keinem guten Stern.

Im Hier und Jetzt ging mir der Zeltaufbau erstaunlich gut von der Hand. Sicherlich war ich alles andere als ein Naturtalent, aber ich wusste mir zu helfen. Auch ohne Anleitung und Zwei-Mann-Zeltpaket, inklusive Heringe. Man wächst eben mit und an seinen Aufgaben und angesichts einer fehlenden Alternative zu der Nacht im Zelt, wollte ich ja auch, dass mir die Arbeit von der Hand ging. Das war wohl der alles entscheidende Grund.

Es war stockfinster, als ich mitten in der Nacht aufwachte. Neben mir schnarchte Toshi. Ich wusste, dass ich meine Hand vor Augen nicht sehen konnte, aber ich wusste auch, dass ich dringend pissen musste. So sehr, dass ich es nicht mehr aushielt, ohne mich zu bewegen. Meine Blase war kurz davor zu platzen und sollte ich auch nur noch eine Sekunde länger still liegen bleiben müssen, so würde sie sich auf der Stelle entleeren. Ich wollte mich aus dem Zelt tasten, doch fühlte meine voraus gestreckte Hand nicht etwa die Zeltplane, die sich teilen ließ und durch deren Öffnung ich nach draußen gelangte, sondern lediglich eine geschlossene Stoffwand. Es dauerte bis ich in meiner Schlaftrunkenheit erkannte, dass ich am Kopfende des Zeltes stand und mich

um einhundertachtzig Grad drehen musste, um zum Ausgang zu gelangen.
Die Verzögerung meines Toilettengangs brachte mich an den Rand der Verzweiflung. Toshi schien von meiner Not nichts mitzubekommen. Er bewegte sich nicht und sein Atem ging regelmäßig. Endlich hatte ich es geschafft und konnte das Zelt verlassen. Wie ein Blinder ertastete ich den nächstliegenden Baum und erleichterte mich eine gefühlte Minute lang. Gerade mit allem fertig, schreckte mich ein Knacken unweit von mir auf. Plötzlich fühlte ich mich beobachtet, was mir schon gleich darauf albern vorkam, da es so duster war, das niemand mich hätte sehen können. Der Himmel war geschlossen bewölkt und kein Mond- und kein Sternenlicht erreichte den Wald, in dem ich gerade stand und angestrengt ins Nichts lauschte.

Wesentlich entspannter kehrte ich zurück ins Zelt und schlief augenblicklich wieder ein.

Ich schreckte hoch, als Toshi an meiner Schulter rüttelte. Mit einiger Verwunderung stellte ich fest, dass er schon seit geraumer Zeit wach sein musste, da ich durch das geöffnete Zelt auf ein prasselndes Feuer blicken konnte.

„In a few minutes you'll enjoy Toshis special breakfast!"

Das klang für mich doch nach einer brauchbaren Idee.

Toshis Spezialfrühstück, wie er sich ausdrückte, bestand aus angerösteten Mango- und Pok Choiwürfeln und schmeckte nicht mal schlecht. Es war noch früh am Morgen und relativ frisch, so dass wir nahe beim Feuer saßen und dessen Wärme genossen. Die Wolken hatten sich verzogen und aufsteigender Nebeldunst war dabei sich nach und nach zu verflüchtigen und einem klaren, sonnigen Tag Platz zu machen.

Es krachte. Zweige und Blattwerk rieselten herunter und drei, nein vier!, Affenkörper rasten von oben herab und kurz bevor sie auf den Boden aufzuschlagen drohten, sausten sie zur Seite weg. Das taten sie indem sie, sich mit ihren langen Armen an starken Ästen festhaltend, Schwung holten und so den freien Fall umlenkten. Instinktiv wanderte mein Blick zu Toshi. Mein Unterbewusstsein hegte wohl die Hoffnung, dass er mir mit einer beschwichtigenden Geste erklären würde, dass das, was hier vor sich ging völlig normal war, aber ich sah lediglich in ein verdutztes Gesicht. Sekunden darauf hatte er kein Gesicht mehr.

Toshi saß mir gegenüber auf der anderen Seite des Feuers und war noch genauso wie ich damit beschäftigt, sein Schälchen auszulöffeln. Der erste Schlag, mit einem gut zwanzig Zentimeter dicken Ast, traf direkt auf den Zenit seines Kopfes. So richtig von oben auf die Zwölf. Toshis Blick wurde schlagartig leer, so als hätte man mit nur einem Klick das Betriebssystem seiner Festplatte gelöscht. Die beiden kurz darauf folgenden Schläge, ebenfalls mit Knüppeln aus schwerem Holz, erwischten sein Gesicht frontal. Er saß da und seine Arme, deren Hände Löffel und Schüssel noch hielten, warteten auf Befehle vom Hirn. Nur, dass da nichts mehr kam. Durch die wuchtigen Schläge, kippte sein Oberkörper nun langsam nach hinten. Das Ganze geschah so zeitlupenhaft, dass ich an den markanten Ausruf: Baum fällt!, mit dem sich Holzfäller gegenseitig warnten, denken musste, bevor Toshis betriebssystemfreier Körper wie ein Sack Kartoffeln einfach umfiel. All das nahm ich wie ein Unbeteiligter wahr, ganz so, als würde ich mir einen Film im Kino anschauen.

Ein leise klirrendes Geräusch befreite mich aus meiner Apathie. Mit offenem Mund und aufgerissenen Augen brachte mich dieses klimpernde Klingen zurück ins Hier und Jetzt. Ich blinzelte einige Male und schaute an mir herunter. In meiner linken Hand hatte ich die Blechschüssel, in der sich die Reste von Toshis Spezialfrühstück befanden. Die rechte Hand hielt den Löffel, der in der Schüssel lag. Ich hatte so sehr zu zittern begonnen, dass mein Esswerkzeug gegen den Schüsselrand vibrierte und so dieses Klingeln erzeugte. Erschrocken zog ich meine Hände in Richtung meines Körpers und sah zu, wie Schüssel und Löffel zu Boden polterten.

Entsetzen durchflutete mich blitzartig. Ich stand auf und stolperte rückwärts, dabei hektisch die Umgebung absuchend. Mit meinem Rücken stieß ich gegen das Zelt und erschrak so sehr, dass ich strauchelte und auf die Erde fiel.

Ich lag auf dem Boden, halb unter dem eingestürzten Zelt begraben und hatte vorerst nicht die Absicht mich zu rühren. Um Nachzudenken brauchte ich mich nicht zu bewegen. Die Affen hätten mich längst erwischt, wenn sie es denn gewollt hätten. Trotzdem war ich nicht bereit, das Schicksal herauszufordern. Ich musste nicht unbedingt jetzt sofort die Sachen zusammensuchen und schreiend ins Dorf rennen. Das würde ich auch später noch tun können.

Es war brütend heiß, als ich erwachte. Die Sonne stand mittlerweile hoch am Himmel und der Teil meines Körpers, der unter der Zeltplane steckte, war klatschnass. Mit meinen Füßen strampelte ich mich frei und ließ Luft an meine Haut. Zaghaft riskierte ich einen Blick zur Seite, auf Toshis Leichnam. Voller Grauen und dennoch nicht wegsehen könnend, stand ich auf und trat bis auf wenige Schritte an ihn heran. In diesem Moment beschloss ich, ihn nicht anzurühren. Nein, ich würde ihn nicht begraben oder seine Taschen nach brauchbaren Gegenständen durchsuchen. Der Anblick seines zertrümmerten Schädels, nunmehr ein Klumpen aus grauer Hirnmasse, Knochensplittern, Haaren, zerfetzter Haut und blutigem Fleisch, ekelte mich dermaßen an, dass ich Mühe hatte, Toshis Spezialfrühstück bei mir zu behalten. Zumindest roch es noch nicht eklig. Aber es sah ganz danach aus, als würde es das sehr bald tun. Fliegen krabbelten schon überall herum.

Ich ließ alles wie es war. Das umgestürzte Zelt, Besteck und Schüsseln auf dem Boden, Toshis Leiche. Ich schnappte mir meine Rucksäcke und verschwand. Wildentschlossen stapfte ich durch den Wald. Doch wohin eigentlich? In welcher Richtung lag das Dorf? Dass ich hangabwärts zu laufen hatte, war mir ja noch klar. Nur würde ich auch an der Stelle aus dem Wald fnden, an der Toshi und ich gestern hineingelangt waren? Ich versuchte mich zu orientieren, irgendetwas wiederzuerkennen. Ab und an glaubte ich, abgeknickte Zweige zu sehen oder hier und da etwas Grünzeug auf dem Boden, welches wir gestern mit unseren Macheten abgeschlagen hatten. Sicher war ich mir allerdings nicht.

Nach einiger Zeit des Laufens, bergab im zickzack, stieß ich in aller Regelmäßigkeit auf die zusammengehäuften Mangos und den Pok Choi. Ich verspürte große Erleichterung, nicht in die falsche Richtung gelaufen zu sein. Schließlich fand ich sogar das Netz mit den Vögeln. Keine wertvolle Zeit vergeudend, zerstörte ich mit meinen bloßen Fingern mehrere Maschen, so dass die gefiederten Gefangenen zurück in die Freiheit entkommen konnten. Einige flogen sofort auf Nimmerwiedersehen davon, andere blieben erst einmal unter dem Netz. Ganz so, als könnten sie es noch nicht fassen, einfach so davonzukommen, ehe auch sie letztendlich, sichtlich benommen und geschwächt, davonflatterten.

Meine Rucksäcke waren gut gefüllt mit Mangos und wildem

Pok Choi und dort, wo sie mir am Rücken, beziehungsweise am Bauch auflagen, war mein T-Shirt durchgeschwitzt.
Meinen brennenden Durst bekämpfte ich mit dem Verzehr einer saftigen Mango. Wasser hatte ich keines mehr. Wenn mir bis hierher der Rückweg auch geglückt war (ein Wunder, dass ich mich bis zu den Vögeln hatte zurückfinden können), so irrte ich jetzt definitiv planlos umher. Einen Pfad gab es nicht und ich konnte auch nirgends mehr niedergetrampelte Farne oder zur Seite gedrückte Pflanzen entdecken. So schlug ich auf gut Glück eine Richtung ein, von der ich hoffte, sie würde mich zu der asphaltierten Straße führen, von der aus wir uns einen Tag zuvor in den Wald gewagt hatten.
Am Himmel begann es bereits schummerig zu werden. Die Dämmerung setzte unaufhaltsam ein. Mist! Ich hatte absolut keine Lust hier draußen zu übernachten! Wo zum Henker war diese vermaledeite Straße?
Sehr zügig schritt ich nun voran (teilweise verfiel ich sogar in einen leichten Trab), immer in der Hoffnung, hinter den nächsten Bäumen zumindest einen Hinweis darauf zu finden, dass ich mich auf dem richtigen Weg befand und nicht etwa, Gott bewahre, noch weiter vom Dorf entfernte.

Dann endlich ließ der Wald mich frei.

Wie aus dem Nichts tauchte sie zwischen den lichter werdenden Bäumen auf und nur wenige Momente später stand ich mitten auf der Betonpiste. Es schien, als hätte jemand die Umgebung scharf gestellt, denn hier konnte das Licht der untergehenden Sonne noch ungehindert einfallen. Doch es würde nicht mehr lange dauern, bis die klare Sicht mit den Schatten verschwamm.

Ich blickte mich um und war mir sicher. Hier waren wir ganz bestimmt nicht in den Regenwald aufgebrochen. So stellte sich nun die alles entscheidende Frage, ob ich dem Straßenverlauf links oder lieber nach rechts folgen sollte. Intuitiv entschied ich mich und lief los. Ein einziger, kurzer Blick in den Himmel entmutigte mich. Niemals schaffte ich es vor Einbruch der Dunkelheit auch nur irgendwohin. Ich würde die Nacht frierend hier draußen verbringen müssen. Ein Bedürfnis ereilte mich. Ich musste mal. Und zwar groß. Mir kam in den Sinn, wie dekadent wir vor der Seuche gelebt hatten. Separierte Sitzgelegenheiten auf denen wir exkrementieren konnten. Griffbereit vierlagiges Klopapier, wuschelweich mit aufgedruckten Schäfchenwolkenmotiven, zur Weihnachtszeit nach Zimt und Vanille duftend. Das alles

war für damalige Verhältnisse die pure Selbstverständlichkeit gewesen.
Ich hockte mich an den Straßenrand und verrichtete mein Geschäft. Mit Blättern säuberte ich meinen Allerwertesten. Im Gegensatz zu früher, vor der Seuche, stank meine Hinterlassenschaft immerhin nicht mehr so entsetzlich. Das war zumindest mein subjektives Empfinden. Lag wahrscheinlich an der ungewollt fleischfreien Ernährung.
Durch die Verrichtung meiner Notdurft, nun um noch mehr wertvoller Zeit beraubt, ergab es schlichtweg keinen Sinn mehr noch weiterzulaufen. Das wenige Licht, welches mir noch blieb, würde ich brauchen, um ein halbwegs erträgliches Schlaflager zu errichten. Abermals schlug ich mich ins Unterholz. Allerdings entfernte ich mich dabei nur wenige Meter von der Straße, so dass ich sie würde sehen können, wenn ich morgen früh aufstand. Ich brauchte unbedingt eine Wärme- und Lichtquelle für die Nacht. Die Rucksäcke durchwühlend wurde mir klar, wie töricht meine Entscheidung gewesen war, Toshis Habseligkeiten nicht an mich zu nehmen. In seinem Besitz hatte sich definitiv ein Feuerzeug befunden! Okay. Ganz nüchterne Bestandsaufnahme. Scheiß jetzt mal auf irgendwelche

Gimmicks der untergegangenen Wohlstandsgesellschaft. Meine Allgemeinbildung versus einer Nacht im vietnamesischen Hinterland. Ich wollte Feuer. Durch Reibung entstand Wärme. Ein bleistiftartiges Hölzchen auf ein Brett gestellt und flink zwischen den Handflächen gedreht. Dazu etwas Zunder. Holzwolle. Leicht entflammbares Zeug eben. Das müsste gehen.

Ich suchte mir einen trockenen Ast und einen stabilen, geraden Zweig. Dann machte ich mich daran, inmitten des breiten Astes, eine punktuelle Vertiefung zu bohren. Unter Zuhilfenahme des Dorns meiner Rucksackschnalle gelang mir das auch leidlich. Im Schneidersitz versuchte ich so Feuer zu entfachen. Das Einzige, was ich jedoch zum Brennen brachte, waren meine Handflächen, die mittlerweile eine fuchsrote Färbung angenommen hatten. Ein Schweißtropfen lief mir vom Haaransatz hinunter bis hin zu meiner Nasenspitze. Auf seinem Weg dahin wurde er kleiner. Ich hatte keine Hand frei, um mir die Stirn zu wischen. Verbissen drehte ich das Hölzchen. Ich fühlte wie weitere Tropfen auf meiner Stirn entstanden. Als einer groß genug war, der Schwerkraft zu erliegen, rann auch er hinab, fand die Spur des Ersten und vereinigte sich mit ihm. Die

Salzwasserperle hatte nun die nötige Masse, um sich von meiner Nasenspitze zu lösen und fiel vor mir auf den Waldboden. Kurzzeitig setzte ich das Stöckchen ab und befühlte das kleine Loch im Ast. Es war tatsächlich warm! Sehr warm. Ich schnupperte daran und wenn mich nicht alles täuschte, roch es schon leicht angesengt. Vielleicht funktionierte es ja doch noch. So werkelte ich also tapfer weiter, mit dem Wissen, morgen riesige Blasen an den Handflächen zu haben.

Da! Es begann zu qualmen! Ein paar Mal drehte ich noch, ehe ich vorsichtig auf die Vertiefung im Ast blies. Gleichzeitig schob ich vertrocknete, zerkleinerte Blätter darüber.

Es begann zu glimmen.

Ich pustete noch, während mir schon beißender Rauch der verbrennenden Blattstückchen in die Augen stieg. Zu groß war die Angst, meine Feuerquelle könnte wieder erlöschen. Doch ich hatte es geschafft. Kleine Flämmchen züngelten und ließen sich nunmehr von mir mit trockenen Zweigstückchen nähren.

Ich wärmte mich. Es knackte und knallte, während mein

Feuer das Holz auffraß, welches ich ihm darbot. Bei jedem lauten Geräusch, dass es von sich gab, sprühten Funken auf. Sie stieben in die Höhe und manche dauerten an, als würden sie ewig und aus eigener Kraft heraus glühen. Es tröstete mich, mein Feuer. Ich allein hatte es erschaffen. Es spendete mir Wärme und Licht und ich genoss seine Behaglichkeit. Wie bei einem kleinen Kind musste ich mich auch um seine Bedürfnisse kümmern. Es brauchte Sauerstoff und Nahrung, wollte umsorgt werden.

Was hätte ich dafür gegeben, mit Lena hier im Flammenschein zu sitzen! Sich mit ihr gemeinsam um unser Feuer zu kümmern. Jemanden zum Reden zu haben. Uns zu haben. Uns zu lieben. Doch das Leben ist kein Wunschkonzert. Man kann nur das Beste aus dem machen, was man bekommt. Ich hatte ein prasselndes Feuer. Und ich war dankbar dafür. Die Nacht konnte mir nichts anhaben. Was sollte auch passieren? Ein überfallartiger Angriff einer Rieseneule? Kein Problem! Kurz gezeigt wer der Chef war und eine halbe Stunde später duftet es verführerisch nach gebratenem Federvieh. Dieser, mein überheblicher Gedankengang, machte mir unweigerlich klar, wie sehr ich Appetit auf etwas Herzhaftes hatte.

Über sieben Milliarden Menschen tot. Davon mal ganz abgesehen, dass sie für den Planeten ein verdammtes Virus waren. Sie hatten ihren Wirtskörper befallen und sich explosionsartig vermehrt. Sie labten sich an ihm und zerstörten ihn rücksichtslos. Ziemlich dumm. Ich aber war gesund. Am Leben. Weitere Erfahrungen sammeln dürfend, die es meiner Seele erlauben würden sich weiterzuentwickeln.

Ich war hier und ich war jetzt und es war gut so. Ein Überlebender von fucking sieben Milliarden! Ich.

Mir war kalt. Aus diesem Grund war ich wohl aufgewacht. Ich lag nahe beim Feuer, welches diese Bezeichnung allerdings nicht mehr verdiente. Es schlugen keine Flammen mehr in die Höhe. Trotzdem glühten noch einige der Holzstücken, die noch nicht komplett zu Asche geworden waren. Ich legte den Rucksack beiseite, mit dem ich mich, so gut es eben ging, zugedeckt hatte. Den anderen hatte ich mir als Kopfkissen zurechtgerückt. Ich stand auf und legte einen der Äste, die ich zuvor zusammengetragen hatte, auf die Glut.

Es dauerte nicht lange und er brannte lichterloh. Daraufhin

schichtete ich das restliche Holz auf das wiederbelebte Feuer. Letztendlich blickte ich auf eine solide Pyramide aus brennenden Holzstangen. Wilder als je zuvor an diesem Abend loderten die Flammen. Mehr als zufrieden mit meinem Werk, legte ich mich wieder hin und drehte dem Feuer den Rücken zu, spürte durch meine Kleidung dessen Wärme und schloss die Augen.

Ganz langsam wurde ich wach.

Nur wollte ich gar nicht aufwachen. Schlafen wollte ich! Es war so herrlich sorgenfrei. Der zusammengeknorkelte Rucksack unter meinem Kopf roch nach Mango und ich fror auch nicht. Das Feuer war zwar erloschen, aber die Kühle der Nacht war der Wärme der Morgensonne gewichen. Eigentlich ideale Temperaturen, um zu schlafen. Blöd nur, dass das Tageslicht, selbst durch meine geschlossenen Lider, die Biochemie meines Körpers dazu anregte, die Systeme hochzufahren. Und das auch gegen meinen Willen. Irgendwann gab ich mich den Tatsachen geschlagen und rappelte mich auf. Wie gern hätte ich die Situation romantisch verklärt und mich mit einem dampfenden Kaffee in einer Emailletasse über das Feuer gebeugt, in einer Dose dicker Bohnen in Tomatensoße gerührt, die ich über den offenen Flammen zum Kochen brächte, aber die Realität sah anders aus. Das Feuer war heruntergebrannt und so ziemlich alles an mir stank nach Rauch. Meine Klamotten, meine Haare, meine Haut. Ich hatte beschissenen Durst, aß eine Mango (so langsam hingen mir die Dinger zum Hals heraus) und warf einen Blick zur Straße. Zweifel keimten in mir auf, ob es sich auch wirklich um die Straße handelte, auf der Toshi und ich vorgestern gegangen waren. Was, wenn es eine ganz andere Straße war? Ich musste mich regelrecht zwingen rational zu bleiben und nicht augenblicklich in Panik zu geraten. Innerlich gab ich mir eine schallende Ohrfeige und atmete anschließend mit geschlossenen Augen mehrmals tief ein und aus.

Alles wieder gut. Zumindest für den Moment. Ich räumte zusammen und brach auf. Zuerst aus dem Wald heraus und dann dem Straßenverlauf konsequent in eine Richtung folgend.

Stunden waren vergangen, in denen ich nichts weiter getan

hatte, als einen Fuß vor den anderen zu setzen. Wahrscheinlich hatte ich die falsche Richtung eingeschlagen. Wissen tat ich es nicht. Anfangs versuchte ich noch etwas wiederzuerkennen, um mich zu orientieren, mittlerweile erwartete ich nichts mehr. Entweder war es so, oder eben nicht. Ich würde einfach so lange weiterlaufen, bis ich umfiel. Hinter der nächsten Biegung, welche die Straße beschrieb, tauchte eine alte Tankstelle auf. Ich hätte überhaupt nicht hingehen dürfen, da ich kein Meerwasser zum Desinfizieren bei mir hatte. Aber momentan war ich bereit mich vollends dem Schicksal preiszugeben und so hielt ich geradewegs darauf zu.

So wie alle ehemaligen Schauplätze urbanen Lebens, war sie verwüstet. Auf den ersten Blick konnte ich zwar keine menschlichen Kadaver ausmachen, aber die zerbrochenen Scheiben und die umgestürzten Regale im Inneren sprachen für sich. Das Gebäude war Plünderern zum Opfer gefallen und das nicht nur einmal, wie es aussah.

Zu Beginn der Katastrophe versuchten die Menschen vorwiegend existenzielle Dinge zu hamstern. Lebensmittel, Wasser, Sprit. Die staatlichen Organe hatten sich mit der Situation schnell überfordert gezeigt. Polizisten, Richter,

Feuerwehrleute erschienen nicht mehr zum Dienst und als jedermann klar wurde, dass es Justizia schlichtweg die Sprache verschlagen hatte, wurde geplündert. Hemmungslos und brutal. Zigaretten, Alkohol, alles was nicht niet- und nagelfest war, wurde entwendet oder zerstört. Ganz und gar unzivilisiert galt das Gesetz des Stärkeren. Genauso sah diese verlassene Tankstelle aus. Hier gab es nichts mehr zu holen. Trotz dessen verspürte ich eine starke Neugier und entschied mich hineinzugehen, auch wenn das lebensgefährlich war. Ich war ja eh am Arsch, dachte ich.
Meine Hände behielt ich in den Taschen, damit ich nicht aus Versehen etwas berührte, was mir den sicheren Tod bringen würde. Mit den Schuhspitzen erkundete ich herumliegende Gegenstände. Glassplitter knirschten unter meinen Sohlen, während ich mich umschaute. Wie schon vermutet, gab es hier rein gar nichts von Interesse. Ich befand mich schon wieder auf dem Weg nach draußen, als ich gegen ein umgestoßenes Regal trat. Einfach weil es irgendwie asymmetrisch am Boden lag. Durch meinen Tritt geriet das Metallkonstrukt in Bewegung und schepperte laut auf, während es ein Stück über den Fliesenboden rutschte, um schließlich eine Dose Bier zu gebären. Wahrhaftig. Da rollte

eine volle Büchse Bier (sogar importiertes, deutsches) unter dem Regal hervor. Ich nahm die Hände aus den Taschen, hob die Dose auf und zog die Aluminiumlasche nach oben hin ab. Es zischte und weißer, cremiger Schaum sammelte sich über der Öffnung. Ich führte das Bier zu meinem Mund, schürzte die Lippen und trank.

Köstlich! Pisswarm, aber unglaublich geschmackvoll. Ich nahm zwei, drei große Schlucke hintereinander.

Die Dose war bis auf ein Drittel geleert und ich fühlte mich seltsam wattiert und zufrieden. Ich leerte die Dose genüsslich in zwei weiteren Zügen. Gern hätte ich ein weiteres Bier geöffnet, nur gab es keines mehr. Es war früher Nachmittag und die Sonne brannte vom Himmel. Mein vorerst gelöschter Durst würde wiederkehren und schlimmer werden.

Zuerst brummte es nur ganz leise. So in etwa, als würde einem kleinen Schwarm Hummeln etliche Artgenossen zufliegen, so dass der Schwarm größer und der Ton der von ihm ausging, immer tiefer und intensiver würde. Irgendwann wurde aus dem Brummen ein Tuckern. Neugierig steckte ich den Kopf aus der Tankstellentür (besser gesagt aus dem türlosen Rahmen) und blickte in die Richtung, aus der sich das stetig lauter werdende Geräusch näherte.

Ein Dieselmotor arbeitete sich die Straße entlang, den ich alsbald auch zu Gesicht bekam. Also nicht den Motor selbst, aber das Gefährt, welches drumherum gebaut war. Es handelte sich zweifelsfrei um den LKW mit den beiden großen Tanks, den wir von der gewaltbereiten Gruppe Vietnamesen übernommen hatten. Sofort lief ich auf die Straße, um auf mich aufmerksam zu machen. Kurz bevor der Lastwagen meine Höhe erreichte, bog er nach rechts ab und fuhr auf das Tankstellengelände, wo er zum Stehen kam. Der Fahrer musste mich doch längst gesehen haben!

Das Motorengeräusch erstarb und die Tür schwang auf. Zum Vorschein kam Tung. Tung! Der kleine Vietnamese der den Blick nicht von Melanies Po bekommen hatte. Ich schritt auf ihn zu, holte Luft, wollte etwas sagen und stockte. Vollkommen unwissend wie und wo ich beginnen sollte. Da hob er abwehrend die Hände und brüllte vom Führerhaus herunter.

„Stop! Bleib!"

Verdutzt blieb ich tatsächlich abrupt stehen.

„Bi´t du gesund?"

„Ja,ja, mit mir ist alles okay! Es ist nur...Toshi. Er ist tot. Die Affen haben uns überfallen und ihn erschlagen."

Oh man, aus meinem Mund hörte sich das alles so was von dämlich an.
„Toshi hat Affe?"
„Ja. Also nein. Der Affe hat Toshi. Also erschlagen. Getötet! Verstehst du?"
Er sah nicht aus, als hätte er verstanden. Mit meiner Muttersprache kam ich hier wohl nicht weiter.
„Tung, do you speak english?"
Tung saß auf seinem Fahrersitz, sah mich an und schüttelte verneinend den Kopf.
Na toll, dachte ich.
Der Vietnamese kletterte aus dem Führerhaus. Er musste von der Einstiegsstufe herunter hopsen, so klein war er. Auf der Erde angekommen, lief er zum Meerwassertank und öffnete das Ausgussventil soweit, dass ein dünnes Rinnsal auf den Boden plätscherte.
„Du waschen!"
Tung rieb sich demonstrativ die Hände. Ich stieß einen Seufzer aus und tat ihm dann den Gefallen. Währenddessen schickte Tung sich an, eine Handpumpe sowie einen aufgerollten Gummischlauch aus dem Fußraum des Brummis ans Tageslicht zu befördern.

Mit Händen, Füßen und einfachen Hauptsätzen informierte ich Tung nun darüber, dass Toshi das Zeitliche gesegnet hatte. Ich war mir absolut sicher, dass er diesmal verstand, aber mehr als ein emotionsloses „Ah“ brachte er nicht hervor. Ohne erkennbare Mimik hantierte er an einem unterirdischen Tank, an den er durch das Öffnen einer ebenerdigen Eisenluke gekommen war. Dann hörte ich den ein und auch den anderen vietnamesischen Fluch aus Tungs Mund, den es einige Kraftanstrengungen kostete, den Verschluss des Deckels erst aufzubrechen und diesen anschließend auch abzuschrauben.

Dabei sprach er mit sich selbst.

Ich stand etwas abseits und wurde nicht beachtet.

Unter fluchendem Gequäke schmiss er schließlich Gummischlauch und Handpumpe zurück in den LKW. Der unterirdische Tank war leer.

Ich war mir plötzlich gar nicht mehr so sicher, ob es mich überhaupt gab. Für den kleinen Vietnamesen schien ich jedenfalls Luft zu sein. Als er sich anschickte abzufahren, kletterte ich einfach auf den Beifahrersitz. Kurz war ich versucht meinen Kopf zwischen den von Tung und die Windschutzscheibe zu schieben, um zu sehen ob er mich

dann vielleicht wahrnahm. Ich entschied mich dagegen.
Nach zwanzigminütiger Fahrt und stummen Lauschens der Diskussion die Tung mit sich selbst ausfocht, parkte er den LKW knappe zweihundert Meter von dem Holztor entfernt, durch welches meine Schicksalsgefährten und ich vor Tagen die kuriose, kleine Welt von Sybill und ihrer Gefolgschaft betreten hatten.
Als ich ausstieg, konnte ich die beiden Schweizer ausmachen, die, angelockt vom Dieselmotorengeräusch, schon nach uns spähten. Fühlt sich fast schon ein bisschen an, wie nach Hause kommen, dachte ich.

Natürlich mussten wir zur Beobachtung in die Gitterboxen. Nur für ein paar Stunden. Zur Sicherheit. So die Aussagen der Schweizer. Es war früher Nachmittag, als wir unsere Zellen bezogen. Ich trank das Wasser, welches mir gegeben wurde, in einem Zug aus und legte mich auf die Matratze. Die Folie protestierte knisternd, bis ich eine mir bequeme Position eingenommen hatte. Auf dem Rücken liegend, die Hände hinter dem Kopf verschränkt, blickte ich nach oben und dachte nach.
Irgendwann musste ich wohl eingedöst sein, denn als ich mir

meiner Umwelt und meiner selbst wieder bewusst wurde, dämmerte es bereits. Zwölf Stunden lang blieben wir mindestens eingesperrt, so viel war sicher. Da wir erst am Nachmittag eingeschlossen worden waren, würde man uns nicht vor morgen früh hier heraus lassen. Also drehte ich mich unter Knistern auf die Seite und hatte vor, der Qual des Wartens mit einem erneuten Nickerchen ein Schnippchen zu schlagen. Doch daraus sollte vorerst nichts werden, denn zunehmender Harndrang gönnte mir keine Ruhe. Obwohl schon im Halbschlaf, wusste ich genau, dass, bevor ich mich nicht erleichtert hatte, ich nicht würde einschlafen können. So raffte ich mich denn auf und pinkelte in den Eimer, der in einer Ecke meiner Box stand.

Der Strahl war hart und der Aufprall meines Urins auf den Boden des Behältnisses laut und trommelnd. Nach einer gefühlten Ewigkeit wurde es dünner. Sowohl der Strahl, als auch das Geräusch. Kleine Aussetzer, längere Aussetzer, dann noch etwas Getröpfele und... geschafft. Ein schnelles, ungeduldiges Abschütteln, Hose zu und ab zurück in die Waagerechte, als es unweit von mir hustete.

Und wieder.

Und wieder.

Und lauter.

Und unglaublich nervig.

Die Schweizer waren sofort präsent. Als hätten sie die ganze Zeit daraufhin gelauscht. Auf dieses verräterische Husten. Sie standen auf ihrem Beobachtungssteg an der gegenüberliegenden Seite und leuchteten mit einem Handscheinwerfer in den Käfig neben mir.

Mit einem erhobenen, gebeugten Arm versuchte Tung seine Augen, so gut es ging, vor dem blendenden Lichtstrahl zu schützen. Dabei hustete er unablässig in seine Armbeuge hinein. Er sah gar nicht gut aus und auch für ihn sah es gar nicht gut aus. Obwohl Tung von Natur aus einen eher dunklen Hautton hatte, war er jetzt kreidebleich. Er weinte. Doch nicht etwa salziges Wasser rann seine Wangen hinab. Dicke Blutstropfen quollen ihm aus den Augen und sie hatten zwei rote Linien in sein Gesicht gemalt. Vor dem kalkweißen Hintergrund seiner Haut, verliehen die beiden nahezu parallel verlaufenden Striche dem Vietnamesen ein makaberes Make-up.

Ich musste mich abwenden. In der Vergangenheit hatte ich schon zu oft mit ansehen müssen, was gerade mit Tung geschah. Er war definitiv und unwiderruflich verloren. Seine Ohren und seine Nase mussten jetzt ebenfalls angefangen haben zu bluten. Blut aus seinem Rektum sickerte in seine Unterhose. Lange würde es nicht dauern bis...

Hinter meinem Rücken ging der Körper des Todgeweihten zu Boden. Er röchelte. Das fein blubbernde Geräusch, welches die Bläschen aus Blut und Speichel vor meinem inneren Auge visualisierte, war erst deutlich wahrzunehmen, dann wurde es leiser, dann musste man schon ganz genau hinhorchen. Dann Stille.

Als befände ich mich als Schauspieler in einem Bühnenstück, wanderte der Lichtkegel vom Käfig Tungs hinüber zu mir.

Spot an. Akt, der zweite.

Ich hatte mich nicht infiziert. Doch dank Tungs Ableben durfte ich weitaus länger in meiner Zelle verweilen, als ursprünglich geplant. Zwar wurde ich mit Wasser und einer heißen Brühe versorgt (an der eindeutig zu viel Koriander war - entweder man mochte Koriander oder aber eben nicht – ich konnte ihn nicht leiden), aber so langsam bekam ich einen Lagerkoller in meinem beengten Verlies. Bis zum Mittag ließ man mich schmoren und das im wahrsten Sinne

des Wortes, da es unerträglich heiß wurde und die Sonne erbarmungslos mitten auf die Käfige knallte.
Unter Verwendung von gefühlten eintausend Litern Meerwasser, holte man irgendwann Tungs Leichnam ab und reinigte seine Zelle. Wohin man seinen Körper brachte wusste ich nicht, aber bald darauf stieg mir Brandgeruch in die Nase.
Dem Putztrupp, der aus einer Handvoll Vietnamesen bestand, gehörte auch Melanie an. Ich erkundigte mich, wie es ihr gehe, erntete jedoch nur ein knappes Kopfnicken. Überhaupt wich sie meinem Blick aus. Ob sie nicht reden konnte oder schlichtweg keine Lust auf eine Unterhaltung mit mir hatte, wusste ich in diesem Moment nicht zu sagen. Emsig ging sie ihrer Arbeit nach. Irgendwie wirkte sie eingeschüchtert. Oder bildete ich mir das nur ein?

Nicht etwa die Schweizer, sondern zwei Vietnamesen befreiten mich dann endlich aus meiner Zelle.

Während wir dem gewundenen Pfad zur Lichtung hin und zum Dorf folgten, schnatterten die beiden Männer unablässig in ihrer Muttersprache. Ihr Alter war für mich schwer zu schätzen. Irgendwas zwischen dreißig und fünfzig, vermutete ich. Jedenfalls verhielten sie sich wie zwei alte Waschweiber und ich wurde mal wieder wie Luft behandelt. Na das kannte ich ja. Mir wollte nicht einleuchten, warum die beiden so schrien. Schließlich befanden sie sich keine zwei Meter voneinander entfernt. Regelmäßig brachen sie in Gelächter aus, was eher dem Meckern von Ziegen entsprach, als dem Ausdruck nicht zu verbergender Freude und entblößten dabei ihre gelbbraunen, unterbrochenen Zahnreihen.

Im Dorf angekommen, sollte ich duschen. Nicht, dass ich die Aufforderung als solche unangenehm fand. Ganz im Gegenteil. Nur das Drängen darauf irritierte mich. Mit Händen und Füßen gaben die Vietnamesen mir vor einem etwas abseits stehenden Bauwagen zu verstehen, dass ich mich einer Körperreinigung unterziehen sollte. Ich hatte recht schnell begriffen, was die beiden von mir wollten, zumal schon anschaulich mit einem Handtuch und einem Stück Seife vor meinen Augen hantiert wurde. Nicht geachtet dessen, behielt ich meinen fragenden, unwissenden Blick bei, da ich es einfach zu ulkig fand, wie man mir, mittels herrischer Gesten, beizubringen versuchte, dass ich mich waschen sollte. Das ganze ging soweit, dass sich einer der beiden Vietnamesen imaginäres Wasser unter die Arme warf, um sich kurz darauf mit den Händen die Haare zu durchfahren. Ich erlöste den Amateur-Pantomimen indem ich signalisierte, dass ich begriffen hatte. Sichtlich erleichtert überreichte man mir Handtuch und Seife.

Der Geruch von Chlor, Ammoniak und altem Scheuerlappen stieg mir in die Nase, welcher sich noch verstärkte, als ich die Lochgittertreppe zu dem Sanitärwagen hinaufstieg. Vorsichtig schnupperte ich an dem mir überlassenen Handtuch und stellte mit Erleichterung fest, dass es neutral roch.

Ich schien ganz allein zu sein in der Dorfduschmöglichkeit. Vielleicht gab es für die anderen ja feste Zeiten, dachte ich bei mir und ließ meinen Blick schweifen. Drei mit Sichtschutz verkleidete Toiletten und eine Pinkelrinne. Ein Handwaschbecken. Rechts davon ragten in Hüfthöhe zwei Wasserhähne aus der Wand. Auf jedem von ihnen steckte ein schwarzer Gummischlauch als Verlängerung. Ordentlich aufgerollt hingen sie da. Auch sonst machte alles einen gepflegten und aufgeräumten Eindruck. Vom Geruch sowie der Tatsache, dass alles hier in die Jahre gekommen war und deutliche Gebrauchsspuren aufwies, mal ganz abgesehen. Die vorhandenen Wasserhähne verfügten jeweils nur über einen Drehregler. Einen Unterschied zwischen Kalt- und Warmwasser gab es demnach anscheinend nicht.

Meine Klamotten landeten als unordentlicher Haufen auf dem Boden, nachdem ich mich ausgezogen hatte.

Ich drehte den Hahn an einem der Gummischläuche volle Pulle auf. Das Ergebnis war ein lauwarmer Strahl, mit dem ich mir erst Füße, Beine und Arme abwusch, ehe ich meinen Oberkörper, die Achselhöhlen und schließlich meinen Kopf mit dem Wasser benetzte. Das willkommene Nass wurde nun merklich kühler und ich prustete mir ein letztes Mal mit dem Ende des Gummischlauchs ins Gesicht, ehe ich es abstellte. Ich nahm das Stück Seife und rieb gewissenhaft jeden Zentimeter Haut ein, der zu mir gehörte. Damit fertig, spülte ich mir das seifige Schmutzwasser vom Körper. Die Wassertemperatur betrug mittlerweile arschkalt.

Ich fühlte mich erfrischt, lebendig und einfach nur gut. Zwei Vietnamesen wollten mit mir wohin. Ergeben in mein

Schicksal (und gut duftend) folgte ich ihnen. Sie liefen zielsicher mit mir auf einen dunkelgrünen Wellblechcontainer zu, der, etwas abseits, auf einer Anhöhe, hinter ein paar Bäumen stand. Den hatte ich, als wir hier vor ein paar Tagen ankamen, überhaupt nicht wahrgenommen. Jetzt ohne nervtötendes Geplappere, näherten wir uns der weiß gestrichenen Eingangstür.

Einer der Männer klopfte. Sekunden später rief eine Frauenstimme etwas mir Unverständliches aus dem Inneren. Der Vietnamese öffnete daraufhin die Tür, blieb aber draußen stehen und positionierte sich seitlich neben dem Eingang. Mit einer Kopfbewegung bedeutete er mir einzutreten. Ich setzte mich in Bewegung. In dem Moment, in dem ich über die Schwelle trat, wurde die Tür hinter mir geschlossen, so dass ich mich gezwungen sah, einen weiteren Schritt ins Innere zu tätigen, da ich sonst mein Gleichgewicht verloren hätte.

Meine Augen mussten sich erst an die veränderten Lichtverhältnisse gewöhnen. Draußen schien grell die Sonne. Hier drinnen blieben die Sonnenstrahlen ausgesperrt. Es war angenehm kühl. Nachdem ich, einem Maulwurf gleich, ein paar mal vor mich hin geblinzelt hatte, fand ich mich in einem Raum wieder, der zur Abwechslung mal nicht ausschließlich zweckdienlich und spartanisch eingerichtet war. Auf einer dunkelgrauen Couchlandschaft, die an der Wand neben einem bodentiefen Fenster ihren Platz hatte, saß, mit untergeschlagenen Beinen, Sybill. Rechts neben dem Fenster und links von der Couch standen gepflegte Grünpflanzen auf dem in warmen Holztönen gehaltenen Boden. Mittig vor der einladend wirkenden Couch, lag ein rechteckiger, flauschiger, grasgrüner Teppich. Schräg von Sybill stand auf einem Sideboard ein großer Flachbildschirm, der aber nicht eingeschaltet war. Unter dem Fernseher, befand sich ein Blu-ray Player. Etliche Hüllen stapelten sich in den Fächern des halbhohen Möbelstücks. Ein flacher, ovaler Holztisch auf drei dünnen Beinen stand mit zwei an seiner Seite stehenden Stühlen zu meiner Rechten im Raum. Die mit olivgrünem Stoff bespannten Sitzmöbel sowie der Tisch, erinnerten stark an den Retro-Stil der Siebziger Jahre. Alles wirkte sehr neu, sauber und aufgeräumt. Ein Ort zum Wohlfühlen. Zudem roch es gut. Kein aufdringlicher Duft, sondern einer, der nur ganz leicht wahrnehmbar in der Luft lag. Eine Mischung aus Holz, Rosenblüten und frisch gewaschener Wäsche.

„Nimm doch Platz.“

Sybill deutete mit ihrer Hand in Richtung der Stühle.

Ich tat wie mir geheißen und setzte mich. Dabei drehte ich den Stuhl so, dass ich ihr ins Gesicht sehen konnte.

„Berichte bitte, was sich auf eurem Ausflug zugetragen hat. Ach und denk daran, mir gegenüber immer bei der Wahrheit zu bleiben.“

Sie sah entspannt aus, wie sie da so saß. Nicht so herrschsüchtig, wie bei ihrem ersten Auftritt. Eine gewisse Überlegenheit und Dominanz ging zwar auch jetzt noch von ihr aus, aber nun brachte die leise und bedachte Art eher ihre weiblichen, sanften Züge zum Vorschein. So oder so. Ich hatte keine Angst vor ihr. Im Gegenteil. Ich hatte vor, ihr zu erzählen, was Toshi und mir widerfahren war und dann würde ich verlangen, meine Freunde zu sehen. Was mochten sie erlebt haben, während ich weg war? Was dachten sie über diesen Ort, an den es uns verschlagen hatte? Wurden sie gut behandelt? Wenn es hart auf hart käme, könnten wir immer noch zu unserem Stückchen Strand zurückkehren. Zumindest war es eine Option, die man, sollte es soweit sein, in Betracht ziehen konnte.

Sybill lauschte meinen Ausführungen ohne jeglichen

Kommentar. Sie saß einfach nur da, ganz besonnen, und hörte zu.

Ich endete damit, wie man mich schließlich aus meiner Zelle holte und zu ihr brachte.

Sie ließ einige Sekunden verstreichen, ehe sie mich ruhig, aber bestimmt, befragte.

„Hat Toshi dir gegenüber denn nicht erwähnt, wie selten und wertvoll Affenfleisch ist?“

„Doch, schon. Also wir hatten uns sicher darüber unterhalten, welchen Stellenwert...“

Sybill unterbrach mich prompt. Sie sprach nun deutlich lauter.

„Warum dann hast du den erlegten Affen dann nicht mitgebracht? Ganz zu schweigen von dem Obst und Gemüse, das du hast liegen lassen! Ja, ich weiß, du bist neu in unserer Gemeinschaft. Aber gerade deswegen und selbst in Anbetracht der hinter dir liegenden, sicherlich verstörenden, Ereignisse, sollte dir doch bewusst sein, dass uns nichts einfach so in den Schoß fällt, sondern wir es uns hart erarbeiten müssen! Du hast sehr unbedacht gehandelt!“

Ich atmete tief durch.

„Ja, das mag sein. Aber bei allem nötigen Respekt, ich war

allein da draussen und wusste nicht, wie mir geschah. Ganz sicher habe ich nicht aus purer Bequemlichkeit Lebensmittel und Ausrüstung zurückgelassen. Natürlich wäre ich bereit, zu retten was zu retten ist. Man könnte das Obst und Gemüse immer noch einsammeln. Auch die Ausrüstung ist sicherlich noch an Ort und Stelle. Mit einigen meiner Freunde ..."

„Genug!"

Sybills Augen blitzen gefährlich. Doch mir war gerade überhaupt nicht danach, mich kleinlaut zu geben.

„Ich hätte auch ein paar Fragen. Wie kommt es eigentlich, dass du so gut deutsch sprichst? Was sind wir für dich? Arbeitskräfte? Untertanen? Sind wir gleichberechtigt?"

Sybill gab einen verächtlichen Laut von sich. Sie legte den Kopf leicht schief, musterte mich und schien zu überlegen. Dann rang sie sich dazu durch, mir zu antworten.

„Gleichberechtigt? Das wäre unser Untergang."

Sie schüttelte ihr Haupt, bevor sie weitersprach.

„Wirklich bedeutungsvolle Veränderungen innerhalb einer Zivilisation wurden nie von Volksherrschaften oder gewählten Abgeordneten oder sonst aus einer gleichberechtigten Masse heraus erwirkt. Es war immer ein einzelner, der unter sich eine Hierarchie aufbaute, mit sich selbst an der Spitze. Demokratien plätschern jahrzehntelang einfach nur ihrem Untergang entgegen. Infiltriert von zunehmender Korruption. Jeder im System will ein großes Stück vom Kuchen haben. Diktatoren dagegen verfolgen kompromisslos ihre Idee. Sie zünden wie eine Explosion. Hirohito, Stalin, Hitler, Zedong. Diese Leute schufen aus dem sprichwörtlichen Nichts etwas so Enormes, das alles, was sich ihnen wagte in den Weg zu stellen, niedergewalzt wurde. Sicher, niemand von ihnen hatte dauerhaften Erfolg. Aber welches demokratische System könnte das von sich behaupten? Ebenfalls keines. Nur, dass eben jene sogenannten Demokratien im Siechtum ihr Ende fanden, dem Vergessen geweiht. Diktatoren und wahre Herrscher hingegen, haben sich eindrucksvoll ihren Platz in den Geschichtsbüchern gesichert. Selbst dann, wenn sie nur wenige Jahre an der Macht waren. Nimm Hitler. Mit solch einer Kraft und Energie im Rücken ist ein Verreißen der Lenkung eben unverzeihlich. Nun stelle man sich aber mal vor, die Lenkung wird stabil gehalten. Und man nutzt die Wucht effektiv, die einen vorantreibt, indem man die richtigen Entscheidungen trifft. Zu welchen Zielen könnten wir wohl dann gelangen?"

Fast schon träumerisch blickte sie, blinzelte jedoch bald darauf und sah mir mit ihren giftgrünen Augen ins Gesicht.

„Weshalb ich so gut deutsch spreche, willst du wissen? Nun, meine Mutter war Deutsche. Mein Vater Vietnamese. Er arbeitete damals in der vietnamesischen Botschaft in Frankfurt. Ich bin auf vietnamesischen Boden gezeugt und geboren wurden. Bei einem Quickie meiner Eltern auf dem Botschaftsgelände entstand ich und zur Welt kam ich drei Wochen zu früh. Bei einem Urlaub der beiden in Vietnam. Aufgewachsen bin ich in Deutschland. Mein Vater sprach stets vietnamesisch mit mir, meine Mutter deutsch."

Sybill erhob sich und ging auf mich zu, so dass ich mich reflexartig in den Stuhl drückte. Sie wirkte jetzt bedrohlich, legte dabei aber auch eine bemerkenswerte, anmutige Katzenhaftigkeit an den Tag. Sie trug eine leichte Seidenbluse und dazu eine rote Panty, die ihre bronzefarbenen, schlanken Beine gut zur Geltung kommen ließ.

„Ich allein stehe jetzt an der Spitze der Hierarchie. Ich diskutiere nichts aus. Mit niemandem. Hier hören alle auf mich. Leb damit oder stirb. Deine Entscheidung."

Während sie das sagte, setzte sie sich mir gegenüber. Unter ihrer Seidenbluse trug sie keinen BH. Ich schätzte ihre Körbchengröße (und ich war gut darin) auf eine solide 75B.

„Immer wenn Toshi Affenfleisch mitbrachte, gestattete ich ihm eine ziemlich intime Belohnung, wenn du verstehst was ich meine. Da er nicht mehr da ist, würde ich dich anstelle seiner in den Genuss kommen lassen. Nicht, dass du es verdient hättest. Aber ich finde, ein Vorgeschmack sei dir gegönnt. Verbuchen wir es unter Motivation für deinen nächsten Ausflug."

Sie setzte sich kerzengerade hin, kreuzte die Arme vor dem Bauch, fasste den Saum ihrer Bluse und entledigte sich ihrer, indem sie sie über den Kopf zog. Eindeutig 75B.

Das Versprechen, welches mir die gebräunte, glatte Haut ihrer Beine bezüglich des restlichen Körpers gemacht hatte, bewahrheitete sich.

Nur einen ganz kurzen Moment fragte ich mich, ob das alles gerade tatsächlich geschah. Doch dann gab ich mich ganz meinen Trieben hin und genoss es, ja, kostete es voll aus.

„Das war... gar nicht mal so verkehrt."

Immer noch heftig und hörbar atmend, musste sie diese kleine Pause im Satz einlegen, so aus der Puste war Sybill. Nicht sie, sondern ich hatte irgendwann verschiedene Stellungen eingefordert. Sie hatte es geschehen lassen. Kratzbürstig zwar (was mich in dem Moment nur umso mehr erregte), aber insoweit experimentierfreudig, dass sie mich gewähren ließ.

„Zieh dich an!“

Eben noch heißblütig und intim, gab sich Sybill nun reserviert.

„Du hast frei für den Rest des Tages, aber halt dich bereit. Vielleicht brauche ich dich heute Abend noch einmal. Morgen früh brichst du auf und holst die Ausrüstung zurück und alle Früchte, die du tragen kannst.“

Ich klaubte mein Shirt vom Boden und wollte es gerade umkrempeln, da ich den Stoff beim eiligen Ausziehen zuvor auf links gedreht hatte. Doch in der Sekunde hielt ich inne, um erst meine Gedanken loszuwerden.

„Allein? Ich weiß nicht, ob ich den Weg wieder finde. Könnte mich nicht jemand von meinen Leuten…“

„Nein!“

Ihr Blick duldete keinen Widerspruch.

„Du musst mich auch verstehen“, sagte sie nach einer Weile, mir zusehend, wie ich gerade einbeinig in meine völlig verdrehte Hose hüpfte. Ihr Gesichtsausdruck wirkte leicht amüsiert, ehe der Ernst in ihre Mine zurückkehrte.

„Für den Fall, dass du es noch immer nicht verstanden hast, hier gilt mein Gesetz. Verdammt nochmal! Nur durch meine Entscheidungen in der Vergangenheit, haben all die Menschen da...“, sie wies mit ihrem Zeigefinger am ausgestreckten Arm in Richtung Tür, „...ein vernünftiges Dach über dem Kopf und ausreichend Essen und Trinken! Nur durch mich sind sie in der Lage miteinander zu existieren! Und ich werde jederzeit die nötige Härte zeigen, damit das so bleibt. Du gehst allein und boxt dich dadurch, andernfalls beweist du nur, dass ich dich nicht gebrauchen kann!“

Sie holte tief Luft, als müsste sie sich selbst beruhigen

„Du wirst nicht mit einem deiner Leute, wie du es ausgedrückt hast, gehen.“

Die Verächtlichkeit in ihrer Stimme war nicht zu überhören

„Wenn hier einer von irgendjemandem irgendwer ist, dann seid ihr meine Leute, merk dir das! Ich werde es nicht zulassen, dass sich gegen mich verschworen wird. Frag

Marek, meine rechte Hand, er hat euch abgeholt und ins Dorf geführt, was mit Subjekten geschieht, die versuchen gegen mich aufzubegehren."

Ihre Augen fokussierten mich. Mittlerweile hatte ich es geschafft, mich vollständig anzukleiden. Ich stand nahe der Tür und wusste nicht so recht, was ich jetzt sagen oder machen sollte, da kam sie auf mich zu.

„Versuch´ doch einfach, mir zu gefallen", säuselte sie. „Verdien dir meine Gunst und erfahre so vielleicht das ein oder andere Privileg, wie etwa deinen freien Tag heute. Das eben hast du ja recht gut gemacht."

Sie strich mit ihren Fingerspitzen über meine rechte Wange. „Nicht, dass du dich darauf ausruhen solltest, aber es war doch immerhin schon mal ein Anfang. Erfülle deine Aufgabe zu meiner Zufriedenheit. Zeige dich hinsichtlich meiner Führung loyal. Das wäre es fürs Erste. Und nun geh!"

Ich erwartete draußen auf die beiden Vietnamesen zu treffen, doch es war niemand da.

Etwas unentschlossen stand ich noch eine Weile in der Nähe von Sybills Domizil herum, ehe ich mich, noch einmal vorsorglich nach allen Seiten umschauend, anschickte, die Baracke aufzusuchen, in der die Liegen von Toshi und mir standen.

Während ich mich beim Laufen zu orientieren versuchte, kam in mir die Frage auf, wo denn bloß die ganzen Leute waren. Außer einer Handvoll Menschen, die in der Ferne Ackerbau betrieben, konnte ich beim besten Willen niemanden entdecken, da vernahm ich urplötzlich Geräusche. Ich horchte genauer hin und war mir sicher, Kochgeschirrgeklappere aus der Holzhütte zu vernehmen, an deren Rückseite ich gerade vorbeimarschierte. Nur dieses blecherne Geräusch. Keine Stimmen. Ich lief herum zur Vorderseite und erblickte Lena. Sie saß unweit des Eingangs auf dem Boden und wusch Töpfe in einer riesigen Plastikschüssel ab. Hatte ich also richtig gehört.

Sie schien mich nicht bemerkt zu haben, denn erst als ich mich ihr bis auf gut drei Meter genähert hatte, sah sie auf. Zuerst leicht erschrocken, verwandelte sich ihre Mine in Freude, als sie erkannte wer da vor ihr stand. Sie sprang auf und fiel mir um den Hals, woraufhin mein Herz einen freudigen Hüpfer tat. Sie roch nach den Ausdünstungen der Küche. Doch dahinter konnte ich ihren ganz eigenen Duft ausmachen, den ihre Haut und ihre Haare verströmten. Sie fest an mich drückend, gab ich ihr einen übermütigen Kuss auf die Wange. Ich fasste Lena an beiden Oberarmen, schob sie eine Armeslänge von mir und sah ihr in die Augen, ohne sie loszulassen.

„Was tust du denn hier draußen? Abwaschen?“

Lena blinzelte mich an, ihr Mund lächelte. Doch es war unverkennbar, dass eine Traurigkeit ihre Lippen umspielte.

„Ja. Das Geschirr habe ich drinnen gesäubert. Aber den Rest hier...“, sie deutete mit einem Kopfnicken hinunter zu der Schüssel mit der Töpfe-Suppe, „...wollte ich draußen an der frischen Luft erledigen. Ich bin hier nur mit Vietnamesen zusammen. Kein Wort verstehe ich. Was ist mit den anderen? Hast du eine Ahnung, wie es meiner Schwester geht?“

9

Ein ganzes Jahr ist inzwischen ins Land gegangen.

Die Natur war uns in dieser Zeit wohlgesonnen. Fast schien es, als hätte die Welt sich vom Menschen befreit, wie ein Hund von lästigen Flöhen. Einmal kurz und heftig geschüttelt und die paar Biester, die noch an ihm festhielten, lohnten gar nicht nach ihnen zu kratzen. Der Monsunregen fiel nicht, wie sonst üblich, in Form schwerer Wolkenbrüche, sondern kam meist als lang andauernder, angenehmer Landregen hernieder. Auch von Taifunen, die sonst während der Regenzeit zu wüten pflegten, blieben wir weitestgehend verschont. Das Obst und das Gemüse, welches wir anbauten, gedieh prächtig und die Fische, die wir züchteten, waren fett und wohlschmeckend. Wir hatten einen künstlichen Teich angelegt, den wir mit Meerwasser speisten. Fischköpfe, Gräten und Innereien, die wir nicht verzehrten, wurden getrocknet und zermahlen und dienten als Fischfutter. Der Bau des Fischteichs und die Zucht nahm so viel Zeit in Anspruch, dass ich seitdem nicht mehr im Wald Affen hinterherjagen und wilde Früchte sammeln musste.

Ich wusste damals keine Antwort auf Lenas Frage bezüglich ihrer Schwester und ich weiß bis heute keine. Keiner von uns hat sie je wieder gesehen. Sybill und ihre Schergen streuten das Gerücht, sie sei einfach abgehauen, weil sie keine Lust hatte, sich mit Arbeit in die Gemeinschaft einzubringen. Vermutlich war sie tot. Beseitigt worden, da sie nicht in der Lage gewesen war, sich den Umständen anzupassen und an gegebener Stelle unterzuordnen.

Kent und Ben waren mittlerweile für sämtliche landwirtschaftlichen Belange zuständig. Sie hatten das Zepter in die Hand genommen und planten und kreierten neue, innovative Anbaumethoden. Sie entwarfen Gerätschaften und teilten die Vietnamesen den unterschiedlichen Arbeitsschritten zu. Sie ernannten Gruppenführer, die ihrerseits das Kommando führten aber auch die Verantwortung für dieses übernehmen mussten. Auf ihr Konto ging auch die Idee mit dem Salzwasserteich. Sybill ließ sie gewähren. Ihr konnte die Entwicklung der Dinge nur recht sein. Kent und Ben kamen mittlerweile daher wie die allerbesten Busenfreunde. Mit leuchtenden Augen visionierten sie über ihre Projekte. Als nächstes wollten sie eine Vogelfarm bauen (lassen). Stolz über die guten Erträge der Felder, die mithilfe des von ihnen konzipierten Bewässerungssystems erzielt werden konnten, und die funktionierende Fischzucht, fachsimpelten sie tagein, tagaus. Ich hielt es selten länger als eine Stunde in ihrer Nähe aus.

Rolfs hauptsächliche Aufgabe bestand darin, Obst, Gemüse, Vogelfleisch und Fischfilets durch Einkochen, Trocknen, Fermentieren und Pökeln haltbar zu machen. Seine

Mangomarmelade, die er mit Chili zu verfeinern pflegte, schmierten wir uns zum Frühstück nur zu gern auf gebackene Fladenbrote. Die Vietnamesen benutzten sie vorwiegend zum Kochen bei herzhaften Gerichten. Des Weiteren verwaltete er alle Lebensmittelbestände mithilfe eines eigens angelegten Karteikartensystems. Das tat er nicht allein, aber er war das ungekürte Oberhaupt in diesem Bereich.

Marek, der Hagere, war für Sybill das, was die Stasi für die einstige DDR gewesen sein musste. Immer, wenn man so überhaupt nicht damit rechnete, stand er hinter einem.

Seit einem Jahr versuchte ich meine Beziehung zur schönen Lena zu intensivieren, doch einen Fortschritt konnte ich bisher nicht verbuchen. Ganz im Gegenteil. Wir pflegten kaum persönlichen Kontakt. Sicher, wir sahen uns zu den Mahlzeiten und ab und an liefen wir uns zufällig über den Weg. Aber das alles erfolgte eben nur flüchtig. Irgendwie machte jeder, ob das nun Kent und Ben, Rolf oder Lena waren, sein eigenes Ding. Wir redeten nicht mehr viel miteinander, außer es ging um unsere Arbeit. Jeder hatte sich scheinbar seinem Schicksal ergeben oder aber ging sogar in diesem auf. Trotzdem erschien Lena mir in dem Jahr nur umso begehrenswerter. Das mochte zum Teil an der Unnahbarkeit liegen, die sie an den Tag legte (sie hatte mit Sicherheit von meinen regelmäßigen Besuchen bei Sybill gehört). Zum anderen strahlte sie mit ihrem arbeitsgerechten Auftreten eine schier unglaublich natürliche Schönheit aus. Oftmals trug sie ein Kopftuch (was ihr erstaunlich gut stand), lief barfuß herum und die Ärmel ihres Shirts hatte sie meist bis zu den Schultern hochgekrempelt.

Und Sybill herrschte über alldem. Wie es sich mit so ziemlich jeder Sache verhielt, hatte das nicht nur Nachteile.

Anfänglich drohte sich unter uns ein Klima der Angst und Unterdrückung auszubreiten, welches durch das spurlose Verschwinden Melanies erst so richtig befeuert wurde. Doch nach und nach (und dieses nach und nach verlief erstaunlich zügig) arrangierten wir uns mit dem Leben und den Regeln hier und sahen uns eben auch als Nutznießer dieser diktatorisch geführten Gemeinschaft. Wir erledigten unsere Aufgaben. Dafür wuschen andere unsere Wäsche, gruben die Felder um, kochten abwechslungsreiches Essen, hielten unsere Hütten und Aborte sauber, ja selbst einen recht adäquaten Friseurdienst gab es. Wobei es schien, dass die Vietnamesen eher die niederen Arbeiten zu verrichten hatten.

Bei Lena hätte ich mir noch am ehesten vorstellen können, dass sie mit ihrem Dasein kreuzunglücklich wäre, doch selbst bei ihrer Tätigkeit im Küchenbereich stellte sich ihr anfängliches Problem (allein unter Vietnamesen, ohne deren Sprache zu verstehen) als annehmbare Herausforderung dar. Ich hörte wie sie hier und da auf vietnamesisch (sicher nur ein paar Brocken, aber immerhin soviel, dass ich nichts verstand) mit ihren Mitstreitern kommunizierte.

Mal vergingen drei, mal fünf Tage. Dann ließ Sybill mich zu sich zitieren, was meist um die Mittagszeit der Fall war. Den Rest des Tages brauchte ich dann weder am Fischteich, noch als Erntehelfer zu arbeiten. Anfangs suchte ich in diesen freien Stunden noch die Nähe zu Kent und Ben, doch wie schon erwähnt, kannten die kein anderes Thema als ihre Projekte. In Rolfs Dampfküche mit all dem blubbernden Kochwasser, Einweckgläsern und den sich stapelnden Obst- und Gemüsekisten, war es mir auf Dauer zu warm und Lena...

Es fühlte sich einfach befremdlich an, zwar in ihrer Nähe zu sein, aber das Gefühl vermittelt zu bekommen, man stünde nur im Weg. Wenn dann noch ein paar vietnamesische Worte fielen und alles lachte (auch Lena)... Da blieb ich dann doch

lieber für mich.
Ich schien mittlerweile der Einzige von uns zu sein, der sich manchmal die Zeit vor Sybills Herrlichkeit zurück wünschte. Dieses aufeinander angewiesen sein in einer kleinen Gruppe. Das unorganisierte in den Tag hinein leben, welches Freiheit und Spontanität versprach. Auch die Beziehungen zwischen uns waren tiefer und echter gewesen, als wir wenige waren. Jetzt empfand ich unseren Umgang als oberflächlich. Man konnte sich hervorragend einigeln in seinem Tun und den anderen aus dem Weg gehen, ohne das Gefühl haben zu müssen, allein zu sein - ein Irrglaube. Ziemlich schade, vor allem wenn ich an die intensiven Gespräche mit Lena zurückdachte.
Ich kam relativ gut gelaunt aus Sybills Unterkunft.
Während des Frühstücks hatte sie mich immer wieder verstohlen gemustert, was mir natürlich nicht verborgen geblieben war. Schon da wusste ich, dass sie alsbald nach mir schicken würde. Zwar war ich etwas überrascht, dass es gleich nach dem Frühstück geschah (ich wollte mich gerade daran machen die Fische zu füttern), hatte aber meine Gedanken schon in die erotische Richtung schweifen lassen. Schließlich wollte auch ich auf meine Kosten kommen.

Und nun, da es geschehen, konnte ich sagen es war gut gewesen. Wie man nicht imstande sein konnte Sex und Liebe zu trennen, sollte mir wohl für immer ein Rätsel bleiben. Natürlich war beides zusammen möglich und durchaus erstrebenswert, es konnte aber eben auch recht gut getrennt voneinander existieren. Was dem Sex (dem schmutzigen) meiner Meinung ja zuträglich war. Wie dem auch sei. Sybill schien es jedenfalls ebenfalls befriedigt zu haben und so spielte ich meine Karten aus und erbat mir von ihr den restlichen Tag außerhalb des Dorfes verbringen zu dürfen. Am Strand. Ich wollte ins Meer hüpfen. Für mich sein und frei sein. Ich versuchte es so zu verkaufen, dass ich vorhatte Krebse zu fangen, um sie im Dorfteich anzusiedeln. Da ich Sybill zu nehmen wusste (und das ist durchaus zweideutig zu verstehen), gewährte sie mir meine Bitte.

Am Strand angekommen, genoss ich zunächst den anbrandenden Ozean. Einfach im Sand zu sitzen und den schäumenden Wellen zuzuschauen war mir gerade genug. Zwar hatte ich Reuse und Netze dabei, aber Krebsen nachzujagen stand mir momentan nicht im Sinn.

Nachdem ich eine ganze Weile so gesessen und aufs Meer geschaut hatte, beschloss ich, barfuss im knöcheltiefen Wasser den Strand entlang zu spazieren.
Dort wo der Sandstrand in Richtung des Landesinneren in festen Boden überging, zeugten, in regelmäßigen Abständen, ehemalige Kioske und kleinere Restaurationen vom einstigen Urlaubsparadies. Pflanzenranken wuchsen durch zerbrochene, blinde Fensterscheiben. Das sah aus, als wollte ein neugieriger Krake mit seinen wuseligen Tentakeln das Gebäude in Besitz nehmen. Die Natur eroberte zurück, machte Land gut. Sie war dabei, die einstige Zivilisation zu überwuchern. Egal wie wichtig wir Menschen uns auf diesem Planeten immer genommen hatten, er zeigte uns gerade, dass er uns nicht gehörte, uns nie gehört hatte. Schneller als man glauben wollte, verschwanden die Zeugnisse menschlichen Daseins unter grünem Efeu, braunem, knotigen Wurzelholz und unter moosdurchsetztem Gras.
Etwas Interessantes tauchte in meinem Blickfeld auf. Diesmal nicht zur Seite des Festlandes hin, sondern direkt vor mir, angespült am Strand, noch halb im Wasser der Brandung liegend, wo es immer wieder von den ankommenden Wellen bis zur Gänze überrollt wurde. Ich lief

weiter, bis ich auf seiner Höhe angekommen war.

Der Rumpf eines kleinen Bootes, welches sich kielobers in den Meeresboden gebohrt hatte, ragte keine dreißig Meter vom Ufer entfernt aus dem Wasser. Die pure Entdeckerlust ließ mich sogleich meine Sachen abstreifen und bis zur Brust ins Wasser waten. Nach ein paar kräftigen Schwimmzügen, hatte ich mein Ziel erreicht. Der hellblaue Rumpf lag fast waagerecht (nur ganz leicht von der hereindrückenden Brandung nach vorn geneigt) in der See.

Ich tauchte hinab bis auf den Grund. Tastend und mit geöffneten Augen vage in dem aufgewühlten Salzwasser sehend, erkundete ich meinen Fund. Die Aufbauten der Segeljolle waren im sandigen Meeresboden stecken geblieben. Da mir die Luft irgendwann ausging, kehrte ich erst einmal zurück zur Oberfläche.

Unter allen Umständen wollte ich versuchen, das Boot an Land zu bringen. Der Gedanke, dass in seinem Inneren eine vergammelte Leiche auf mich warten könnte, ließ mich jedoch zögern. Aufgedunsen und entstellt vom monatelangen Treiben im Wasser – nein, deswegen würde ich diese Anstrengung ganz sicher nicht auf mich nehmen. Also wägte ich das Pro und Kontra ab. Meine Neugierde obsiegte. Ich musste nochmal runter um zu sehen ob ich das Ding irgendwie losbekam. Ich versprach mir und meiner Neugierde aber, dass, sollte mir eine vom Meeresgetier halb angefressene Hand oder dergleichen in die Quere kommen, würde ich mein Vorhaben sofort aufgeben.

Meine Bemühungen kosteten mich den halben Nachmittag. Vom Segel war kein Fetzen mehr übrig, weder Fock noch Großsegel, was mir die Arbeit unter Wasser zumindest enorm erleichterte. Der Mast war ungefähr auf der Hälfte gebrochen. Das untere Stück, welches noch mit dem Schiff verbunden war, steckte völlig verbogen im sandigen Grund. Da half kein Schieben und kein Rütteln; keinen Zentimeter bewegte sich das Miststück. Ich tauchte auf und schwamm um das Boot herum. Vor dem Bug, der zum Strand zeigte, positionierte ich mich und versuchte, die Segeljolle mit allem was meine Muskeln hergaben in Richtung offenes Meer zu bewegen. Und siehe da, es funktionierte! Die Spannung, die das zum Strand strömende Meerwasser auf den, schräg im Boden steckenden, Metallstumpf ausübte, löste sich. Prustend schwamm ich mit dem Boot einige Meter, bis das Wasser tief genug war, dass das, was da vom Mast übrig geblieben war, nicht mehr über den Meeresboden schabte. Abermals tauchte ich. Irgendwie musste ich das störende Anhängsel loswerden. Nur so konnte ich die Jolle an Land bekommen und festen Boden unter ihren Kiel bekommen. Hier, im schwimmtiefen Wasser, würde ich sie niemals drehen können. Dessen war ich mir bewusst, als ich unter Wasser das Maststück beseitigte. Dass dieses so ganz ohne nennenswerte Komplikationen ablief, hatte ich nicht erwartet. Natürlich fiel es mir im Traum nicht ein, mich über diese Tatsache zu beschweren. Das verbogene Stück löste sich widerstandsfrei, als ich es umklammerte und wegzog. Jetzt konnte ich meine Beute zum Strand bugsieren.

Im flacheren, seichten Wasser angekommen, schob ich die Jolle soweit es ging auf Grund. Das Meer umspülte mir hier noch knapp die Hüfte. Unter Aufbietung meiner gesamten Kraft, versuchte ich das Boot herumzurollen. Schon beschäftigte ich mich mit dem Gedanken, mir einen kräftigen Ast oder einen jungen Baumstamm zu suchen, welcher lang und gerade genug gewachsen war, um als Hebel zu dienen. Doch dann, beim vierten Anlauf, gelang es mir auch ohne Hilfsmittel. Das Boot schien nicht zur Gänze voll gelaufen zu sein, sonst wäre mir das schwerlich gelungen.

Durch den abgerundeten, glatten Schiffskörper, konnte ich meine Entdeckung nun bis auf den trockenen Sand schieben. Soweit, dass das Wasser des Ozeans gerade noch ein kleines Stück des Hecks erreichen konnte.

Ich ging ein paar Schritte zurück, um meinen Fund in seiner ganzen Pracht zu beschauen. Alles in allem sah das Boot zwar ramponiert aus, doch der Rumpf war, insoweit ich das von meiner Position aus beurteilen konnte, intakt.

Beim Hineinklettern verhedderte ich mich mit meinen Füßen in den Seilschaften, die wirr auf den Planken herumlagen. Sie waren noch dort, weil sie fest mit dem Boot verbunden waren. Fixiert an der niedrigen, verbeulten Aluminiumreling und an einer der drehbaren Seilscheiben.

Schließlich stand ich im Boot und sah mich um, bis meine Augen das breite, rechteckige Brett fanden, mit welchem die kleine Kajüte verschlossen war, die unter dem flachen Aufbau verborgen war. Was sich wohl darin verbarg? Die halb verweste Leiche, bei deren Anblick ich mich wortlos umdrehen und gehen würde? Oder würde ich dort ein paar Konserven mit gezuckerten Pfirsichen finden? (Weiß Gott, wie ich genau da drauf jetzt kam.) Wahrscheinlich erwartete mich bloß eine angegammelte, muffige Matratze. Was auch immer es war, in wenigen Augenblicken würde ich es herausfinden.

Ich ging die zwei Schritte zu dem Verschlag hinüber und zog an dem Brett, welches durch seitlich angebrachte Schienen an seinem Platz gehalten wurde. Nachdem mir die Holztafel beim Hochziehen zweimal verkantete (ich war wohl zu ungeduldig), hielt ich sie letztendlich doch in meinen Händen. Ich stellte sie beiseite, beugte mich hinab und lugte vorsichtig ins Dunkel. Die Schnupperprobe ergab zumindest keinen Verwesungsgestank. Diesen süßlich, schwärenden Ammoniakgeruch hatte ich seit Anbeginn der Katastrophe zur Genüge ertragen müssen. Die Luft hingegen, die mir aus der Kajüte entgegenschlug, roch nach Seetang, klammer Bettwäsche und fauligem Holz. Nicht gerade ein parfümreifer Duft, aber auch nicht unzumutbar, weshalb ich ins Innere krabbelte.

Knöcheltief stand ich im Wasser. Es tropfte von der Decke, die eben noch der Boden gewesen war. Die Sonne befand sich in meinem Rücken und wenn ich den Eingang frei machte, konnte ich durch das einfallende Licht einigermaßen gut erkennen, was sich hier verbarg. Oder besser gesagt, was nicht. Keine Konserven, keine Leiche, nicht mal eine Matratze. Außer zwei nackten Holzpritschen, die den beengten Raum so gut wie ausfüllten, gab es hier rein gar nichts. Ich stellte mich direkt zwischen die beiden Schlafgelegenheiten in den schmalen Mittelgang und inspizierte den Stauraum darunter. Ich förderte eine stark ausgeblichene Schwimmweste zutage, welcher ich mein Leben definitiv nicht anvertraut hätte. Das war es auch schon. Keinerlei Hängeschränke oder Regale über den Schlafgelegenheiten.

Zugegebenermaßen enttäuscht fiel mein Blick letztlich auf eine mahagonifarbene Holzkiste. Keine dreißig Zentimeter hoch und kaum einen Meter lang, klebte sie fast unsichtbar am Boden der Bordwand. Geduckt durchquerte ich den Gang an dessen Ende die Kiste stand. Die Truhe war mittig mit einem Metallbeschlag gesichert, durch den eine Öse schaute. Glücklicherweise hing kein Vorhängeschloss daran, so dass ich den Verschluss durch einfaches Umklappen des Metallplättchens lösen konnte. Die Scharniere, welche an der Rückseite die hölzerne Truhe mit dem Deckel verbanden, wehrten sich mit Widerstand gegen ein Öffnen, beugten sich, mit einem quietschenden Seufzer, dann aber doch meiner

Gewalt.

Auch leer.

Bis auf etwas dunkles, rechteckiges, am Boden der Truhe.

Ein Buch!

Es lag mit dem Cover nach oben. Ich stellte den Kopf schief, um so besser den plakativen Titel entziffern zu können.

„Die Überfahrt“

Deutsch! Ein Buch in meiner Muttersprache! Na das war doch mal ein feiner Fund. Ich benetzte meine Hände mit Meerwasser und bespritzte es von oben herab. Anschließend drehte ich es unter zu Hilfenahme der Schwimmweste herum und wiederholte die Prozedur. Dann erst nahm ich es heraus und stellte zu meiner Zufriedenheit fest, dass es unbeschädigt und trocken war. Abgesehen von dem Wasser, mit welchem ich das Buch desinfiziert hatte.

Der Name des Autors, ein gewisser Mats Strandberg, war in roten Lettern auf das sonst dunkelblaue Buch gedruckt. Von einer düsteren Klippenlandschaft sah man auf ein großes Fährschiff, welches düster, ohne jedwede Beleuchtung, im Meer trieb. Ein gelber, runder Aufkleber, rechts unten auf dem Cover, pries den Schreiber als schwedischen Stephen King an. Noch im Stehen las ich die erste Seite.

Ich las bis zur Mitte der Nacht und bis zur Mitte des Buches. Nicht ununterbrochen, ich machte mir zwischenzeitlich ein Feuer am Strand, aß gebratene Mango, vertrat mir die Füße, um mehr Holz heranzuschaffen, welches die Flammen auffraßen. Aber selbst als ich das Buch aus der Hand legte, um mein Essen zuzubereiten, mich um das Feuer zu kümmern und meine Gedanken schweifen zu lassen, blieb ich bei der Geschichte und seinen Figuren, die mir sehr schnell ans Herz gewachsen waren. Der Autor mochte sie erfunden haben und doch gab es sie für mich und ihr Schicksal ging mir nah. Das Buch gefiel mir außerordentlich und ich tauchte voll und ganz in seine Welt ein, im warmen, flackernden Schein meines Feuers. Ich zwang mich zu Pausen, genoss ich das Lesen noch so sehr. Ja, ich fürchtete mich fast ein wenig davor, zu den letzten Seiten zu gelangen, die das Ende der Geschichte einläuten würden. In jenen Pausen, in denen ich das Feuer schürte und einige hundert Meter den Strand entlang spazierte, dachte ich nach. Darüber, wie es wohl weiter ginge. Wie genau sich Passagiere als auch die Crew, die allesamt ihr Päckchen zu tragen hatten, dem Grauen stellen würden, welches das Fährschiff befallen hatte.

Am frühen Morgen öffnete ich die Augen, als das Licht des erwachenden Tages der Biochemie meines Körpers befahl, das Schlafen sein zu lassen. Ich hatte mich in der Nacht nah am Feuer zusammengerollt und war irgendwann einfach eingeschlafen. Das erste, was meine wachen Augen taten, war, nach dem Buch zu suchen. Erleichtert stellte ich fest, dass es direkt neben mir lag. Ich nahm es an mich und stellte fest, dass ich mir ein Drittel der Geschichte hatte aufheben können.

Beim Pinkeln in die Asche zischte und qualmte es. Ich fühlte mich ungewaschen (was ich ja auch war) und roch an meinen Klamotten, die nach Rauch stanken. Ich entledigte mich ihrer und rannte ins Meer.

Das Bad im Ozean tat verdammt gut. Ich schwamm weit hinaus und wechselte immer mal wieder zwischen sportlichem Kraulen und mich einfach treiben lassen.

Während ich mich von der aufgehenden Sonne trocknen ließ, wurde mir bewusst, dass das Gefühl von Sauberkeit und Frische schnell vergehen würde. Sobald das Meerwasser auf meinem Körper verdunstet war und mir die vietnamesische Hitze den ein oder anderen Schweißtropfen entlockte, würde der Salzfilm auf meiner Haut anfangen fürchterlich zu kleben. Um mich nachhaltig sauber zu fühlen, brauchte ich eine Süßwasserdusche. Also schnappte ich meine sieben Sachen, das Buch hielt ich unter dem Arm geklemmt und machte mich auf den Rückweg.

Die Zeit in der Quarantänebox nutzte ich, um zu lesen. Ich verschlang die Worte bis hin zum letzten Kapitel, als ich jäh aus der Geschichte gerissen wurde, die der Autor einst für mich erschaffen hatte.

„Sybill verlangt nach dir!“

Oha, das klang nach einem Donnerwetter, dachte ich noch bei mir, während des eskortierten Marsches zu ihrem Domizil.

„Was fällt dir eigentlich ein?! Einfach so unerlaubt eine Nacht wegzubleiben? Ich hatte gestern Abend nach dir geschickt! Ich durfte mir anhören, du seist nicht von deinem Ausflug zurückgekehrt! Was war denn diesmal? Haben dich die Krebse gebissen?“

Ich saß auf einem Stuhl. Sybill stand im Raum und regte sich auf.

„Was ist das?“

Sie schmiss mit ihrem Zeigefinger eine Linie durch die Luft, auf das Buch, das ich in den Händen hielt.

„Ein Buch. Ich habe es am Strand gefunden.“

Sybills Augen verengten sich.

„Schon drin gelesen?“

„Ich bin fast durch.“

Das war eine der unvorteilhaftesten Antworten, die ich hatte geben können, aber es war heraus, ehe mir das überhaupt bewusst geworden war. Sybills Reaktion darauf ließ nicht auf sich warten.

„Du hast also herumgesessen und gelesen, anstatt zum Wohl der Gemeinschaft deine Arbeit zu verrichten? Wolltest du nicht Krebse fangen?“

Ihre Kiefermuskeln arbeiteten sichtbar.

„Mit deinen Ausflügen ist es ab jetzt vorbei! Mal sehen, ob du mit ehrlicher Arbeit auf den Feldern besser zurechtkommst. Bekomme ich, aus welchem Grund auch immer, das Gefühl, dass du dich nicht anständig ins Zeug legst, unterstelle ich dich dem Reinigungstrupp. Wäsche waschen, Latrinen säubern. Falls dir das lieber sein sollte.

Und nun geh!“

Sie drehte sich weg, überlegte es sich aber in dem Moment der Bewegung anders und wandte mir ihr missmutiges Gesicht erneut zu.

„Aber nicht irgendwohin, sondern direkt zu den Feldern!“

Ich erhob mich. Jeglicher Kommentar erschien mir unpassend und so schickte ich mich an, ihren Anweisungen Folge zu leisten. Mein Buch an die Rippen pressend, steuerte ich auf die Tür zu. Ich bewegte mich langsam, da ich erwartete, gleich von ihr angeherrscht zu werden, dass ich gefälligst das Buch liegen lassen sollte. Doch nichts dergleichen geschah. Wortlos (und etwas erleichtert) verließ ich also die Szenerie.

Da stand ich nun vor Sybills persönlichem Rückzugsort.

Ein wenig ratlos, da kein Begleitpersonal in Sicht war, um mich zu den Feldern zu eskortieren. Den Weg sollte, beziehungsweise durfte, ich wohl eigenverantwortlich zurücklegen.

Die Sonne strahlte durch die Bäume, Vögel sangen in deren Geäst und ich schien alle Zeit der Welt zu haben. So schien es. Frei und doch gefangen. Ich lief los. Das Buch hielt ich dabei immer noch fest unter meinen Arm geklemmt.

Ich steuerte einfach auf die Personen zu, die ich auf einem Acker in der Ferne erspähen konnte.

Bis auf einen Steinwurf herangekommen, machte ich eine hutzelige Alte aus, die mir von den, auf dem zu beackernden Gelände, arbeitenden Menschen, am nächsten war. Sie werkelte gebeugt am Rande des urbar gemachten Stück Land mit einem Hilfsmittel in der Erde herum. Zum Schutz vor der gleißenden Sonne, trug sie einen dieser typischen Vietnamesenhüte. Sie blickte auf, als ich mich ihr näherte. Ob sie erschrocken war, überrascht, mich sympathisch oder gegenteilig fand, war ihr nicht anzumerken. Ihre ledrige, robust wirkende Gesichtshaut verriet keinerlei Emotionen. Ich jedenfalls wollte mich meinen neuen Kollegen (hoffentlich auf Zeit) gleich einmal von meiner besten Seite präsentieren und so erkundigte ich mich direkt auf englisch, ob ich denn irgendwie zur Hand gehen könne. Die Alte schüttelte leicht ihren Kopf hin und her und begann im breitesten Vietnamesisch drauf los zu schwatzen.

„Sybill schickt mich!“, unterbrach ich sie und probierte es

diesmal auf deutsch.

Der Wortschwall der betagten Feldarbeiterin kam jäh zum Erliegen. Ich nickte und sprach unbewusst doch wieder auf englisch weiter.

„Yes, yes! I have to help you, she said!"

Dabei deutete ich erst auf mich und dann auf das Gartengerät in den Händen der Alten, einen langstieligen Furchenzieher.

Endlich schien sie zu begreifen. Nicht das große Ganze, aber zumindest insoweit, dass ich hier mitmachen sollte, woraufhin sie lachte. Kein höfliches, gekünsteltes Lachen, sondern eines, bei dem sie sich die Tränen aus den Augen wischen musste. Nachdem sie sich wieder einigermaßen beruhigt hatte, zeigte sie erst auf mich, danach auf ihr Arbeitsmittel und brach erneut in Lachen aus. Eigentlich hätte ich beleidigt sein sollen, da sie mir diese Art von Arbeit offensichtlich nicht zutraute. Doch ihr Lachen war so ansteckend, dass ich nicht anders konnte, als es auch irgendwie lustig zu finden. Plötzlich tippelte sie auf mich zu und sprach zwei Sätze. Leise, fast verschwörerisch raunte sie sie mir zu. Zwei Sätze, von denen ich nichts weiter verstand, außer ein „Sybill" zwischen den vietnamesischen Lauten.

„Genau!“, entgegnete ich trotzdem einfach mal ins Blaue. „Ich habe Scheiße gebaut und muss jetzt hier helfen!“

Sie nickte, als hätte sie verstanden und ich sie und dann bedeutete sie mir, ihr zu folgen.

Wir liefen,die Alte vorweg und ich hinterher, bis zur Mitte der Ackerfläche, wo eine Handvoll Leute, in einigem Abstand voneinander, ihrer Arbeit nachgingen.

Während wir uns über den zerfurchten Boden bewegten und ich meine liebe Mühe hatte, nicht dauernd zu stolpern, bemerkte ich im Augenwinkel jemanden. Er war ziemlich weit weg, ich war mir aber sicher, dass er genau diesem Moment seine Augen auf uns gerichtet hielt. Ich drehte meinen Kopf in seine Richtung. Nur ganz leicht. Dabei tat ich so, als würde mein Interesse etwas völlig anderem gelten. Es war ganz eindeutig der Hagere, der da unweit des Feldrandes Position bezogen hatte. Sybills Kontrollorgan.

Die Alte gab ein paar Laute von sich, untermalt von halbherzigen Gesten mit den Händen (fast so, als würde sie am liebsten ihre Arme in die Luft werfen, es aufgrund schwerster Arthritis aber nicht können).

Eben noch Köpfe und Hände nah am Ackerboden, richteten sich nach und nach die Gestalten umher auf.

Da zunächst allgemeine Ratlosigkeit zu herrschen schien, kam mir in den Sinn, dass die anderen die Alte vielleicht ebenso wenig verstanden wie ich.
Doch schließlich kam Bewegung in die Figuren und sie begannen auf die Alte und mich zuzulaufen. Bald darauf umringten uns etwa ein halbes Dutzend Leute. Allesamt Vietnamesen. Und alle hörten der alten Frau zu, deren Monolog nicht enden zu wollen schien.
Endlich war sie still. Kurzzeitig herrschte absolute Ruhe, bis eine Vietnamesin mittleren Alters sich aus den Herumstehenden löste und auf mich zu trat.
„Welcome my friend!"
Sie deutete eine Verbeugung an, ehe sie weitersprach. Sie erklärte, welche Ehre es angeblich für sie alle wäre, dass ich mit ihnen zusammen arbeiten würde. So recht wurde ich nicht schlau daraus. Vielleicht war ja auch nur mein Englisch zu schlecht (oder aber das ihre). Noch konnte ich nicht deuten, ob die Feldarbeiter begriffen, dass ich tatsächlich mit anpacken sollte oder ob sie in Betracht zogen, ich könnte ein Spitzel sein, der im Auftrag Sybills handelte. Apropos Spitzel... Ich blickte mich um. Der Hagere war verschwunden. Jedenfalls sah ich ihn nicht mehr.

„You need something for your head!"
Die Vietnamesin deutete auf ihren behüteten Kopf. Da erst wurde mir bewusst, dass ausnahmslos jeder der Anwesenden eine Kopfbedeckung trug. Ein paar waren, ebenso wie die Alte, mit klassischen Vietnamesenhüten ausgestattet. Andere trugen Kopftücher oder, wie die englisch sprechende Vietnamesin, ein Basecap.
„When you will work here, the sun is going to grill your brain, without any protection."
Ich bekam ein Tuch zugeworfen. Ein Tuch! Ein Basecap, okay. Ein Vietnamesenhut, nicht das ultimativ Schickste, aber doch offensichtlich nützlich. Aber ein Tuch?! So etwas trug Witwe Bolte, während sie ihr Tun mit Max und Moritz hatte, aber doch kein gestandener Mann wie ich!
Ungeschickt legte ich es mir um den Kopf und band es unter dem Kinn zusammen. Ich musste aussehen wie eine Oma, die vorhatte, in ihrem Vorgarten mit Kittelschürze und eben jenem Kopftuch bekleidet, Unkraut zu jäten. Sahen die Vietnamesen wohl ähnlich, denn bei meinem Anblick begannen sie zu kichern. Nein, so ging es nicht! Ich riss mir das Tuch vom Kopf (mein Buch hatte ich inzwischen auf den Ackerboden gelegt) und überlegte angestrengt. Dann kam

mir die einleuchtende Idee.

Wir arbeiteten Seite an Seite auf dem Feld. Mit Händen und Füßen hatte man mir gezeigt, wie ich die Samen in die Furchen zu pflanzen hatte. Auf dem Kopf trug ich mein Tuch. An allen vier Ecken einen Knoten hinein geknüpft, lag es auf meinem Haupt und schützte meinen Kopf vor dem drohenden Überkochen. Ich arbeitete gebückt und jedes Mal wenn ich mich aufrichtete, um mich kurz zu strecken, durchfuhr mich ein lang anhaltender, stechender Schmerz, der von Mal zu Mal intensiver wurde. Gerade so als wäre meine Wirbelsäule aus Eisen und jede Minute in gebückter Haltung wirkte wie ein Sprühregen aus Salzwasser, der die Korrosion in Windeseile vorantrieb.

In der einsetzenden Dämmerung trottete ich inmitten der anderen zurück Richtung Dorf. Mein Magen hatte heute bisher nichts weiter gesehen, als Wasser und gesüßten Tee. Beides hatten mir die emsigen Vietnamesen während der Arbeit zur Verfügung gestellt. Nun war ich müde und hungrig wie ein Wolf.

Ich fand mich im Speiseraum an der Tafel wieder, an der auch meine Feldarbeiterkollegen ihr Abendessen einnahmen. Mitten unter ihnen saß und aß ich genau wie sie. Mit den Händen formte ich eine Mulde in einen klebrigen, hühnereigroßen Klumpen Reis. In diese Vertiefung tat ich etwas von dem scharf gewürzten Gemüseeintopf, der ebenfalls auf dem Tisch stand. Das Ganze stopfte ich mir dann in den Mund, um gleich darauf die Prozedur von neuem zu beginnen. Genau wie meine Nachbarn links und rechts von mir.

Als ich glaubte, meinen gröbsten Hunger gestillt zu haben, sah ich mich kauend und weiter Reisbälle knetend um. In der Speiseraumbaracke saßen an die fünfzig Leute. Die Tafel an der Sybill dinnierte, war die zahlenmäßig kleinste, aber offensichtlich auch die elitärste von allen. Sie stand auf dem langgestreckten Podest und thronte somit über den restlichen Tischen. Am Kopfende saß ihre Majestät. An den Längsseiten wurde sie von Marek dem Hageren und einem mir unbekannten, ziemlich bullig aussehenden Vietnamesen flankiert. Die Tafel an der Kent und Ben saßen, spiegelte im Kleinen die Hierarchie wieder, welche die erhabeneren Plätze Sybills und ihrer Vertrauten so offen bekundeten. Die beiden

Projektplaner saßen sich am Ende ihres eigenen Tisches gegenüber. Das Kopfende sowie die direkten Plätze neben ihnen waren frei. Am restlichen Teil der sonst voll besetzten Tafel, hatten ihre „Mitarbeiter" Platz gefunden. Weder Ben noch Kent würdigten mich eines Blickes, was ich aber auch nicht als kränkend empfand. Sie schauten überhaupt nicht nach links oder rechts, da sie angeregt miteinander diskutierten. Ihre Nahrungsaufnahme verlief eher nebenher. Lena saß bei der Küchen-Crew. Ihr Tisch war bereits fertig mit dem Abendmahl. Das Geschirr war säuberlich abgegessen und wartete ordentlich gestapelt darauf, abgeräumt zu werden. Lena hatte sich seitlich zur Tafel gesetzt, genau wie die beiden jungen Frauen neben ihr und flocht der vor ihr sitzenden Vietnamesin die Haare. Die gleiche Frisurenbehandlung erhielt sie dabei von der hinter ihr sitzenden Frau. Verträumt sah sie aus, während sie die schwarzen, dichten, langen Haare ihrer Kollegin bearbeitete.

„Bist du also unter die Landwirte gegangen?"
Direkt hinter mir stand Rolf. Erschrocken drehte ich mich um. Ich versuchte seinem angedeuteten Lächeln zu entnehmen, ob er sich freute mich zu sehen oder er mit seiner

Aussage nur seine Häme über meine Situation zum Ausdruck bringen wollte. Es gelang mir nicht.

„Ich hoffe, dass das, was ihr da draußen anbaut, von besserer Qualität ist, als die letzte Ernte Pok Choi. Es war nicht gerade einfach, Sybill zu erklären, weshalb ich aus dem Riesenberg Gemüse nur so wenig Gläser herausbekommen habe. Wie soll ich denn bitte aus, von Insekten zerfressenen, halb vergammelten Zeug, genießbares, haltbares Essen herstellen?"

Rolf hatte sich in Rage geredet. Von oben herab sah er mich...ja, wie eigentlich? Wie blickte er auf mich herunter? Mitleidig? Erbost? Ich konnte ihn beim besten Willen nicht lesen. Versöhnlich klopfte er mir auf die Schulter.

„Na ja, nun bist du ja an vorderster Front und sorgst dafür, dass ich zukünftig mit einwandfreien Rohstoffen arbeiten darf, nicht wahr?"

Ich wusste wirklich nicht, ob er auf diese Frage ernsthaft eine Antwort haben wollte.

Er wollte.

„Ich meine das ernst! Sybill setzt uns sicher nicht umsonst so ein, wie sie es tut! Sie hat einfach erkannt, dass wir in Sachen Organisation, Know-how und Arbeitsgüte den Vietnamesen weit überlegen sind und betraut uns mit deren Leitung. Sie müssen nur anständig angelernt werden! Kent und Ben bekommen das recht gut hin, finde ich. Meine Leute habe ich ebenfalls im Griff und jetzt solltest du mal langsam zeigen, was in dir steckt!"

„Rolf, ich glaube, die haben hier schon lange vor uns Landwirtschaft betrieben und sich selbst versorgt, okay?"

„Das mag sein, aber doch alles andere als fortschrittlich. Begreifst du denn nicht? Wir könnten hier richtig was bewegen!"

„Du bist also mit ihrer willkürlichen Arbeitseinteilung einverstanden? Hast sie als deine Oberbefehlshaberin ja ziemlich schnell akzeptiert, was Rolf!?"

„Jetzt mach dich mal locker! Nur weil du mit ihr rummachen musstest und sie jetzt nichts mehr von dir wissen will, heißt das nicht, dass wir sie alle kacke finden müssen!"

Ich lag in der Hütte auf meiner Pritsche. Toshis Platz war verwaist. Dafür schlief jemand in dem dritten Bett. Ein vietnamesischer Mann, der leise mit sich selbst redete. Worüber wusste ich nicht. Ich konnte ja kein Vietnamesisch.

Mit dem festen Vorsatz den Vortrag von Rolf zu überdenken, schlief ich so schnell ein, dass mir dazu gar keine Zeit blieb. Das Sättigungsgefühl vom Abendessen, mein allgemeiner Erschöpfungszustand sowie das einlullende Gemurmel meines Bettnachbarn, ließen meine Augen alsbald zuklappen und meinen Geist wegdämmern.

Am nächsten Morgen, während der Katzenwäsche und des darauf folgenden Frühstücks, versuchte ich mir immer wieder vorzustellen, die Führung und Leitung des Arbeitstrupps zu übernehmen, in dem ich derzeit tätig war. Doch weder hatte ich eine Ahnung davon, wie genau ich das anstellen sollte, noch konnte ich mit irgendwelchen innovativen Verbesserungsvorschlägen aufwarten.

Nach einigen Tagen hatte sich mein Körper an den Rhythmus gewöhnt. Mein Rücken protestierte zwar nach wie vor gegen die unvorteilhaft gebückte Haltung, dennoch hatte ich mir von den Vietnamesen abschauen können, wie man sich von und mit den zu bewältigenden Aufgaben eher treiben ließ, anstatt sie verbissen und so zügig wie nur irgend möglich abzuarbeiten. So blieb mir nach dem Abendessen (ich fühlte mich zwar immer noch erschöpft vom Tagwerk, aber nicht mehr so zerstört) nun noch etwas Zeit für mich, in der ich versuchte, meine Gedanken zu ordnen. Auf meiner Pritsche in der Hütte wollte mir das nicht so recht gelingen; dazu brauchte ich frische Luft und leichte Bewegung. So kam es, dass ich im Dunkeln auf dem Dorfgelände umher spazierte.

Fest stand für mich, dass mein restliches Leben so nicht aussehen sollte. Für ein Dach über dem Kopf und regelmäßige Mahlzeiten auf dem Acker schuften und Befehle entgegennehmen? Nein danke. Rolf, Ben und Kent schienen sich indes hier wohl zu fühlen, indem sie Chef spielten. Sie auf meine Seite ziehen zu können, war also unwahrscheinlich. Mit Lena musste ich unbedingt noch einmal reden, bevor ich voreilige Spontanität an den Tag legte, die ich womöglich bereuen würde.

Ich war bei meiner Runde durch das Dorf in die Nähe von Sybills Domizil geraten und glaubte zunächst meinen Ohren nicht trauen zu können, denn ich hörte Musik! Also keine selbstgemachte, sondern ein Stück, welches eindeutig die Beatles gerade zum Besten gaben. Beim Nähertreten bestand kein Zweifel mehr daran, dass die Musik aus ihrer Hütte (im Vergleich zu meiner mir zugewiesenen Unterkunft wäre der Begriff Residenz vielleicht angebrachter) kommen musste und sie zudem ziemlich laut aufgedreht war. Die feine Dame hatte dort drinnen also Strom (oder einen Ghettoblaster, den sie mit Batterien fütterte, was ich mir aber nicht vorstellen konnte).

Lenas Augen waren vor Entsetzen geweitet.
„Nein! Das darfst du nicht!"
Verzweifelt versuchte sie einen Satz zu beginnen, doch es blieb beim mehrmaligen, tiefen Luftholen. Dann saß sie sprachlos da und starrte auf den Boden. Ich wusste nicht, was ich machen sollte und kam mir entsetzlich hilflos vor.
Nach minutenlangem Schweigen mit gesenktem Kopf, blickte sie urplötzlich auf.
„Ich möchte nicht, dass du gehst!"
Mit allem hatte ich gerechnet: Gleichgültigkeit, Spott, Schaffung klarer Distanz, aber nicht damit. Zugegeben, es war Balsam für meine Seele, Schmiermittel für die eingerosteten Gefühle, die ich Lena gegenüber empfand.

Brandbeschleuniger auf das Flämmchen, welches nur für sie nach Sauerstoff gegiert hatte. Von jetzt auf gleich war die Schwärmerei, die ich für sie schon so lange hegte und die in der letzten Zeit so kühl gelagert (gefühlt am Einschlafen gewesen war) neu und prachtvoll erblüht. Nichtsdestotrotz wollte und konnte ich so nicht weiter machen. Ich konnte in dieser Dorfgemeinschaft nicht erkennen, wo mein Platz sein sollte. Mein jetziges Dasein als Sklave war mir zuwider und so blieb mir eben nur die Flucht nach vorn.

„Komm doch mit mir. Wir tragen ein paar Sachen zusammen, die wir von hier mitnehmen können. Ich finde, nach der ganzen Schufterei steht uns das zu. Es hat ja auch Vorteile wenn wir nur zu zweit unterwegs sind. Keine ewigen Diskussionen mehr. Nur noch du und ich, die sich abstimmen brauchen."

Erst schüttelte Lena leicht den Kopf, über diesen, meinen Vorschlag, dann immer heftiger, so dass ihre Haare nur so flogen.

„Nein!"

Mit festem Blick begegnete sie meinem.

„Ich will hier nicht weg! Keine zehn Pferde bringen mich da raus! Ich brauche Menschen um mich herum, kannst du das nicht verstehen? Mir ist schon bewusst, dass Sybill aller Wahrscheinlichkeit nach etwas mit dem Verschwinden meiner Schwester zu tun hat und trotzdem bin ich lieber unter ihresgleichen, als verdammt noch mal allein da draußen!"

Sie weinte, doch an ihrem entschlossenen Blick hatte sich nichts geändert.

„Bitte geh nicht. Bleib. Ich brauche dich hier."

Lenas tränenerstickte Stimme verschluckte ein paar Silben, dann fing sie sich wieder. Ich nahm sie in den Arm und was ich dann vernahm, ganz dicht an meinem Ohr, löste solche Glücksgefühle in mir aus, wie ich sie mir in einer solchen Situation niemals hätte vorstellen können.

„Wir könnten doch zusammen wohnen. Eine eigene, kleine Hütte beziehen, in der wir es uns schön machen."

Hatte sie das tatsächlich gerade gesagt oder hatte ich taggeträumt?

10

Sybill legte uns keine Steine in den Weg. Solange wir unseren Pflichten nachkämen, wäre es ihr egal. So in etwa drückte sie sich zumindest aus, als ich ihr unser Anliegen vortrug. Wir richteten uns die Baracke (deren Nutzung Sybill uns in ihrer schier unendlichen Güte zugestanden hatte), so gut es eben ging, wohnlich her. Vergammelte Bretter wurden durch neue ersetzt, das Dach abgedichtet, der Innenraum von Ungeziefer befreit. Als das Gröbste geschafft war, lebten wir unseren ganz persönlichen Alltag. Es ist schon erstaunlich, wie schnell der Mensch sich anpasst und an neue Umstände gewöhnt. Tagsüber ging jeder seiner Arbeit nach. Lena in der Küche, ich auf dem Feld. Die Nächte gehörten uns. Der schönste Moment des Tages, auf den ich mich schon während des Aufstehens zu freuen vermochte, war die Zeit nach dem gemeinschaftlichen Abendessen. Lena und ich spazierten dann über Umwege zu unserem Zuhause. Oftmals sorgten wir dafür, dass uns noch etwas zu naschen zur Verfügung stand. Eine Mango, etwas herzhafter Eintopf oder Brote, belegt mit scharf gewürztem, sauer eingelegtem Fisch. Das verzehrten wir, im Schneidersitz auf unserem Bett thronend (wir hatten uns ein großes, raumeinnehmendes Bett gebaut). Währenddessen erzählten wir Begebenheiten von unseren jeweiligen Arbeitstagen. Wenn Lena mit Händen und Füßen und dabei Tränen lachend, berichtete, wie sich einer ihrer Arbeitskollegen aus Unachtsamkeit die Hand am Herd verbrannt hatte und beim ruckartigen Wegziehen dieser, gegen einen Topf mit köchelndem Wasser stieß, welcher wiederum auf seinem Fuß landete, hörte ich ihr voll Wonne zu und ließ mich nur zu gern von ihrem Lachen anstecken. Zu meinem Leidwesen hatten wir alles andere als leidenschaftlichen Sex. Ja, wir schliefen miteinander. Aber das geschah eher nebenbei, spielte sich gefühlt im Bedeutungslosen ab. Das allererste Mal, als wir miteinander intim wurden, geschah einige Tage nach unserem Einzug. Das Dach war noch nicht zu einhundert Prozent dicht und in der Nacht setzte starker Regen ein. Es tröpfelte durch. Plopp. Plopp. Plopp. Natürlich auf meine Seite des Bettes. Die Erschöpfung vom Tagwerk war einfach zu gewichtig, als dass ich in diesem Moment das Bett verschieben, geschweige denn mich am Dach zu schaffen hätte machen wollen. So rückte ich etwas näher an Lena heran. Kuschelte mich unter ihre trockene Bettdecke. Meine Hände umschlossen ihren warmen Rumpf; verharrten an ihrer weichen, glatten Haut, um dann, nach gebührender Zeit, höher zu rutschen. Ich fühlte mich wie ein jungfräulicher Teenager auf Klassenfahrt. Meine Hand streichelte sich an ihrem Rippenbogen hinauf zur Achselhöhle; mit zarten, kreisenden Bewegungen nahm sie Kurs in Richtung Vorderseite, bis meine Fingerspitzen auf den Ansatz ihrer Brust stießen. Wieder hielt ich inne, schluckte und umschloss sie schließlich mit der ganzen Hand. Ich war und ich blieb steif, bis ich von ihr herunterrutschte.

Alles war soweit gut, was Lena und mich betraf. Sie war meine engste Vertraute und ich war der ihre. Wir teilten Tisch und Bett; verbrachten unsere Freizeit miteinander. Alle paar Tage (oder besser gesagt Nächte) ließ sie mich gewähren, wenn es darum ging, meine sexuelle Lust an ihr zu befriedigen. Nur, dass mich das zusehends unglücklicher werden ließ. Ihr engster Vertrauter war ich mangels Alternativen. Tisch und Bett teilte sie lediglich mit mir, weil sie das der Einsamkeit vorzog. Und Sex bei dem die

Angebetete dalag, wie ein Stück Holz, konnte man nur als schlecht bezeichnen oder irrte ich mich?

Die Sonne brannte erbarmungslos vom Himmel. Die gleißende Scheibe tauchte alles in blendend weißes Licht, das einem in den Augen stach, selbst dann noch, wenn man den Blick auf den Boden gerichtet hielt. Die Vietnamesen wussten so gut wie ich, dass die Kontrollorgane Sybills bis hierher auf die Felder reichten. Genau deshalb handelten sie auch sehr überlegt, wenn es um ihre Siesta ging. Beim Dösen im Schatten, während der unerträglich heißen Mittagsstunden, lösten sie sich ab, so dass es den Anschein erweckte, als würde von allen bis zum Abend durchgearbeitet. Wenn zwei, maximal drei Arbeiter sich von der Gruppe entfernten, fiel das für die dreißig bis vierzig Minuten, die sie weg blieben, nicht wirklich auf. Kehrten sie dann zurück, kamen die nächsten an die Reihe. Wir verstanden uns mittlerweile (mit Händen und Füßen) ganz gut. Anfänglich hatten wir hauptsächlich mithilfe unserer Extremitäten kommuniziert. Etwa um zu erfahren, wie man welches Saatgut in die Erde brachte. Nun ging es sogar schon darum, zu verstehen, wie sein Gegenüber gelaunt war und weshalb das so war. Level zwei der nonverbalen

Kommunikation also.

Die letzten Tage war ich jedes Mal mit der Alten gegangen. Wir waren immer als Letzte an der Reihe, was mir persönlich sehr entgegenkam, da ja bekanntermaßen zum einen die Vorfreude die schönste Freude war und zum anderen der Feierabend, nach Beendigung der heimlichen Pause, in greifbarer Nähe gerückt war. Schlafen konnte ich zwar nicht (die Alte legte sich in den Schatten, schloss die Augen und wachte erst nach gut zwanzig Minuten wieder auf), doch ich genoss das süße Nichtstun, indem ich, sitzend, an einen Baum gelehnt, meine Beine ausstreckte und mein Buch las. Sobald ich es durch hatte, begann ich von vorn und nicht ein einziges Mal war mir dabei langweilig geworden. Beim Lesen schweiften meine Gedanken mal nach hier und mal nach dorthin ab. Ich blieb zwar im Bilde über die Handlung, las ich eine bestimmte Textpassage aber voll konzentriert erneut, so konnte ich vielerlei Details entdecken, die ich zuvor überlesen hatte. Im Buch gab es Charaktere, die ich regelrecht lieb gewonnen hatte und die mir von Mal zu Mal mehr ans Herz wuchsen. Da war zum Beispiel Marianne. Eine ältere, alleinstehende Dame, die sich zu einer Fährfahrt überwunden hatte, um ihrer Einsamkeit zu entkommen.

Und dann gab es da Dan. Ein abgehalfteter Schlagerstar, der sich auf dem Schiff seinen Job in der Karaokebar mit Koks und Groupies versüßte. Mich faszinierte, wie der Charakter der unterschiedlichen Figuren umschlug, während das Grauen über sie hereinbrach. Mein unangefochtener Liebling aber war Filip. Er tauchte in dieser Geschichte als Barkeeper auf, den eine ausgeprägte Hassliebe mit seinem Arbeitsplatz verband. Auf seine ganz eigene Art und Weise beobachtete er sein Umfeld. Irgendwie gefiel mir das. Er sprach mir in vielerlei Hinsicht aus dem Herzen. Ich war vollkommen auf seiner Wellenlänge.

Wenn ich las fühlte ich mich geborgen. Zwar ließ mich die nervenaufreibende Geschichte zu keinem Zeitpunkt wirklich kalt und obgleich ich beim Blättern in den Seiten so tief mit eintauchte, dass ich meinte, die Dinge im Buch am eigenen Leib zu erfahren, war mir doch bewusst, dass ich aus der Distanz beobachtete, mich voyeuristisch an den Ängsten und Sorgen der Figuren labte. Heute aber hatte es sich gänzlich anders verhalten. Während ich vor mich hin gearbeitet hatte, inmitten des Feldes und in der prallen Sonne, bemerkte ich auf einmal, wie sich mir jemand rasch näherte. Sogleich kam mir in den Sinn, Sybills verlängerter Arm war dabei mich auf- und heimzusuchen, ehe ich (zugegebenermaßen erleichtert) feststellte, dass es sich bloß um die Vietnamesin handelte, die mich am ersten Tag meiner Feldarbeit auf Englisch begrüßt hatte. Ihre Haare waren so glatt und tiefschwarz, dass sie schon fast unnatürlich aussahen.

„How do you do?", erkundigte sie sich nach meinem Befinden. Der namensgleiche Hit von Roxette schoss mir in den Sinn und während ich den Refrain im Geiste mitsang, sah sie mich an, mit Augen, die so dunkelbraun waren, dass sie schon fast schwarz schienen und wartete auf eine Antwort.

In meinem mehr als dürftigen Englisch teilte ich ihr mit, dass es mir den Umständen entsprechend gut ginge. Ohne Umschweife kam sie direkt darauf zu sprechen, dass sie mich anfänglich für einen Spitzel Sybills gehalten hatte und momentan auch nicht bereit war, diese Hypothese gänzlich zu verwerfen. Im Gegenzug, so sprach sie weiter, imponiere ihr, wie ich mich in die Gruppe der Feldarbeiter integriert hatte. Mit Leistung und beständiger Disziplin. Nicht, dass ich das exakt so aus ihrem gesprochenen Englisch heraushörte, doch war ich mir sicher, dass sie genau das meinte, als sie zu mir sprach. Mir fiel auf, dass sich die Haut über ihrer Nasenwurzel immer dann kräuselte, wenn sie inmitten eines Redeschwalls innehielt, um kurz nachzudenken oder ein bestimmtes, gedachtes Wort aus ihrer Muttersprache ins Englische zu übersetzen versuchte. Ich merkte, nachdem ich sie eine Weile so beobachtet und ihr, während sie sprach, immer wieder bestätigend zugenickt hatte, wie ich versuchte, ihr zu gefallen. Ich begann mit ihr zu flirten! (Und es machte Spaß!)

Wir sollten die Siesta gemeinsam verbringen. Nur sie und ich.

Im Schatten drei dicht beieinander stehender Palmbäume saßen wir uns gegenüber und tranken kühlen Tee. Sie erkundigte sich nach meinem Buch, welches ich ja stets und ständig bei mir trug. Ich berichtete ihr, so gut es auf Englisch eben ging, was es damit auf sich hatte. Gerade als ich mich selbst zu verlieren begann, weil ich so begeistert über den Plot der Geschichte resümierte, stockte ich, hielt inne, da ich befürchtete mein Gegenüber mit meinen Ausführungen womöglich zu Tode zu langweilen. Doch Ly, so hieß die junge Vietnamesin, schmunzelte nur kurz und bedeutete mir fortzufahren. Unsere Pause war mir nichts dir nichts vorbei und ich kam mir fast schuldig vor, da fast ausschließlich ich erzählt hatte.

Der restliche Arbeitstag ging mir nach dieser angenehmen Ablenkung ausgesprochen gut von der Hand und ehe ich es mich versah kündigte sich der Feierabend an. Die Feldarbeiter begannen ihre Arbeitsgeräte zusammenzutragen, zu reinigen und sie in den kleinen Holzschuppen zu verstauen, der ganz am Rande der Äcker (eigentlich schon fast im Wald) stand. Ich schloss mich ihnen an und trottete, Grubber und Hacke geschultert, hin zum Schuppen.

Nachdem ich durch mehrmaliges Aneinanderschlagen meiner Arbeitsgeräte die gröbsten Erdklumpen entfernt hatte, stellte ich sie an den für sie vorgesehenen Platz in dem Holzverschlag und trat danach durch dessen Tür wieder ins Freie. Meine Augen suchten Ly, begegneten bisher aber nur denen anderer vietnamesischer Arbeitsbienen. Hier und da ein leichtes Lächeln, eine angedeutete Verbeugung. Man war zum Arbeitsende etwas beschwingter unterwegs, als des Morgens, das anstrengende Tagwerk noch vor sich wissend. Da war sie! Und sie ignorierte mich nicht, sondern steuerte genau auf mich zu. Auf meiner Höhe angekommen stoppte sie, lächelte mir frech ins Gesicht und schritt dann doch an mir vorbei, um ihre blank geputzten Werkzeuge ebenfalls im Schuppen zu verstauen. Beim Heraustreten kam sie noch einmal zu mir. Ich hatte mich derweil keinen Zentimeter bewegt und musste den Anschein erwecken, als wäre ich zur Salzsäule erstarrt.

„After dinner – would you like to visit us? In our home? Just sitting together, have a nice talk? You can bring your wife also. So, what do you mean?“

Für die Dauer einer Sekunde erwog ich, tatsächlich Lys Einladung allein zu folgen, schämte mich aber umgehend für diesen Gedanken. So sagte ich zu, auch in Lenas Namen.

Wir wanderten im Entenmarsch zurück ins Dorf und Ly erklärte mir, wo genau wir uns später einzufinden hatten.

Lena bereitete mit ihren Leuten gerade das Abendessen vor und so hatte ich noch etwas Zeit für mich allein. Wir würden uns erst im Speiseraum sehen. Und dort auch nur flüchtig. Gegessen wurde ja getrennt nach Arbeitsbereichen. Sybill wollte das so. Erst nachdem gegessen, abgeräumt und das Geschirr gespült worden war, konnte ich mit Lena vertraut sein.

Ich wusch mir hinter unserer Hütte, über einer Schüssel mit kaltem Wasser gebeugt, den Schweiß vom Oberkörper. Ly hatte *uns* gesagt, als sie die Einladung ausgesprochen hatte. Meinte sie mit uns sich und ihren Partner? Eine WG? Hatte sie Katzen? Nein, das war definitiv auszuschließen. Als Säuger waren alle Katzen tot und wenn hier ein gesundes Exemplar auftauchen würde, so wäre ratzfatz ein schmackhaftes Gericht aus ihm gezaubert worden. Schließlich waren wir hier in Vietnam.

Zum Abendessen in der Gemeinschaftsbaracke gab es zu meinem Leidwesen nichts Herzhaftes, sondern stattdessen eingedickten, süßen Reis mit Mangowürfeln. Vielleicht ein nettes Dessert, ich aber lechzte nach getaner Arbeit nach scharf Gewürztem, bei dem mir hinterher angenehm der Mund brannte. Stattdessen bekam ich jetzt dieses pappsüße Zeug vorgesetzt. Mich hätte interessiert, was Ly von dem Essen hielt. Leider konnte ich das nicht direkt bei ihr erfragen, da sie am anderen Ende unserer Tafel saß und dazu nicht auf der gegenüberliegenden Seite, sondern in meiner Reihe, so dass, wenn ich sie sehen wollte, ich mich auffällig hätte verrenken müssen. Ich löffelte meinen Teller leer, stellte dabei fest, dass es mir besser als befürchtet schmeckte und nahm mir deshalb noch eine anständige Portion nach.

Wie sonst auch wartete ich nach dem Essen vor der Gemeinschaftsbaracke auf Lena. Und wie immer tat ich das, indem ich mich, an einen Baum lehnend (ich wechselte dabei vom Sitzen zum Stehen und umgekehrt), meinem Buch widmete.

Und dann kam sie. Gehüllt in ein dünnes, übergroßes, buntes Tuch, welches sie sich mehrmals so geschickt um ihren Körper gewickelt hatte, dass es aussah, als trüge sie ein schlichtes, jedoch maßangefertigtes Kleid. Die Haare hatte sie zu einem Dutt aufgesteckt. Ich fand ja, dass es für Frauen keine schrecklichere Frisur gab, als einen Dutt. Allein das Wort war entsetzlich. Dutt. Aus dem von Lena fielen einige lange, wirre Haarsträhnen in Richtung ihres Nackens und ihrer kleinen Ohren, so dass sie selbst mit dieser, eigentlich so scheußlichen Frisur, schier umwerfend aussah. Ich klappte mein Buch zu und stieß mich vom Baum ab, hin zu ihr.

„Na, wie war dein Tag?“

Wie schon so oft begann sie mir von den Unzulänglichkeiten zu berichten, die ihr während ihres Arbeitstages widerfahren waren. Nur, dass ich dieses Mal nicht der geduldige Zuhörer war, da ich ihr dringend beibringen musste, dass wir verabredet waren. Ich hatte wohl einmal zu oft: „Ah ja, verstehe“ gesagt, um ihren Erzählfluss voranzutreiben, in der Hoffnung in einer geeigneten Redepause zum Punkt kommen zu können.

„Langweile ich dich etwa?“

„Was? Nein. Nein! Wirklich nicht! Ich höre dir gerne zu. Es ist nur so, dass ich dich etwas fragen wollte. Oder vielmehr etwas mitteilen, da ich in unser beider Namen bereits einer Einladung zugestimmt habe.“

„Einer Einladung? Wozu denn?“

Ich berichtete ihr, was es damit auf sich hatte (auf allerkleinste Details verzichtete ich) und fragte, ob sie einverstanden wäre, wenn wir bei Ly vorbeischauen würden. Glücklicherweise zeigte Lena sich sogar erfreut über die kleine Abwechslung.

Von uns Menschen hier wurde, trotz allem noch, sehr gewissenhaft ein Kalender geführt. Was ja an sich nicht verkehrt war, wollte man anständig Landwirtschaft betreiben. Außerdem half es dabei, Struktur in unseren

Alltag zu bekommen. Und Struktur war die Grundlage jedweder Zivilisation.

Am einzigen freien Tag in der Woche, dem Sonntag, werkelte ich meist an unserer Hütte, innen wie außen. Lena beschäftigte sich in dem von ihr selbst angelegten Garten, direkt neben unserer Behausung. Ich bot ihr an, einen Zaun um ihre Beete zu ziehen. Sie aber lehnte dankend ab und sie hatte Recht damit, als sie sagte, es gäbe ja gar keine wilden Tiere mehr, die ein Zaun hätte aufhalten sollen. Sie gab bezüglich der Einladung Bedenken an, da wir keinerlei Mitbringsel für die Gastgeber hatten. Aber was sollten wir auch mitbringen?

Wir waren an unserer Hütte angekommen. Lena wollte sich zumindest kurz frisch machen, wie sie sagte.

Als sie kurze Zeit später signalisierte fertig zu sein, präsentierte sie mir doch noch eine kleine Aufmerksamkeit für die Gastgeber. Mit ganz leeren Händen wollte sie dort definitiv nicht auftauchen, meinte sie.

Die Sonne war bereits untergegangen, als wir an dem von Ly

beschriebenen Wohncontainer angelangten. Aus der Entfernung erschien uns der einfach nur als dunkler, großer Kasten. Aus der Nähe betrachtet erkannte man aber, wie schäbig das Ding aussah. Die gesamte Front war von rostbraunen Flecken überzogen. Wo kein rostiges Stahlblech die Fassade dominierte, präsentierte sich spröde, Blasen werfende, schmutzig-gelbe Farbe.

Wir umrundeten das rostgelbe Ungetüm, da sich auf der zum Weg zugewandten Seite weder Fenster noch Türen befanden.

Dabei stieg mir ein Duft in die Nase, welcher mir augenblicklich das Wasser im Mund zusammenlaufen ließ.

Gesichter, die der Schein eines mannshohen Lagerfeuers in warme Gelb-, Orange- und Glutrottöne tauchte, starrten uns an. Die rückwärtige Seite des Containers sah vollkommen anders aus, als ich es erwartet hatte. Also eigentlich gab es gar keine rückwärtige Seite. Der Container stand hier zur Gänze offen. Die vorhandene Rück- sowie die beiden Seitenwände waren von innen mit Tuch verhangen, was die Behausung recht gemütlich erscheinen ließ. Zumindest wirkte es so, in dem vom Feuer gespendeten, flackernden

Licht. Das sorgte mit seinen zappelnden Flammen dafür, dass allerlei Schatten, gespenstisch zuckend, um uns herum tanzten.

Die Gesichter saßen um ein imposantes Feuer versammelt, gut fünfzehn Meter von uns entfernt, in dem zugehörigen, großzügigen Garten. Eine einzelne Gestalt löste sich aus der Gruppe und steuerte auf uns zu. Der Hüftschwung beim Gehen ließ erahnen, dass sich da eine Frau näherte und natürlich war es Ly, die uns da abholen kam.

„Hey! A very warm welcome! Nice to meet you, I am Ly", warf sie Lena entgegen und umarmte sie gleich einmal. Die perplexe Lena wusste nicht so recht diese Geste zu erwidern. Mit beiden Händen umklammerte sie den Topf mit dem Ingwersetzling, den sie nun versuchte, angemessen zu überreichen. Lenas Englisch war ebenso laienhaft wie das meine (was mich irgendwie beruhigte) und so erklärte sie holperig unser kleines Gastgeschenk. Während sie das tat blickte ich mich etwas genauer um.

Das eingefriedete Grundstück war beeindruckend groß. Der betagte Container öffnete sich hin zu einem langgezogenen Rechteck, an dessen Ende das Feuer prasselte. Es schien keine direkten Nachbarn zu geben. Von der nächsten, genutzten Behausung, waren wir bestimmt zweihundert Meter entfernt. Aus einem großen Kessel, welcher an einem dreibeinigen Gestell am Rande des lodernden Feuers hing, dampfte es. Unweit davon lagen hölzerne Schneidebretter auf dem Boden. Unzählige Fischgräten befanden sich darauf, an denen noch die Köpfe mit den ausdruckslosen Augen hingen. Der köchelnde Inhalt des Kessels war wohl der Grund für den köstlichen Geruch, der um uns herum waberte. Ich hätte gerade absolut nichts einzuwenden, gegen eine deftige Bouillabaisse à la Endzeit–Vietnam, dachte ich.

Ly forderte nun auch eine Begrüßung mit mir ein. Also bedankte ich mich artig für die Einladung und konnte es mir nicht verkneifen, ihr mit meinem Blick etwas intensiver in die Augen zu tauchen, als ich fragte: „It smells wonderful – is it tasty like that?"

Ly versuchte höflicherweise meinen Blick auszuhalten, konnte ihm dann aber doch nicht standhalten. Dennoch ging meine Rechnung bezüglich des Essens auf, denn sie bot uns an, den Inhalt des Kessels zu verkosten.

Wie aus dem Nichts erschien urplötzlich ein kleiner Mann, der ohne einmal Luft zu holen auf Ly einsprach. Das in meinen Ohren aggressiv und fordernd klingende, leiernde

Vietnamesisch ohne Punkt und Komma, dazu seine Mimik, die Gestik, ja sein gesamtes Gebaren, gingen mir von jetzt auf gleich entsetzlich auf die Nerven. Ich suchte Lys Blick. Vielleicht, so spekulierte ich, wollte der kleine Vietnamese die Gartenparty vorzeitig verlassen, nur wusste er davon selbst noch nichts. Ly sah mich an und machte endlich ihren Mund auf.

„That´s my husband."

Der Fischeintopf war ein wahres Gedicht. Der Maulbeerwein, der nach dem Essen verteilt wurde, war berauschend und süß, etwas wirklich Besonderes. Wie gut, dass morgen Sonntag war und wir nicht in aller Herrgottsfrühe zur Feldarbeit hinaus mussten.

Ly hatte die Runde, in der wir saßen, so zusammengestellt, dass sie als Dolmetscherin zwischen den Vietnamesen und uns Langnasen fungieren konnte. Gerade sprach ihr Mann. Er leierte (jetzt wirkte es nicht mehr ganz so bedrohlich) einige Sätze in seiner Muttersprache herunter, wartete bis seine Frau uns alles in leidliches Englisch übersetzt hatte und fuhr anschließend fort. Es ging darum, wie sie den Wein hergestellt hatten. Zu Anschauungszwecken hielt Ly einige der stark an Brombeeren erinnernden Früchte in die Höhe. Lys Mann beugte sich vor, senkte seine Stimme, blickte Lena und mir tief in die Augen und obgleich ich seine Sprache nicht verstand, ahnte ich, dass es sich um etwas Verbotenes und Geheimes drehte. Das bestätigte sich dann tatsächlich mit der von Ly interpretierten, englischen Fassung.

„Sybill don´t accept anything like alcohol, tabak or other drugs", gab sie als Übersetzung der vorhergegangenen, gefühlten zwanzig Sätze ihres Ehemannes preis.

Der Alkohol des Maulbeerweins wirkte auf alle Anwesenden entspannend. Es war bei weitem nicht die Menge, als dass sich jemand, vom Konsum des Weines enthemmt, völlig daneben hätte benehmen können, aber immerhin so viel, dass gelacht werden durfte. Tho, der kleine Ehemann von Ly, redete, atmete und lachte (über seine eigenen, zum Besten gegebenen Geschichten) und das alles gleichzeitig, weshalb er sich zwangsläufig verschluckte. Tränen rannen aus seinen Augenwinkeln. Er bekam kaum noch Luft. Und dennoch versuchte er mit aller Macht seine Anekdote zu Ende zu bringen, was ihm aber in einem erneuten Lach- und Hustenanfall partout nicht gelingen wollte. Ly, als seine

Übersetzerin war keine Hilfe, da auch sie mit einem plötzlichen Lachanfall zu kämpfen hatte. Ob sie so belustigt war, weil sie die Geschichte an sich so witzig fand oder ob sie einfach nur beim Anblick von Tho, der von Lachkrämpfen geschüttelt wurde, nicht mehr konnte, blieb ihr Geheimnis. Eines war jedenfalls sicher: Lachen steckte an.

Jemand schenkte Maulbeerwein nach und amüsiert dachte ich so bei mir: *Endlich normale Leute.*

Ich muss zugeben, dass ich leicht angeschwipst war, als wir den Heimweg antraten. Auch aus Lenas Mund kam das ein oder andere Wort etwas undeutlicher daher. Zudem musste sie immer wieder kichern.

Mittlerweile war es weit nach Mitternacht. Der Mond leuchtete uns den Weg und eine angenehme Nachtkühle strich um unsere Haut, während wir Arm in Arm nach Hause spazierten (den ein oder anderen Ausfallschritt inbegriffen).

In unserem beschaulichen Heim angekommen, hatten wir auf der Stelle wilden Sex. Verschwitzt schliefen wir anschließend nebeneinander ein; Lena hatte sich zur Wand gedreht, ich lag auf dem Rücken und unsere nackten Beine waren ineinander verschlungen. Ich fühlte mich glücklich.

Am darauf folgenden Morgen, hätte ich gern nahtlos an den schönen Abend angeknüpft. Nur wurde daraus leider nichts. Lena zeigte mir hinsichtlich emotionaler sowie körperlicher Nähe die kalte Schulter. Nicht, dass sie extra böse oder kaltherzig mit mir umging, das nicht. Aber eben auch alles andere als liebevoll. So gab sie mir nach dem Frühstück zu verstehen, dass sie im Garten zu tun hätte.

Und ich hatte mir extra solch eine scheiß Mühe mit dem Frühstück gegeben! Hatte gut gelaunt den Tisch kunstvoll, verspielt gedeckt und der aufwachenden Lena einen Becher Tee ans Bett serviert, mit dem Hinweis, dass das Einzige, was sie unserem Sonntagsfrühstück beizusteuern hatte, sie selbst sei.

Nun räumte ich das Frühstücksgedöns ab und auf und sah mich, nachdem alles erledigt war, mit meinen dunklen Gedanken konfrontiert.

Freunde, Verwandte, Bekannte – alle tot. Ich war allein auf der Welt, mit Menschen, die nur notgedrungen mit mir verkehrten.

Durch das Fenster sah ich Lena in gebückter Haltung im Garten werkeln und beschloss, zu ihr hinaus zu gehen.

Da stand ich also. Direkt neben ihr und wartete auf eine Reaktion, die nicht erfolgte. Ich bot ihr meine Hilfe an (Gott, ich biederte mich an, lechzte nach Aufmerksamkeit, bettelte förmlich danach, wie ein vom Herrchen getretener Hund und ich hasste mich dafür), sie lehnte ab. Also ging ich wieder hinein.

Wir aßen an diesem verdammten Sonntag in unserer Hütte zu Mittag. Danach spielte sich bis zum Abendessen in der Gemeinschaftsbaracke alles genau so ab, wie es das schon nach dem Frühstück getan hatte. Lena draußen im Garten. Ich drinnen, mit mir selbst allein.

11

Die Morgenluft roch fantastisch. So unglaublich intensiv nach Wald und Erde und Meer. Der Tag war noch taufrisch. Die Temperatur ebenfalls. Alles fühlte sich gut und lebendig an. Ganz im Gegensatz zu gestern Abend, als ich in Düsternis auf meiner Betthälfte lag, Lena irgendwo neben mir, nicht wirklich bei mir.

Ich besorgte mir mein Arbeitsgerät aus dem Schuppen und war einfach nur froh und dankbar, dass ich mich kraftvoll fühlte und nicht mehr des Lebens müde, wie noch Stunden zuvor. Ja, ich war regelrecht gierig auf den Tag, auf das Leben und darauf, was da so kommen möge. Keine Gelegenheit würde ich auslassen! Keine Gelegenheit auf Schönheit, auf gutes Essen, einen Flirt, scheiß drauf – von mir aus auch auf harte, ehrliche Arbeit! Solange es mir nur vergönnt war, diesen Enthusiasmus und den Lebenshunger zu spüren, den ich imstande war, genau in diesem Augenblick zu fühlen.

In dem Moment, als ich mir sicher sein konnte, dass es sich bei der Person, die sich weiter hinten auf den Feldern bewegte, um Ly handelte, eilte ich zielstrebig in ihre Richtung.

Ly schenkte mir eine herzliche Umarmung, die ich etwas mehr als nur herzlich erwiderte. Ich drückte sie eng an mich und berührte dabei ihre Taille. Wenn es sie gestört hatte, so ließ sie sich das nicht anmerken. Ich stand vor ihr und überlegte angestrengt, wie ich sie wohl am besten überredete, unsere Siesta wieder gemeinsam abzuhalten; da lächelte sie und ergriff das Wort.

„Later I will pick you up to the secret break. Do you agree with that?“

Sie machte ein fragendes Gesicht und ich beeilte mich, ihr zu verstehen, dass ich absolut fein damit war.

Mein Hochgefühl hielt den ganzen Tag über. Gewissenhaft und sorgfältig verrichtete ich meine Aufgaben. Ich sah einigen meiner Arbeitskollegen beim Gehen und Kommen zur und von der Siesta zu. Gerade, als die Vorfreude auf die gemeinsame Pause mit Ly umschlug in eine Befürchtung, sie könnte mich vielleicht vergessen haben, kam sie mich holen.

Hinter ihr her stapfend, verweilten meine Augen auf ihrem Rücken, der von einem schlichten, praktischen Kleid verhüllt wurde. Ich betrachtete sie ausgiebig von oben bis unten, versuchte Konturen unter ihrem (leider sehr blickdichten) Kleid zu erahnen. Ob sie überhaupt etwas darunter trug? Wenn ja, was? War es praktischer oder eher aufreizender Natur? Ich ermahnte mich selbst und rief mich zur Ordnung, als wir im Schatten unter den Bäumen ankamen. Das ausgedörrte Gras piekste in meinen Handflächen, als ich, mich am Boden abstützend, versuchte hinzusetzen. Ich wollte mich bequem an einen Baumstamm lehnen, wobei ich es der noch stehenden Ly überließ, ihren Platz selbst zu wählen. Sie ließ sich, keine Armlänge von mir entfernt, am nächststehenden Baum nieder; um einiges dichter, als bei unserer ersten, gemeinsam verbrachten Siesta. Wenn ich die Zeit anhalten oder doch wenigstens verlangsamen könnte; jetzt wäre ein richtiger Augenblick dafür.

Ly interessierte sich für meinen Bart. Vietnamesische Männer hatten keinen solchen Bartwuchs; auf keinen Fall so dicht und so kratzig, meinte sie und griff vollkommen unbedarft in mein Gesicht.

Ich mochte meinen Dreitagebart. Ich mochte ihn auch noch, wenn aus ihm ein Acht- oder Fünfzehntagebart geworden war. Danach aber, begann er mich zu piesacken; piekste und juckte, was ich als äußerst nervtötend empfand. Die Barthaare wuchsen über die Mundwinkel und ich konnte die borstigen Härchen mit der Unterlippe einsaugen. Genau dann war es Zeit für eine Rasur. Da es keine Drogeriefiliale für nötig hielt, geöffnet zu haben, um ihre Nassrasierer, Rasierschaum oder Aftershave feil zu bieten, musste ich mir dahingehend selber helfen. Neuerdings hatte ich die

Handsense für derlei Dinge zweckentfremdet. Ich schärfte sie am Wetzstein bis die Funken flogen und sie, hätte ich ein Blatt Papier in die Luft geworfen, dieses entzwei hätte schneiden können. Damit stutzte ich mir den Bart zurück. Anstelle von Rasierschaum nahm ich Pflanzenöl und als Aftershave hatte sich Essig, vermischt mit lauwarmen Wasser, bewährt. Rolf stellte inzwischen Brauchbares in dieser Richtung her.

Behutsam nahm ich ihre Hand von meinem Gesicht, gab sie jedoch nicht gleich wieder frei, sondern hielt sie weiter umschlossen und blickte ihr dabei tief in die Augen.

„I have a husband..."

Ich hatte mich hoffnungsvoll ihrem Gesicht genähert. Nun ließ ich ihre Hand los und nickte verständnisvoll.

„Ja, ja natürlich. Du hast sicherlich Recht."

„Sorry?"

Fragender Ausdruck in dem Gesicht von Ly.

Einstürzende Erkenntnis meinerseits.

„Ach so...ähm, sorry...I didn´t want..."

Ly setzte ihr Lächeln wieder auf, beugte sich vor und gab mir einen Kuss direkt neben meinen Mund.

12

„Wo liegt eigentlich dein verfluchtes Problem, hä? Wenn ich sage, dass ihr das Bewässerungssystem zu pflegen habt, dann ist das so! Fertig aus! Verdammt nochmal, glaubst du denn, wir haben dieses effiziente Konstrukt geplant, entwickelt und gebaut, damit wir am Ende von euch Feldarbeitern gesagt bekommen, dass ihr euch zu fein dafür seid, es anzuwenden?“

Kent war nicht wieder zu erkennen. Gut, wir hatten uns voneinander distanziert. Sollte er sich meinetwegen für etwas Besseres halten, solange er mich in Ruhe ließ. Jetzt aber versuchte er allen Ernstes mir Vorschriften zu machen! Das I-Tüpfelchen, seiner herablassenden, unverschämten Art, wäre jetzt nur noch -

„Wenn du nicht Willens bist, mit uns an einem Strang zu ziehen, werde ich das Sybill genau so weiter geben. Dann kannst du ihr ja gern deinen Standpunkt persönlich erläutern!“

Ich fasste es nicht und konnte meine Impulsivität nun auch

nicht mehr im Zaum halten.

„Geht Klein-Kent dann zu Mutti petzen?"

Mit den Fäusten machte ich kreisende Bewegungen vor meinem Gesicht, so als würde ich imaginäre Tränen wegwischen.

Kent wandte sich wütend zum Gehen, drehte sich aber auf dem Absatz noch einmal um.

„Das wirst du noch bereuen!"

Dann stiefelte er endgültig davon.

Kent und Ben hatten von ihren Arbeitern ein Stauwehr für Süßwasser errichten lassen und abführend davon einen Hauptbewässerungsgraben angelegt. Nun ging es darum, dass sie von den Arbeitern, die auf den Feldern tätig waren, verlangten, die Zuführungsgräben, welche wiederum von der Hauptwasserader abgehen sollten, selbst zu graben. Das Projekt als solches war sicherlich sinnvoll, aber es anzufangen und nicht zu Ende bringen und zu versuchen niedere Arbeiten umzuverteilen, das ging nicht in meinen Kopf. Außerdem teilte Kent mir mit, dass ich meine Kollegen dahingehend unterweisen sollte, wie sie die gegrabenen Kanäle sauber und instand hielten. Ich hatte wahrlich nichts dagegen, mich durch körperliche Arbeit in die Gemeinschaft einzubringen. Rein gar nichts hielt ich aber davon, Befehle entgegenzunehmen oder Verantwortung für etwas übertragen zu bekommen, was ich nicht als meine Baustelle betrachtete.

Wir hatten die Unterhaltung im Türrahmen des Schuppens geführt, in dem ich zuvor noch meine Arbeitsgeräte vom Tagwerk verstaut hatte. Verwundert registrierte ich erst jetzt so richtig, dass es tatsächlich Kent gewesen war, der da vor mir gestanden hatte. Wo war er so plötzlich her gekommen? Hatte er mich hier draußen tatsächlich nur wegen der Bewässerungsgräben aufgesucht? War er schon einmal hier gewesen? Vielleicht sogar zu dem Zeitpunkt, als ich mit Ly zur Siesta war? Ich versuchte mich zu beruhigen. Selbst wenn, sollte er mich doch anschwärzen! Was konnte schon passieren? Warf Sybill mich raus? Bitteschön – dann war es eben so! Angst davor verspürte ich jedenfalls keine, redete ich mir ein. Ein klein wenig beschlich mich ein mulmiges Gefühl, wenn ich das spurlose Verschwinden Melanies berücksichtigte, aber das versuchte ich in den Hintergrund zu drängen. Da mir eventuell unter den gegebenen Umständen nicht allzu viel Zeit blieb, wie ich sie bei meiner

Idee auf lange Sicht benötigen würde, beschloss ich bei Ly und Lena aufs Ganze zu gehen.

Das Abendbrot war wirklich gut. Heiß, herzhaft und ausreichend. Beim Essen hätte ich am liebsten mit vollem Mund laut *Geht doch!* gerufen, so gut war es.

Dieses Mal wartete ich nicht auf Lena. Ich fühlte mich zunehmend von ihrer abweisenden Art provoziert und sah es nicht ein, diese Nichtbeachtung weiterhin kommentarlos hinzunehmen. Wenigstens mit mir reden! Über ihre Gefühle, Bedürfnisse, Ängste und Sorgen. Sich einander mitzuteilen schaffte doch gegenseitiges Vertrauen und Geborgenheit. Ich verlangte ja nicht, dass sie jeden Tag über mich herfiel oder mich permanent mit liebevollen Kosenamen umgarnte. Geborgen und verstanden konnte ich mich bei ihr jedenfalls nicht fühlen, so wie sich derzeit mir gegenüber verhielt.
So war ich nach dem Abendessen in der Gemeinschaftsbaracke auch direkt nach Hause gegangen, wo ich, auf einen Schemel gegen die blanke Holzwand gelehnt, Tür und Fenster im Blick, Lenas Eintreffen aussitzen wollte. Etwas von dem Maulbeerwein hätte ich mir jetzt allzu gern

zu Gemüte geführt. Gelangweilt blickte ich mich um und rutschte dabei tiefer in den Schemel und mit meinem Rücken an der Bretterwand hinab. Schon kurios, dachte ich, machte selbst die Apokalypse nicht halt vor zwischenmenschlicher Alltagsüberdrüssigkeit.

Irgendwann musste ich eingenickt sein. Als ich meine Augen wieder aufschlug, stand Lena in der Tür. Sie war bereits über die Schwelle getreten und blickte auf mich herunter. Nur kurz, dann tat sie, als sei ich gar nicht da und ging wortlos an mir vorbei zum Bett, um sich zu setzen.

Jetzt war ich doch froh, dass ich vorhin keinen Fruchtwein zur Verfügung gehabt hatte, denn ich war von meinem Nickerchen noch recht benommen und mit Alkohol im Blut, wäre ich jetzt wohl weitaus schlapper, als ich mich ohnehin schon fühlte. Mein Nacken tat weh von der unvorteilhaften Schlafposition und auch mein Hintern protestierte mit ziehenden Taubheitsschmerzen, während ich mich aufrappelte. Ich stützte mich am Schemel ab, dann nahm ich Kurs auf das Bett.

„Hör mal, so kannst du mit mir nicht umgehen! Du behandelst mich wie Luft? Bitteschön! Aber eins sage ich dir...“

„Was bildest du dir eigentlich ein, so mit mir zu reden?!"

Ich hatte nicht erwartet, dass Lena so schnell das Wort ergriff. Und schon gar nicht so vehement und aggressiv. Ich wusste gar nicht genau, was ich stattdessen erwartet hatte; wahrscheinlich, dass ich meinen Monolog ausdrucksstark und dabei immer lauter werdend, zu Ende brächte, aufgebracht und angeheizt von Lenas Gleichgültigkeit. Nun aber war mein Mund offen stehen geblieben, mitten im Satz. Sie hatte mich aus dem Konzept gebracht.

„Meine Schwester wurde entführt und wahrscheinlich ermordet! Es grenzt an ein scheiß Wunder, dass ich einen lebenden Anverwandten habe, nach dieser ganzen Seuchen-Katastrophe und dann ist sie einfach verschwunden? Das kann doch alles nicht wahr sein! Und du bist angepisst, weil ich dir nicht genügend Beachtung schenke?"

Lena schnaubte verächtlich.

„Hey...atme mal durch und komm wieder runter! Lass uns bitte sachlich..."

„Sachlich am Arsch! Das hier...", sie machte eine ausladende Handbewegung, „...ist nicht meine Vorstellung vom Leben!"

Sie schlug beide Hände vors Gesicht und sprach weiter in ihre Handflächen.

„Ich weiß es doch auch nicht."

Erschöpft sah sie aus. Den Rücken ganz krumm, saß sie auf der Bettkante.

„Lena, was empfindest du für mich?"

Sie behielt die Hände vor ihren Augen und blieb stumm.

„Ist es Mitleid? Begehrst du mich, so wie ich dich oder widere ich dich an?"

Lena nahm die Hände herunter. Ihre Augen liefen über. Glasklare Perlen rannen schnurgerade ihre Wangen hinab. Und so sehr ich sie auch dafür verachtete, wie sie mit mir umgegangen war, so sehr liebte ich sie in diesem Moment und tat sie mir leid.

„Ich glaube, ich bin schwanger."

13

Lena hatte sich nicht geirrt. Sie trug Leben in sich. Unser Leben. Ich wurde Vater.

Die Zeit der Schwangerschaft präsentierte sich mir als eine wahre Achterbahn der Gefühle. Vom Himmel hoch jauchzend, zu Tode betrübt; ich wusste nie, ob ich die Nacht mit Dr. Jekyll oder Mr. Hyde verbringen würde. Ich genoss die manischen Phasen (Gott, wie ich sie genoss!) mit Lena und bewunderte ihren wachsenden Bauch. Er erotisierte mich. Die pralle Wölbung purer Weiblichkeit sexualisierte mich in einer Art und Weise, dass ich mir animalisch, triebhaft und mitunter fremd gesteuert vorkam. Es war fantastisch unglaublich, dass sich die werdende Mutter, dank der sie überflutenden Hormone, ebenfalls nicht der Lust auf die Lust entziehen konnte und so trieben wir es ungehemmt und regelmäßig. Oftmals schon direkt auf dem Weg von der Speisebaracke nach Hause. Ich wartete jetzt wieder jedes Mal auf sie. Ungeduldig und ungestüm rissen wir uns die Klamotten vom Leib, zerrten einander ins nächste Gebüsch, um es miteinander zu tun.

Lena starb bei der Geburt.

Ich habe viel gegrübelt, hin und her überlegt, aber ich konnte beim besten Willen nicht erkennen, an welcher Stelle ich es hätte abwenden können.

Am Tag ihrer Niederkunft lief erst einmal alles nach Plan. Nichts, was uns überrascht hätte.
Lena war bereits drei Tage über dem eigentlichen Geburtstermin (wir hatten zwar weder Ultraschall noch einen Frauenarzt, aber rechnen konnten wir) und alle befanden sich in Alarmbereitschaft, als ich am Morgen vor Arbeitsbeginn meiner kleinen Familie auf Wiedersehen sagte. Ich war relativ entspannt, da ich wusste, dass, sobald ich zur Feldarbeit aus dem Haus war, sich der gute Tho persönlich alle volle Stunde versichern würde, dass es der Mutter meines Kindes gut ging. Und genau da es passierte. Die Fruchtblase platzte in dem Moment, als ich zur Tür hinaus wollte. Kurze Schockstarre auf beiden Seiten; dann bettete ich Lena so bequem es nur irgend ging auf unseren Tisch (sie bestand darauf; sie wollte absolut nicht ins Bett und war der Meinung, eine erträglichere Position als auf diesem, unserem Küchentisch, gäbe es für sie nicht) und rannte in Windeseile zu dem Heim von Ly und Tho, um Hilfe zu bekommen.

Keine vierzig Minuten später, saßen Tho und ich vor unserem Haus. Schweigend, insgeheim lauschend nach erlösendem Neugeborenengeschrei. Selbstverständlich hatten wir noch dafür gesorgt, dass eine Schüssel mit heißem Wasser nebst sauberen, trockenen Tüchern griffbereit standen und waren schließlich (dankbar) dem Aufruf gefolgt, die Hütte zu verlassen.
Vier geschlagenen Stunden verbrachten wir mit Warten. Tho saß die meiste Zeit, ich lief auf und ab.

Ich kann es bis heute mit Worten nicht beschreiben, als ich das unschuldige, krächzende Geschrei meiner Tochter zum ersten Mal vernahm. Nie hatte ich etwas Schöneres gehört, als dieses brüllende, immer nur ganz kurz ruhige, weil nach Luft schnappende,kleine Geschöpf.
Die betretenen Gesichter der Behelfshebammen verreiten mir dann aber gleich, dass etwas nicht nach Plan gelaufen sein konnte. Hektisch suchten meine Augen an dem kleinen Bündel Mensch nach Fehlern, konnten aber nichts abnormales entdecken. Alles dran und dort, wo es hingehörte. Köpfchen, Ärmchen, Fäustchen, Beinchen, Füßchen. Und es füllte seine kleinen Lungen mit Sauerstoff

und schrie so inbrünstig und zahnlos, als würde es dabei um etwas gehen.
Blick zu Lena.
Klatschnassroter Unterleib. Wächserne, bleiche Haut, auf der noch der Schweiß der Geburtsanstrengung vertrocknete. Man konnte wohl nur von Geistesgegenwart sprechen, als eine der anwesenden Frauen, meine Tochter an die Brust der toten Mutter legte, damit das Schreien aufhörte und sie sich zumindest einmal satt trinken konnte, um fürs Erste bedürfnislos einschlafen zu können. Dabei gab die Frau mit ihren Armen und Händen insoweit Hilfestellung, dass das Kleine darin einigermaßen gut eingebettet lag, während es an der Brust nuckelte.
Leider gab es im gesamten Dorf keine Amme. Keine der Frauen trug Milch in ihrer Brust. So gab es für meine Tochter nur fein pürierten Gemüsebrei. Natürlich war ihr winziger Magen darauf noch überhaupt nicht vorbereitet. Einzig allein Muttermilch forderte ihr Körper in dieser ersten Zeit. Von dem Gemüse bekam sie Koliken, Bauchkrämpfe und einen Stuhl, den ich mich nicht mal getraut hätte, als Sondermüll deklariert, zu entsorgen, so stank der. Von der grünlichen Färbung mal ganz abgesehen. Rolf hatte

ungefragt extra Obst- und Gemüsebrei ohne jegliche Zusätze wie Gewürze oder Meersalz zubereitet. Ich war ihm sehr dankbar dafür. Sybill ließ mich erstaunlicherweise in Ruhe (so hätte ich sie gar nicht eingeschätzt); überhaupt kam sie mir wesentlich entspannter vor, als noch bei unserem Kennenlernen. Sie schien die Dinge jetzt laufen zu lassen, ohne nach diktatorischer Manier einzugreifen. Die Wochen vergingen und ich tat meine Augen nie länger als zwei Stunden am Stück zu. Aber der Verzicht auf Erholung und mein psychischer sowie physischer Verfall (dauerhafter Schlafentzug macht etwas mit einem) fühlte sich doch irgendwie richtig an. Meine Tochter brauchte mich. Das war keine Phrase, sondern eine Tatsache. Und ich opferte mich auf und es war einfach nur unglaublich, als sie mich mit gut einem Monat ganz bewusst mit großen, staunenden Augen ansah, um mir dann ein gickerndes Grinsen zu schenken.

Glücklicherweise bekam ich sie satt und sie nahm an Gewicht zu, ganz so, wie sich das gehörte. Sie probierte alles. Oftmals verzog sie zwar ihr Gesichtchen, aber die kleine Gusche ging immer wieder auf, wenn ich ihr das Fläschchen anbot.

Das Fläschchen selbst war eine kleine, alte Colaflasche aus

Glas. Über die Öffnung, wo einst der Kronkorken saß, hatte ich einen abgeschnittenen Finger eines Gummihandschus gestülpt und in dessen Spitze ein Loch gepikst. Diese Konstruktion tat ihren Dienst, denn dadurch zutschte der kleine Neuankömmling sein püriertes Allerlei.

Wochen später konnte ich, wenn sie schrie, sie oftmals allein damit beruhigen, dass ich an ihrem Bettchen erschien, sie mein Gesicht erkannte und augenblicklich vom Schreikind zum Grinsekind wurde. In diesen Momenten, die sich für mich fast magisch anfühlten, war ich selig.

Die Kleine (sie wurde immer schwerer) lag auf meiner Brust und kotzte ihr Bäuerchen feucht und warm an meinen Hals. Und ich war froh und dankbar für diese intime Nähe.

Lena vermisste ich schmerzlich und oft. Regelmäßigkam es vor, dass ich stinksauer auf sie wurde. Darauf, dass sie sich einfach aus dem Staub gemacht und mich mit dem kleinen Würmchen allein gelassen hatte. Dann wieder dankte ich ihr im Stillen für das Geschenk und die großartige Aufgabe welche sie mir mit unserer Tochter hinterlassen hatte.

14

„Helene! Kommst du bitte?"

Mit ihren leuchtenden, blonden Löckchen und erdverklebten Händen, spazierte sie auf mich zu.

„Ich bin mit dem Hochbeet fast fertig, Papa! Hab es über die Zwiebeln gesetzt, die wachsen im Schatten genauso gut."

Helene war neun (wo waren bloß die letzten Jahre geblieben? Eben war diese junge Dame doch noch ein schreiendes Baby gewesen) und ungeheuer erwachsen für ihr Alter. Am liebsten werkelte sie, ganz ihre Mutter, im Garten herum. Dabei reichte es ihr schon längst nicht mehr, nur in der Erde zu wühlen. Sie legte Beete an, baute Wasserzuläufe und Sonnenschutze für ihre Pflanzlinge (so nannte sie alles, was sie heranzog) und nun eben ein Hochbeet. Ich war stolz wie Bolle auf mein Mädchen (und ein bisschen auch auf mich – ich hatte sie schließlich bis hierhin erzogen) und ein Leben ohne sie erschien mir mittlerweile wertlos und absolut undenkbar. Es war, als hätte erst ihr Dasein dem meinen einen Sinn gegeben.

Abgemacht war, dass, wenn ich von der Arbeit kam, sie fertig (und sauber) darauf wartete, mit ihrem Vater zum Abendessen zu gehen. Stattdessen hatte sie das mal wieder über ihr Tun hin völlig aus den Augen verloren. Vielleicht wäre es erzieherisch sinnvoll gewesen, ihr aufzuzeigen, dass alles seine Konsequenzen hatte.

Meine kleine, sonnengebräunte, goldgelockte Tochter stand vor mir und sah mich mit ihren grasgrünen Augen an. Als Baby hatte sie wässrig, blaue Augen gehabt, wie alle Neugeborenen. Nicht im Traum hätte ich mir damals eine solch hellgrüne, von innen heraus zu leuchten scheinende Iris vorstellen können.

Ich beugte mich zu ihr herunter und gab ihr einen Kuss auf die Nasenspitze.

„Du weißt, dass wir uns sputen müssen, um rechtzeitig beim Abendessen zu sein?"

„Ja, Papa."

„Bevor du dich jetzt waschen gehst – und diesmal bitte so, dass auch die schwarze Erde unter den Fingernägeln deine Beachtung erfährt, möchte ich dir noch etwas Wichtiges sagen."

„Ja, Papa?"

„Ich habe dich über alles lieb und ich bin furchtbar stolz auf dich und wenn wir vom Abendessen zurück kommen, bestehe ich darauf, dass du mir das mit dem Hochbeet zeigst und mir alles erklärst, okay?"
„Okay, Papa!"
Sie strahlte mich an und hüpfte an mir vorbei zur Regentonne.

Das Abendessen in der Gemeinschaft war noch immer heilig und das war auch gut so. Leider war Rolf mittlerweile verstorben – eines Tages war er einfach nicht zur Arbeit erschienen.. Hatte sich abends in sein Bett gelegt. Der alte Mann war eingeschlafen und nicht mehr aufgewacht. Ein wünschenswertes Abtreten immerhin. Was ganz und gar nicht wünschenswert war, war die Fortführung seiner Arbeit. Sybill hatte einfach willkürlich jemanden dafür eingeteilt, der das, was Rolf mit Herzblut und Leidenschaft getan hatte, nun unter Zwang ausführte. Er versuchte vielleicht es Rolf gleich zu tun, aber sein Nachfolger kam nicht im Mindesten an ihn heran, soviel stand fest.

„Erzähl mir von früher, Papa!"

Wir liefen Hand in Hand, wie immer, den Weg von unserem Haus zur Gemeinschaftsbaracke.
„Früher? Meinst du, als ich mit deiner Mama unser Haus bezogen habe? Oder meinst du früher, früher?“
Manchmal wollte Helene hören, wie ihre Mutter war. Sie fand es faszinierend, dass sie genauso gern im Garten mit Pflanzen und Erde gearbeitet hatte, wie sie selbst es heute tat. Aber meistens wollte sie tatsächlich von früher, früher hören. Von der Welt vor der Seuche, als an sie noch nicht zu denken gewesen war. Sie fand den Gedanken irrwitzig, dass es zu jener Zeit Leute gegeben hatte, die in Fabriken etwas herstellten, was sie selbst gar nicht benötigten. Nur um Geld dafür zu erhalten, mit welchem sie sich beispielsweise Essen kaufen konnten. Nach Helenes Meinung hätten sie doch besser die Fabrikarbeitszeit dazu nutzen können, um das Essen selbst anzubauen. So hätten sie sich den Umweg über das Geld gespart, argumentierte mein kleiner Schlaufuchs und erklärte das Verhalten der Angestellten von damals endgültig als unsinnig. Ganz angetan hingegen zeigte sie sich von meinen Berichten über Fernsehen, Kino und das Internet. Smartphones, Süßigkeitenregale in Supermärkten und Eiscreme klangen für sie nach einem utopischen

Schlaraffenland. Verrückt, meine Kleine hatte noch nie in ihrem Leben auf einen Bildschirm gestarrt, aber allein die Erwähnung von derlei Dingen, hypnotisierte sie in ähnlicher Weise, wie es damals eben jene Bildschirme geschafft hatten, Kinder in Null Komma Nichts in ihren Bann zu ziehen. Sie fragte mir Löcher in den Bauch und wollte alles wissen. Am wenigsten verstand sie den Überfluss, mit dem wir eingedeckt gewesen waren und der uns eindeutig über die Köpfe gewachsen war. Weil ich beim Beantworten ihrer zahlreichen und nie enden wollenden Fragen selbst auch an der Logik der damaligen Systeme zweifeln musste, brachte ich das Thema dann oft zügig zurück ins Hier und Jetzt.

Regelmäßige Ausflüge nach draußen waren schon ewig von der Tagesordnung verschwunden. Ich glaubte anfänglich hatte Sybill noch vorgehabt, die Welt mit ihrer Dorfgemeinschaft zu erobern. Mittlerweile aber waren wir alle so eingespielt und organisiert, dass wir gut autark überleben konnten. Wir säten, ernteten, fischten und all das recht effizient, ertragreich und nachhaltig. Wir brauchten das da draußen nicht. Im Gegenteil. Warum sich jetzt noch freiwillig einer Gefahr aussetzen? An einen bestimmten

Ausflug allerdings konnte ich mich noch gut erinnern. Helene musste so um die zwei Jahre alt gewesen sein. Ich selbst nahm an der Exkursion nicht teil, da ich meinen Augenstern nicht allein lassen wollte. Diesel für den LKW gab es schon lange nicht mehr (nicht mal mehr für den Generator, welcher Sybills Behausung mit Strom versorgt hatte.) Daher waren einige unserer Leute draußen zu Fuß umhergestreift. Viel Brauchbares hatten sie dabei nicht erbeuten können, aber eine Sache war von entscheidender Bedeutung für unser aller Leben. Sie stießen auf eine Horde umherlaufender Hühner – wie auch immer diese Viecher sich hatten durchschlagen können – und es gelang ihnen einen Großteil der Tiere einzufangen. Von da an hatten wir gackernde und pickende Lebewesen um uns herum, die uns mit der Köstlichkeit namens Eier versorgten. Es gelang uns, die Tiere zu vermehren und ab und an stand nun auch Geflügel auf der Speisekarte. So auch heute.

Helene liebte die Hühner (Huhnlinge, wie sie sie nannte).

Egal wer sich bei den Hühnern blicken ließ, ein wenig aufgeregt flatterten sie doch immer etwas zur Seite, sobald man sich ihnen näherte. Anders bei meiner Tochter. Sie ging langsam aber bestimmt auf das Geflügel zu und streichelte es, wie man einen Hund streicheln würde. Der Begriff Pferdeflüsterer war mir geläufig – wenn damals jemand einen Draht zu diesen scheuen Wesen hatte, war das schon etwas Besonderes – meine Tochter war eben eine Hühnerflüsterin.

Als mein Schatz sah, was da aufgetischt wurde, verweigerte sie resolut ihr Essen. Sie nahm vom Reis. Den Eintopf mit würzigem Gemüseallerlei, Soße und Geflügelfleisch lehnte sie entrüstet ab. Da ich es nicht übers Herz brachte, vor meiner Tochter von der köstlich aussehenden und dazu noch verführerisch duftenden Mahlzeit zu essen, befand sich in meiner Schüssel ebenfalls Reis. Sonst nichts.

Ly sah mit liebevoll, mitleidigem Blick zu mir herüber.

Nach Lenas Tod erfuhr ich viel wertvolle Unterstützung durch ihren Mann und sie. Helene war oft und gern bei Tho und Ly. Ich betrachtete Ly noch immer gern. Sie war und blieb weiterhin begehrenswert für mich, nur hatte ich mich zurückgenommen, was das Flirten mit ihr betraf. Tho war, auch wenn er auf den ersten Blick nicht den Anschein erweckte, ein herzensguter Mensch, dem es nicht einerlei war, wie es meiner Tochter und mir ging. Dieser Tatsache war ich mir allerdings schon während der Schwangerschaft von Lena bewusst geworden.

Ich brachte Helene zu Bett (das Hochbeet hatte ich mir ausführlich erklären lassen, ihr meine Hochachtung ausgesprochen und ihr gesagt, dass ihre Mutter ebenso stolz auf sie wäre, wie ich), da klopfte es an unsere Tür.

Neben dem Kopfende ihres Bettes sitzend, erläuterte ich Helene gerade die Funktionsweise eines Staubsaugers (Geschichten aus der Vorseuchenzeit), als es an die Tür wummerte. Eben noch müde und dem Einschlafen nah, war meine Tochter ganz plötzlich wieder da und hellwach. Helene war natürlich neugierig und wäre am liebsten sofort zur Tür gerannt. Wer auch immer sich da erdreistete, uns in unserer Privatsphäre zu stören, hatte hoffentlich gute Gründe dafür, dachte ich leicht verstimmt, während ich mich daran machte, zu öffnen.

Es war Ly. Meine Verstimmtheit verflog in dem Moment, als ich sie sah. Sie stand da, in beiden Händen eine Schüssel haltend. Entschuldigend sah sie mich an und zuckte leicht mit den Schultern, wie um zu sagen: *Sorry!*

Sie duftete verführerisch und damit meinte ich keinen Duft wie den von Parfum, sondern einen, der mir im wahrsten Sinne des Wortes das Wasser im Mund zusammenlaufen ließ. Und ich war mir ziemlich sicher, dass dafür der Inhalt der

Schüssel verantwortlich war.

„Papa, wer ist da?“

„Es ist Ly, mein Schatz!“

„Ly? Kommt sie noch, gute Nacht sagen?“

„Ich schicke sie dir gleich, mein Schatz!“

„Danke Papa!“

Während dieser hin- und hergerufenen Konversation, behielt ich Augenkontakt mit Ly, die erst einen Zeigefinger auf ihre Lippen legte, um ihn dann auf die Schüssel in ihrer Hand zu richten, die sie mir nach der verschwörerischen Geste überreichte.

Ich lupfte den Deckel.

Geflügeleintopf. Sogar noch warm.

„Danke.“

„Bitte.“

Über die Jahre hatten Ly und Tho einige deutsche Worte und Sätze gelernt und ich im Gegenzug etwas vietnamesisch.

Nichts, was für eine echte Unterhaltung gereicht hätte, doch immerhin soviel, dass wir damit signalisieren konnten, Interesse und Willen zu besitzen, die Sprache des Gegenüber besser verstehen zu wollen.

Helene, ganz und gar kindlich unbedarft, plapperte hier und

da einfach mal auf vietnamesisch los. Wenn sie dann mitbekam, dass ich nichts verstand, entschuldigte sie sich kurz, wie selbstverständlich und sprach deutsch mit mir. Ich kam mir dann immer ein bisschen wie ein Idiot vor und war doch gleichzeitig schwer beeindruckt von diesem kleinen Menschen, der eine solche Auffassungsgabe besaß und dazu noch aussah wie ich. Nur in hübsch und als Mädchen. Krasse Natur.

Auf Englisch fragte ich Ly, ob sie Helene noch eine gute Nacht wünschen könnte.

„Sure – or do you think the reason of my visit is you?" Sie deutete auf die Schüssel und machte dabei ein gespielt verwirrtes Gesicht. Ly schlüpfte an mir vorbei ins Haus und Sekunden darauf, drang gedämpftes Gemurmel an mein Ohr. Eine bunte Mischung aus vietnamesisch, englisch und deutsch, wie mir schien.

Nachdem Ly meiner Tochter deren Wunsch erfüllt hatte, gesellte sie sich zu mir an den Küchentisch und sah mir, sichtlich amüsiert, beim Mampfen des letzten Restes Geflügeleintopf zu, den ich gerade am Boden der Schüssel zusammenkratzte.

„Morgen du und Helene...komm zu mir?"

Sie sah mich forschend an, fragte sich wohl, ob ich verstanden hatte, was sie mir in meiner Muttersprache zu sagen versuchte.

„Dein Deutsch ist wirklich gut!" Anerkennend nickte ich ihr zu, bevor ich weitersprach. „"Vâng thích! Wir, also wann...after dinner?"

„No...äh, yes!"

Ly musste lachen und schüttelte dabei den Kopf über unser Sprachkuddelmuddel.

„Allright. What i ask for is, in case you are fine with that, would you like to visit us tomorrow morning? Then we could have breakfest together. My husband, Helen you and me."

Morgen war Sonntag und somit arbeitsfrei. Frühstück mit Freunden? Da musste ich nicht lange überlegen.

„That sounds great! So yes...yes of course!"

„Oh fine! Okay then...gute Nacht." Ly stand auf und hob ihre Arme, um sich von mir zu verabschieden.

„Chúc ngu ngon", erwiderte ich, erhob mich ebenfalls von meinem Platz und drückte sie herzlich.

15

Helene hopste fröhlich neben mir her.

Ihr dunkelgrünes Kleidchen, welches aus einem alten Stoffzelt angefertigt worden war, ließ sie zwischen all dem Pflanzengrün aussehen wie Benni Buxbaum, einer der Antihelden aus Darkwing Duck. (Nur eine von zahlreichen Zeichentrickserien, mit denen ich in den Neunzigern groß geworden war.)

Wir umrundeten den schäbig aussehenden Baucontainer, hin zu dem länglichen Grundstück.

„Ly!“

Helene wechselte vom Hopserlauf in den Sprint, als sie Thos Frau im Garten ausmachen konnte, die dort am Rupfen und Zupfen war. In ihrer Armbeuge hielt sie einen geflochtenen Korb, in den allerlei Grünzeug flog, welches sie dem natürlichen Wuchs auf ihrem Boden stibitzte.

Ganz im Sinne von: *Wer ist meine Beste?!*, wurde Helene aus ihrem Sprint in Lys offene Arme empfangen, herumgeschleudert (einfach um die enorme Geschwindigkeit umzuwandeln, mit der Helene ungebremst auf sie zugestürmt kam) und mit Küsschen überhäuft.

Tho kam dazu, hockte sich nieder, in seiner gewohnt besonnenen Art und drückte meine Kleine ebenfalls an sich. Dann war auch ich am Ort des Geschehens angelangt und gab Ly die Hand. Tho klopfte ich zur Begrüßung auf die Schulter.

„What about that?“, fragte ich und meinte damit den Inhalt des Korbes, der jetzt neben Ly am Boden stand.

„That´s Thai Basil, there is some mint and that is La Mo Long.“ Lys Finger deutete auf ein Häufchen geringelter Stiele mit rötlich-grünen Blättchen, an denen hier und da kleine weiß-pinkfarbene Blüten hingen. Ich bückte mich und nahm ein beblättertes Stielchen zwischen Daumen und Zeigefinger, zerrieb es, und schnupperte anschließend daran. Ich roch etwas, das mich an Kohlrabi und Rettich erinnern ließ. Ein wenig streng, aber durchaus reizvoll.

„Mmh, interesting. Is that for our breakfest too?“

Ly lächelte. „Yes it is.“

Tho sprach jetzt mit mir und lachte dabei. Da er kein Englisch konnte, übersetzte Ly parallel, was meine Tochter nicht nötig zu haben schien, da sie bereits einen Kommentar abgegeben hatte und sich dabei über den Bauch rieb, bevor Ly überhaupt damit beginnen konnte, das Gesprochene auch für meine Ohren verständlich zu machen.

„Tho says, hopefully you are very hungry. He means on our table is food for ten people. But i think he exaggerates“, erklärte sie grinsend. Sie blickte von mir zu Tho und wieder zurück, bevor sie weitersprach. „Ah – i have to show you something – come with me!“

Sie nahm mich an die Hand und zog mich mit sich in eine etwas entferntere Ecke des Gartens. Ich fühlte mich ein wenig unwohl dabei, da das unter den Augen ihres Mannes geschah. Am intimen Kontakt des Händchenhaltens, dem ich Bedeutung beimaß, schien er sich indes nicht zu stören. Er beschäftigte sich mit meiner Tochter, erzählte ihr etwas auf Vietnamesisch (was meine Kleine zu verstehen schien, was für mich immer noch schier unglaublich war) und sah uns zu, in sich ruhend und lächelnd, wie wir eine Fläche seines Gartens ansteuerten, die aussah, als wäre sie mit niedrigem Schilf bewachsen.

Ich kannte diese Pflanzen. Es handelte sich um Ingwer.

„All these plants...“, Ly umfasste mit einer Handbewegung den gesamten schilfigen Bereich, „...have one motherplant.

The small gingerplant, the gift, that brought us Lena at your first visit, do you remember?"
Ich nickte und bestaunte all die Pflanzen. Ly folgte meinem Blick und besah sich ebenfalls das Meer aus grünen Zöglingen. „Amazing, isn´t it?"

Auf dem Weg nach drinnen wollte meine Tochter von mir wissen, was Ly mir da so Wichtiges gezeigt hatte. Bereitwillig erklärte ich es ihr. Helene hörte aufmerksam zu, kräuselte die Stirn und fragte mich dann mit ernster Mine: „Papa, darf ich Ly später fragen, ob ich eine von den Ingwerpflanzen mitnehmen kann?"
Ich gab meinem Schatz einen Kuss auf die Stirn und antwortete: „Darfst du, mein Engel."

Tho hatte noch untertrieben. Wenn man bedachte, dass es sich um eine Frühstücksmahlzeit handelte, würden an diesem Tisch locker zwölf Personen satt werden. Ich staunte über die Vielfalt an Schüsseln und Tellern, die sich uns da präsentierte und an die Ly vereinzelt noch Minze und Basilikum herandekorierte.
Von den Ringelstielen zupfte sie die Blättchen ab und schnitt

sie in feine Streifen. Diese mischte sie anschließend unter einen Mangosalat.
Obwohl meine Skepsis, die beim Anblick der Zutaten des Mangosalates aufkam, es nahezu verlangte, dass der Salat mir nicht schmeckte (wie bitte sollten denn Mango, Kohlrabi, Rettich und Möhre geschmacklich miteinander harmonieren?), tat er das sehr wohl. Nach einem vorsichtigen Probierhappen davon, drehte sich in meinem Mund ein derart intensives Aromenkarussell, so dass ich gar nicht umhin konnte, mir reichlich nachzunehmen.
Ich saß neben meiner Tochter. Als Gäste hatten wir die „guten" Plätze, von denen aus wir in den Raum hinein sehen konnten. Tho und Ly hatten sich uns gegenüber platziert, mit Blick auf die stoffverhangene Blechwand des Containers. Zwischen uns stand die reich gedeckte Tafel. Es war schlichtweg ein Ding der Unmöglichkeit, dass ich von allem essen konnte. Sicher aber war, dass ich nicht von diesem Mangosalat ablassen könnte, bevor die Schüssel nicht leer war. Hieß also sich Prioritäten zu setzen und so richtete ich meinen Fokus auf eben jenen Salat.
„Bloody hell, this is fuck...oh, sorry...this is absolutly deliscious!" Kauend und nicht aufhörend mir nachzunehmen,

lobte ich diese herzhaft, frische Speise, die ich im Begriff war, so gut wie im Alleingang zu vertilgen.

„There is more you have to try!“ Ly schaute mit einer Mischung aus Entsetzen und Belustigung auf meinen Teller, auf den ich immer wieder neuen Salat schaufelte, bis ich es tatsächlich fertig gebracht hatte, die Schüssel restlos zu leeren. Satt und zufrieden lehnte ich mich zurück. Ly erkundigte sich besorgt, ob ich schon fertig sei und erwähnte neuerlich, dass noch mehr auf der Tafel stünde.

Ja, ich wusste, dass es in der vietnamesischen Kultur hoch angesehen war, wenn Gäste viel aßen, bestenfalls unverschämt viel. Andererseits war ich pappsatt. Also Kultur hin oder her – ich würde keinen Bissen mehr hinunter bekommen.

Tho gab einen ausdrucksstarken Kommentar in meine Richtung ab, den ich ohne Hilfe mal wieder nicht verstand. Instinktiv schaute ich zu meiner Tochter, um an ihrer etwaigen Reaktion eventuell ablesen zu können, worum es ungefähr ging. Die junge Dame aber schlürfte gewissenhaft von der Fischsuppe (es war definitiv kein Frühstück – es war im Mindesten ein Brunch) und verzog dabei keine Mine.

Ly übersetzte mir (ein wenig widerwillig wie mir schien)

einige Sekunden später. Ihr Mann ließ mich wissen, dass, wenn ich satt sei, ich mitnichten weiter meinen Teller füllen müsse, nur um ein guter Gast zu sein. Er sagte, Helene und ich gehörten einfach zu ihnen und wenn wir essen wollten, dann konnten wir das tun und wenn wir es eben nicht mochten, bräuchten wir uns dafür nicht zu entschuldigen. Ich fand das einen feinen Zug von ihm. Wie um Thos Worte zu unterstreichen, schob Helene ihren leer gegessenen Teller von sich, lehnte sich zurück und hauchte ein zufriedenes, langgezogenes:„Aaahhh".

Nachdem alle satt waren, lud man uns ein zum sonntäglichen Feuerfest-Abend. Derlei Zusammenkünfte fanden nicht jede Woche statt (Tho und Ly brauchten auch mal ihre Ruhe), aber dennoch regelmäßig. Ly bot zudem an, nach kauderwelschiger Rücksprache mit ihrem Mann (während der meine Tochter schon ihr „Au ja, bitte Papa!", in meine Richtung schmetterte), sich bis zum Abendessen um Helene zu kümmern. Da sich meine Kleine von dieser Idee so offensichtlich begeistert zeigte und ich meine Tochter über alles liebte, stimmte ich auf der Stelle zu. Außerdem blieb zuzugeben, dass ich auch froh über etwas Zeit war, die nur mir gehören sollte.

So fand ich mich auf dem Nachhauseweg unter der Mittagssonne völlig mit mir selbst allein wieder. Ich mied die direkten Strahlen des aus heißem Gas und Plasma bestehenden Sterns und wandelte von Schattenfeld zu Schattenfeld.

Tho und Ly hatten selbst keine Kinder. Überhaupt waren im Dorf nur wenige Nachkommen geboren wurden in den vergangenen Jahren. Keine Ahnung, ob das nun am nicht Wollen oder am nicht Können lag. Jedenfalls hatten nach Helenes Geburt gerade mal eine Handvoll Kinder das Licht der Welt erblickt. Eines davon gebar eine Vietnamesin, die bei Kent und Birk im Team tätig war. Sie wohnte mit ihrem Partner, dem Vater des Kindes, in einem Holzhäuschen, dem unseren nicht unähnlich, nahe der Gemeinschaftsbaracke.

Ein anderer Neu-Erdenbürger kam als Trennungskind auf die Welt. Während der Schwangerschaft, hing der Typ, der für den Kugelbauch der Feldarbeiterin verantwortlich war, noch wie eine Klette an ihr. Kurz vor der Niederkunft jedoch, trennten sich die Beiden. Welche Gründe das genau hatte, entzog sich meiner Kenntnis. Das war und blieb privat.

Ich wurde mir meiner Situation bewusst. Keine Arbeitsaufgaben und keinerlei pädagogische

Verpflichtungen. Urlaub! Die Hibbeligkeit stellte sich urplötzlich ein, da mir ebenso bewusst war, dass es sich nicht um eine Woche Freizeit handelte, sondern lediglich um diesen, einen Nachmittag. Das Yin in mir schrie nach Müßiggang. Füße hoch und die Ruhe auskosten. Yang widersprach, machte sich lustig – die wertvolle Zeit mit einem Nickerchen vergeuden? Niemals! Aktion wurde eingefordert. Vielleicht das Haus umgestalten. In jedem Fall die Zeit effektiv nutzen. Ich war hin und her gerissen. Vielleicht galt es, einen Mittelweg zu finden, dachte ich. Ursprünglich ging es doch darum, die freie Zeit zu genießen und die fand nicht irgendwann statt, sondern genau hier und jetzt. Also hielt ich kurz inne, dankte dem Universum für meine Tochter und meine Freunde und spazierte anschließend umher. Genüsslich roch ich an farbenprächtigen Blüten. Ich bewunderte die Keimlinge, die sich durch einen Teppich aus gelb-braunen Nadeln auf dem Waldboden nach oben gekämpft hatten und sich mit so zarten, grünen Blättchen präsentierten, dass ich es schlichtweg unglaublich fand, dass aus so einem grammschweren Flora-Winzling, einmal eine widerstandsfähige Pflanze erwachsen würde.

Nach einer ausschweifenden Runde durch das Dorf, bei der ich darauf Acht gab, anderen Menschen aus dem Weg zu gehen, war ich letztendlich zu Hause angekommen. Ich verspürte einen unbändigen Drang, ein gänzlich anderes Ende des mir so lieb gewonnenen Buches zu schreiben. Nachdem ich es nun unzählige Male gelesen hatte (was ich im Übrigen ab und an immer noch tat), kam mir einmal der verwegene Gedanke, den mir so vertraut gewordenen Charakteren weiteres Leben zu schenken. Ich begann eigene Kapitel zu schreiben, welche sich stimmig in die Gesamtgeschichte einfügten. Dabei war ich so selbstkritisch, dass ich mich nicht eher mit meiner Arbeit zufrieden gab, bis ich der Meinung war, den Schreibstil des Autors so gut imitiert zu haben, als hätte er und kein anderer die Zusatzkapitel zu Papier gebracht. Ich brauchte meine Zeit dafür, aber die Arbeit daran erfüllte mich auf eine Art und Weise, dass mich zu keinem Zeitpunkt die Lust verlassen hatte, weiter zu schreiben. So schrieb ich einige, von mir kreierte, Fantasiekapitel.

Vor Schreibbeginn hatte ich zwar immer eine vage Idee, welche Handlung und Szenerie ich erschaffen wollte, trotzdem passierte die eigentliche Magie, welche die Figuren lebendig werden ließ, erst beim Schreiben selbst. Nicht selten las ich meine geistigen Ergüsse und zeigte mich verblüfft über die dargestellten Geschehnisse. Ganz so, als läse ich die Zeilen, während ich sie zeitgleich schrieb.

In der ursprünglichen Version von Mats Strandberg, sinkt am Ende die Charisma, so der Name des Fährschiffes in dem Roman. Außerdem ließ er den Leser mit allem anderen als einem Happy-End zurück. Er hatte einen fulminanten und absolut gelungenen Schluss geschrieben, wie ich neidlos anerkennen musste. Sein Ende in ein Happy-End-Ende umzuschreiben, hatte ich auch gar nicht vor. Ich wollte da ansetzen, wo die Charisma noch nicht unwiderruflich dem kalten, dunklen Meeresboden geweiht war, um so noch die Gelegenheit zu erhalten, die ein oder andere Episode in die Geschichte Strandbergs hineinzuschreiben.

So machte ich mich ans Werk. Es konnte direkt los gehen, da ich mich nicht einzulesen brauchte. Schließlich kannte ich das Buch in- und auswendig.

Um Papier für mein Romanerweiterungsprojekt brauchte ich mir glücklicherweise keine Gedanken zu machen. In dem Containergebäude, in dem die Werkzeuge und Vorräte lagerten, fand sich auch ein Großraumbürovorrat an

Druckerpapier. Wie auch immer der dorthin gelangt war. Trotz dieser Tatsache, ging ich sparsam damit um. Ich notierte meine Ideen in klitzekleinen Buchstaben. Die Worte kamen in engen Zeilenabständen daher. Korrekturen erfolgten kurzerhand auf dem Erstentwurf. Erst, wenn ich mir wirklich sicher war, einen ausgereiften und vollendeten Text kreiert zu haben, nahm ich frische, weiße Blätter und teilte sie in der Mitte, so dass ich sie geradewegs in das Originalwerk Strandbergs einlegen konnte. Diese Blätter beschrieb ich dann wie normale Buchseiten.

Schreibwerkzeuge bereiteten mir da schon eher Sorge.

In besagtem Vorratscontainer hatte ich auch ein Glas mit gut einem Dutzend Kugelschreibern entdeckt. Die meisten davon billige Plastikschreiber, die Firmen (die aufgehört hatten zu existieren) bewarben. Zumindest taten sie das, wofür sie massenhaft hergestellt worden waren: sie schrieben. Zwei etwas hochwertigere Modelle befanden sich ebenfalls darunter. Die hatte ich noch nicht angerührt. Heilige Notfallreserve sozusagen. Von den Plastikschreibern funktionierten die wenigsten auf Anhieb. Wenn ich mit ihnen aber etwas im Kreis herumkritzelte, ließen sich die meisten von ihnen zum Leben erwecken und taten wieder tadellos ihren Dienst. Zwei hatte ich schon leer geschrieben, so dass mir durchaus bewusst war, dass diese Resource endlich war. Glücklicherweise benötigte niemand sonst im Dorf dieses Papier oder die Schreiber.

Meine Tochter war des Lesens und Schreibens mächtig. Für die paar Kinder im Dorf hatten wir zwar keine Schule, aber sie lernten nebenher. Auf dem Feld, in der Küche, in den Nutzgärten. Sie mussten dort keine wirkliche Arbeit verrichten, das nicht. Aber sie waren dabei und bekamen alle Vorgänge mit und irgendwer beschäftigte sich immer mit ihnen. Natürlich halfen sie, wenn es darum ging etwas zu holen oder etwas anzureichen. Sybille duldete, dass ein Erwachsener, welcher sich gerade mit einem Kind befasste, langsamer und somit weniger effektiv arbeitete. Dafür beschäftigte sich derjenige insoweit mit dem Kind, dass er oder sie seine Fragen beantwortete und ihm erklärte, wie die Welt funktionierte. Dazu gehörte eben auch das Lesen und Schreiben. Hier im Dorf wurde das eher unkonventionell gehandhabt. Man schrieb mit einem Stock in die sandige Erde, oder mit dem Finger auf dunstiges Fensterglas. Papier und Stifte wurden schlichtweg nicht gebraucht. Wann immer es mir möglich war, unterrichtete ich meine Tochter selbst.

Das ABC hatte ich ihr im Alter von fünf Jahren beigebracht. Danach gesellte sich Addition, Subtraktion, Multiplikation und Teilen zu den täglichen Aufgaben, die ich ihr stellte und zusammen mit ihr löste, bis sie es allein schaffte. Helene war ein ausgesprochen aufnahmefähiges und wissbegieriges Kind. Ich würde lügen, würde ich behaupten, dass ich einzig und allein für mich schrieb. Der Gedanke an einen anerkennenden Leser, ließ mich erst sorgfältig und selbstkritisch schreiben. Wie so oft, wenn ich in die Geschichte eintauchte, die ich erschuf, verlor ich die Zeit völlig aus den Augen und so erschrak ich ein wenig, als ich bemerkte, dass ich langsam daran denken musste, mich zum Abendessen zu begeben.

Die Ruhe und das konzentrierte Arbeiten am Buch hatten mir an diesem freien Nachmittag mal wieder gut getan. Ich fühlte mich angenehm erschöpft. Bereit, meine quirlige Tochter in die Arme zu schließen und ein anständiges Abendessen zu mir zu nehmen. Später dann noch am Feuer bei Tho und Ly sitzen, so ließ ich mir einen Sonntag gefallen. Also räumte ich zusammen, erfrischte mich an der Regentonne, zog mir ein sauberes Shirt über und machte mich auf den Weg zur Gemeinschaftsbaracke.

„Papa!“

Meine Kleine kam mit offenen Armen auf mich zugestürmt. Sie hatte wohl schon nach mir Ausschau gehalten und sich gleich, als sie mich entdeckte, aus der Gruppe gelöst, mit der sie vor der Speisebaracke stand und wartete. Die Gruppe, das waren Tho, Ly und ein paar anderen Vietnamesen, die ich von der Feldarbeit her kannte. Ich war erleichtert und stolz, dass Helene mich so begrüßte und nicht etwa bei Tho und Ly stehen blieb und mein Ankommen abwartete. Ganz fest schloss ich sie in meine Arme. Darauf gefasst, dass Helene auf die Frage, was sie denn Schönes bei Ly und Tho erlebt habe, mit einem überbordenden, sprudelnden Wortschwall reagierte (was absolut okay war, ich hatte meine Ruhe gehabt und jetzt war meine Tochter an der Reihe), stellte ich ihr eben jene Frage. Und wie erwartet plapperte der kleine Mund munter drauflos. Eine junge und besonders schöne Ingwerpflanze hätten sie ausgegraben und Helene wüsste auch schon ganz genau, wo im Garten sie ihren Platz finden sollte. Und, dass sie Verstecken mit Ly gespielt hatte und Tho erst keine Lust hatte mitzuspielen, er es sich dann aber doch anders überlegt hatte, nachdem Ly kurz zu ihm reingegangen war. Und, dass Tho nachher am lautesten

protestiert hatte, als es hieß, dass die letzte Runde gespielt würde, da das Abendessen nicht auf sie wartete.
Aufmerksam hörte ich ihren Ausführungen zu. Unterdessen waren wir am Eingang der Speisebaracke angelangt, aus der bereits ein verheißungsvoller Duft strömte.
„Your daughter is such a wonderful young lady", begrüßte mich Ly. Ich bedankte mich für das Kompliment und dafür, dass ich Helene bei ihnen so gut aufgehoben wusste. Alles setzte sich in Bewegung und auch wir gingen hinein. Anscheinend hatte man bloß auf mich gewartet.

Es gab Muscheln in einem scharfen Sud aus Sojabohnen. Dazu Reisbandnudeln. Ein köstliches Gericht, ganz nach meinem Geschmack. Scharf und herzhaft. Meiner Tochter dagegen trieb es die Tränen in die Augen. Sie konnte Muscheln nicht ausstehen. Ich versuchte zu retten, was zu retten war und sammelte fleißig jegliches, beschalte Muskelfleisch aus ihrem Essen, in der Hoffnung, dass sie Reisbandnudeln mit Sojasoßensud mochte.
Sie mochte nicht. Es schmecke eklig nach Muscheln, jammerte sie. Zum Glück gelang es mir ihre Tränen zu trocknen, indem ich ihr ins Gedächtnis rief, dass wir noch

zum Lagerfeuer bei Ly und Tho eingeladen waren und es wohl nicht mit rechten Dingen zugehen sollte, wenn es dort nicht noch etwas zu Essen gäbe. Ich organisierte eine Schüssel mit Reisbandnudeln natur, aus der Helene lustlos einzelne Nudeln fischte und in den Mund sog, während ich weiter mampfte, wie ein Scheunendrescher.

16

„Darf ich heute mal ganz lange wach bleiben?"

„Na ja mein Schatz, sagen wir mal länger als üblich, schließlich ist Feuerfest. Aber auch nicht bis mitten in die Nacht hinein. Wir müssen morgen alle wieder auf die Felder und du wirst mich wie immer begleiten. Wenn ich dich dann in der Früh nicht aus dem Bett bekomme, weil du übernächtigt bist, fängt der Tag ja schon gut an. Das wollen wir doch nicht, oder?"

„Ich verspreche, nicht übernächtigt zu sein! Darf ich bitte ganz lange wach bleiben?"

„Helene, heute ist Sonntag. Auch Ly und Tho müssen morgen früh wieder arbeiten. Wir sind höfliche Gäste und werden uns, nachdem wir lange genug dem Feuer zugeschaut haben und dein Bäuchlein mit gebratener Mango gefüllt ist, brav verabschieden, okay?“
„Ist gut, Papa. Wenn ich gebratene Mango essen darf, bis ich satt bin, werde ich bestimmt auch müde.“
Meine Tochter musste den Nachdruck in meiner Stimme bemerkt haben. Das Zünglein an der Waage, dass sie sich zu einer solch erwachsenen Aussage hinreißen ließ, war dann aber eher wohl die Aussicht auf etwas, das sie gern aß.

Wir spazierten durch einen lauen Abend, hin zum Wohncontainer von Tho und Ly. Helene hielt meine Hand. Sie hatte es sich nicht nehmen lassen, eben noch die Ingwerpflanze einzubuddeln. Dementsprechend sahen jetzt ihre Fingernägel aus. Kohlrabenschwarz. Angesichts der Tatsache, dass wir auf dem Rückweg nach Rauch stinken würden und uns bevor wir zu Bett gingen eine nächtliche Frischekur an der Regentonne sowieso nicht erspart bliebe, nahm ich diesen Fakt mal so hin. Außerdem war sie neun

und werkelte gern im Garten. Sie hatte jegliches Recht auf schwarze Fingernägel. Und wenn ich ehrlich war, mochte ich den Kontrast der schwarzen Nägel zu ihren blonden Locken sogar.
Wir waren angekommen und umrundeten den Wohncontainer. Hin zum Feuer...Feuerchen. Es wurde gerade erst groß gezogen. Tho war in diesem Moment dabei, trockene Zweige und kleinere Äste zu verfüttern. Im Knien, halb liegend und unterwürfig pustend.

Als es loderte und zu prasseln begann, saßen Helene und ich in erster Reihe, eine ganze Mango auf einen Stock gespießt und in das Feuerwerk gestreckt.

„Did your lovely daughter fell asleep?"
Ly deutete mit einem Kopfnicken zu meiner schlummernden Tochter, die unweit von mir unter einer Decke lag, als sie sich zu mir setzte.
Vor gut einer halben Stunde hatte ich bemerkt, wie Helene vollkommen hypnotisiert dem Flammentanz des Lagerfeuers zugeschaut hatte und ich beschloss daraufhin zeitnah

aufzubrechen. Doch auch mein Blick verlor sich in den züngelnden Flammen und als Ly mich ansprach, träumte ich mit offenen Augen. Ich brauchte einige beherrschte Momente, um wieder an Reaktionsfähigkeit zu gewinnen, so dass ich adäquat antworten konnte.

„Yes. Time to go."

Ich zwang mich zu einem Lächeln. Wenn ich an den bevorstehenden Heimweg dachte, an die Katzenwäsche an unserer Regentonne mit einer gnauligen, weil todmüden, Helene und an die zu kurz werdende Nacht, merkte ich, wie sich schlechte Laune in mir auszubreiten drohte.

„This woman over there, I think she likes you."

Ich folgte Lys Blick zu der kleinen Menschentraube um Tho, von der sie gerade eben zu mir herüber gekommen war und erkannte, wen sie meinte. Eine Vietnamesin, die ich von meiner momentanen Position aus im seitlichen Profil betrachten konnte. Hübsches Gesicht. Sie arbeitete im Küchenteam, so viel wusste ich. Ich schätzte sie auf gut und gern fünf Jahre jünger als ich es war. Jetzt sah sie zu uns herüber und für den Augenblick einer Sekunde trafen sich unsere Blicke. Da hatte sie den Kopf schon wieder schmunzelnd ihrem Gesprächspartner zugewandt und ließ dabei offen, ob das Lächeln mir oder ihrem Gegenüber galt.

Natürlich schmeichelte es mir zu hören, dass sich jemand für mich interessierte. Andererseits verspürte ich keinerlei Bedürfnis, seit meine Tochter in mein Leben getreten war, mich mit einer Frau abzustimmen. Sicher, die erste Phase des sich Kennenlernens versprach Prickeln und bestenfalls Schmetterlinge im Bauch. Aber dann folgte doch lediglich eine Aufgabe von Privatsphäre unter dem Deckmantel der Intimität. Ich aber hatte die meine zu schätzen gelernt. Meine Tochter und ich bestimmten daheim, niemand sonst. Und angesichts der Tatsache, dass sie erst neun war, betrachtete ich mich zu Hause als alleinigen Chef. Es war mir vergönnt, meine Stimmungen so auszuleben, wie ich es für richtig hielt und nicht etwa aus Rücksicht oder zuliebe einer Partnerin, mich zu verstellen oder, Gott bewahre, die Stimmungen und eventuellen Launen einer Frau ertragen zu müssen.

Früher einmal war ich in Ly verknallt gewesen. Zumindest ein bisschen. Jetzt schätzte ich sie als gute Freundin, die zudem unverschämt gut aussah (und roch) und ich konnte ihre Gegenwart ganz ohne Hintergedanken genießen.

Ich hatte vor, in Ruhe und Zufriedenheit, meine Lütte großzuziehen. Ohne Eifersuchtsdramen oder gegensätzliche

Auffassungen von Erziehung. Ich holte mir ganz sicher niemanden ins Haus. Um Helenes und um meinetwillen nicht. Danke, nein.

Nur musste ich das jetzt in Gegenwart von Ly diplomatisch genug formulieren und nicht in etwa so, dass sie mich am Ende womöglich noch für einen Trottel hielt.

„That sounds interesting. Thank you for the information...okay, it´s definitly time to go home and get some sleep. We´ll see us tomorrow morning. Best greetings to Tho. Give me a hug and than we´ll leave the party."

Ly hat mich nie wieder auf die Frau angesprochen.

In den folgenden Tagen suchte die Vietnamesin, deren Namen ich nie erfuhr, beim Abendessen immer wieder meinen Blick und obwohl ich versuchte es zu vermeiden, sah auch ich oft genug zu ihr hinüber. Anfänglich schenkte sie mir dann ein leichtes Lächeln, welches von Mal zu Mal breiter wurde. Einmal berührte sie, wie aus Versehen, meinen Arm, als sie die Schüssel mit Eintopf auf unserem Tisch platzierte. Danach passierte nichts mehr. Irgendwann strafte sie mich dann mit Nichtachtung und mittlerweile war sie mit dem Vietnamesen liiert, der Rolfs ehemaligen Job so hundsmiserabel ausführte.

Helene war inzwischen zehn geworden und hatte den Garten hinter unserem Haus fest im Griff. Sie hatte es geschafft, Nutzpflanzen wie Karotten, Senf- und Blumenkohl so anzubauen, dass man meinen konnte, sie wüchsen dort einzig und allein zur Zier.

Ich konnte also durchaus sagen, dass ich mir selber treu geblieben war. Meine Nächte verbrachte ich allein. Dafür kamen Tho, Ly und eine Handvoll Feldarbeiter jetzt öfter zu Helene und mir in den Garten, um kleine, aber feine, Feuerfeste abzuhalten. Es fühlte sich gut an, Gastgeber zu sein. Mitzubekommen, wie die Leute sich wohl fühlten und Helenes Gartenwerk bewunderten. Wir kredenzten herzhafte Naschereien aus eigenem Anbau, die den Gästen so manche Oh´s und Ah´s entlockten. Ich konnte behaupten, dass ich fein war mit meinem Schicksal. Bis zu jenem Tag im Oktober.

17

Seit gut drei Monaten hielt der Südostmonsun uns in Schach. Während der gesamten Zeit konnte man die Nachmittage, an denen kein Weltuntergangswolkenbruch niederging, an zwei Händen abzählen. In meiner Kindheit hatte ich Regen immer gemocht, aber das hier...

Es war ungefähr so, als befände man sich in einem Gewächshaus. Man war darin eingeschlossen und der felsenfesten Überzeugung, die vorherrschende Luftfeuchtigkeit könnte höher nicht sein, bis eben ein Starkregen losbrach. Durch die Wärme schwitzte der Boden die herabfallende Feuchtigkeit direkt wieder aus und jene vorhandene Luftfeuchtigkeit nahm nun doch noch extremere Ausmaße an. Eine Dampfsauna wäre ein erträglicherer Ort, denn die hatte eine Tür. Und dahinter war die Dampfsauna zu Ende. Hier hatten wir keine Tür.

Helene hockte im Garten, im Modder. Sie trug ein

Regencape, welches sie selbst geschneidert hatte. Gut, ich hatte geholfen. Fairerweise blieb zu sagen, dass ich nur ihren präzisen Anweisungen Folge geleistet hatte.

Wir hatten fantastisch, sonntäglich gefrühstückt. Mit Mangochutney auf warmen Fladenbrot, Ingwertee und einem Frühstücksei für jeden von uns. Direkt danach war Helene in den Garten gestürmt und ich kümmerte mich um das Abräumen und den Abwasch.

Da saß ich nun und genoss den Moment. Der Regen ballerte auf unser Dach und ich war drinnen im Trocknen, die Beine übereinander geschlagen, bei einem Alles-erledigt-und-aufgeräumt-Ingwertee und freute mich über den freien Sonntag mit meiner Tochter.

Ich kann gar nicht sagen, weshalb ich es genau in der Sekunde mitbekam, in der es geschah. Akustisch wahrnehmen konnte ich es jedenfalls nicht. Der herabstürzende Regen bereitete eine derartige Geräuschkulisse, dass es unmöglich mein Hörsinn gewesen sein konnte, der mich alarmierte. Wahrscheinlich hatte schlicht und ergreifend mein Unterbewusstsein ein ständiges Auge auf meine Tochter, so dass ich es beobachten konnte, als es passierte. Durch das Fenster und durch die in der Luft

schwebenden, grauen Bänder, die der Starkregen da hineingehängt hatte.
Der kleine Körper bäumte sich ruckartig auf, alles an ihm war pures Erschrecken.
Ich schoss aus meiner entspannten Position hin zur Tür, die ich, als ich sie erreicht hatte, mit einem Ruck aufriss und mich, vom Türrahmen abstoßend, nach draußen beförderte.
Durch den unaufhörlich fallenden Regen schrie Helene. Sie lag auf dem Rücken, hielt sich den Arm und robbte rückwärts durch den Matsch. Ich rannte zu ihr und noch ehe ich Worte fand, folgten meine Augen ihrem schreckgeweiteten Blick und da sah ich ihn. Einen Skorpion!
Die Erde war von der Nässe dunkel, was dem schwarzen Tier die Tarnung erleichterte. Die Feuchtigkeit ließ seinen Panzer aber glänzen, so dass, wenn man ihn einmal ausgemacht hatte, ihn gut im Blick behalten konnte. Er hatte den Stachel angriffslustig gebogen und nach vorn gestreckt. Das waffengleiche Schwanzstück wirkte, im Vergleich zum Rest des Körpers, überdimensioniert.
Ich packte Helene unter den Armen und zog sie zurück. Ihre Füße gruben sich voller Panik in den aufgeweichten Boden, bei dem Versuch, sich nach hinten wegzudrücken.

Gemeinsam schafften wir es, eine angemessene Entfernung zwischen uns und dem Viech herzustellen.

„Helene! Hat er dich gestochen?!"

Meine Frage war schier überflüssig, da meine Tochter ihr Handgelenk umklammert hielt (man sah deutlich den blutigen Punkt, kurz unter ihrem Handballen und die darum sich ausbreitende Röte) und wie am Spieß schrie. Das war kein Schreien des Entsetzens, sondern ein Brüllen vor Schmerzen. In diesem ohrenbetäubenden Moment, musste ich mich beherrschen, nicht auf der Stelle den Verstand zu verlieren.

Die Schreie meiner Tochter wurden heiser. Dazwischen krächzte sie immer wieder: „Es tut so schrecklich weh, Papa!"

Sie streckte ihr Handgelenk in die Höhe. Ob der darauf fallende Regen ihr Linderung verschaffte, oder ob sie sich diese von mir erhoffte (*Papa, hier ist der Stich – tu etwas!*), ich wusste es nicht. Ich hatte keine Ahnung, was zu tun war, also schulterte ich Helene kurzerhand und begann, so schnell ich konnte, zu unseren Freunden zu laufen.

Ich lief vornübergebeugt, Helenes Beine hielt ich links und rechts von mir mit meinen Armbeugen umklammert. So hatte sie einen relativ guten Halt auf meinem Rücken. Ihre Arme lagen auf meinen Schultern, ihre Hände baumelten vor meiner Brust. Ich meinte die Hitze in meinem Gesicht spüren zu können, die vom mittlerweile stark geschwollenen Handgelenk meiner Tochter abstrahlte. Sie war schwer, meine Klamotten durchnässt und es war rutschig und matschig. Ich musste mich sehr vorsehen, nicht das Gleichgewicht zu verlieren und zu stürzen. Helene wimmerte in meinen Nacken und forderte mich auf anzuhalten, da sie meinte, sich übergeben zu müssen. Ich wollte nicht anhalten, keine Zeit verlieren, aber tatsächlich verließen mich auch langsam die Kräfte. Meinem Kopf war das egal, wenn es nach ihm gegangen wäre, wären wir noch viel schneller gelaufen – ich spürte nur, wie mir die Beine den Dienst versagten und einfach nicht mehr gehorchen wollten und sie benötigten diese kleine Verschnaufpause dringend.

Ich stoppte, kniete mich auf den Boden und ließ meine Tochter vorsichtig ins Gras gleiten.

Sie schaffte es gerade noch sich zur Seite zu drehen, da spie sie auch schon einen Schwall ihres Mageninhaltes aus.

Helene zitterte am ganzen Körper. Ich hoffte inständig, dass es nur an der Nässe lag. Erneut spuckte sie Erbrochenes in

das Unterholz. Sie hörte nicht auf zu würgen, aber irgendwann kam nichts mehr. Der Regen hatte mittlerweile gnädigerweise aufgehört.
„Schatz, wir müssen weiter! Wir sind auch gleich da, okay?“

Ich wollte ja rufen. Um Hilfe, darum, dass Tho und Ly uns schon entgegenkommen sollten und wir nicht noch mehr wertvolle Zeit vergeudeten. Nur hatte ich keine Puste mehr. Mir kam der „Erlkönig“ von Johann Wolfgang von Goethe in den Sinn. Die Ballade hatte ich seinerzeit in der Schule auswendig lernen müssen.

Erreicht den Hof mit Mühe und Not;
in seinen Armen das Kind ...

Nein! Weg mit diesen grauenvollen Versen!
Helene röchelte mir in den Nacken. Jetzt mussten Tho und Ly helfen. Sagen, was zu tun sei.
Endlich kam ich auf der rückwärtigen Seite ihres Containers an. Ly war gerade dabei, die Terrasse vom Schlamm zu befreien, als sie uns völlig entgeistert entgegensah. Sie musste direkt erahnt haben, dass etwas Schlimmes passiert war. Ich brauchte gar nichts zu erklären, sie warf ihren Reisigbesen beiseite und eilte in unsere Richtung. Bevor sie uns erreichte,

rief sie noch eindrücklich über ihre Schulter hinweg nach ihrem Mann.

Ich stammelte nur ein Wort, als ich ihr meine Tochter übergab: „Scorpion“

Ly bettete Helene auf eine Liege, die in unmittelbarer Nähe stand. Vornübergebeugt, die Hände auf meinen Oberschenkeln abstützend, versuchte ich meine Atmung unter Kontrolle zu bekommen, damit ich erklären konnte, was genau sich zugetragen hatte. Ly redete derweil beruhigend auf meine Tochter ein, Tho kam dazu, es folgten kurze, vietnamesische Sätze zwischen den beiden, dann kümmerte sich Ly wieder um Helene, während Tho in ihrer Behausung verschwand. All das geschah unter den gegebenen Umständen erstaunlich ruhig und besonnen und der angenehme Singsang, mit dem Ly meine Tochter bedachte, lullte auch mich etwas ein, so dass ich mich augenblicklich ruhiger fühlte und mir sicher war, dass jetzt alles gut werden würde. Gott, war ich froh und dankbar, dass es die beiden in unserem Leben gab!

Tho kam mit einer Schüssel Wasser und Tüchern wieder.

Bei diesem Anblick krampfte sich mein Herz zusammen. Die blutigen Bilder von Helenes Geburt tauchten wie Flashbacks vor meinem geistigen Auge auf und ließen mich erschaudern. Er wechselte ein paar leise Worte mit seiner Frau. Dann nahm er ihre Position am Kopfende meiner Tochter ein, während sich Ly mir zuwandte.

Rückblickend musste ich respektvoll anerkennen, wie verdammt gut Ly das gehändelt hatte.
Sie führte mich weg vom Geschehen. Im letzten Winkel des Gartens gingen wir hin und her, ohne, dass ich es recht bemerkte, dass wir uns überhaupt bewegten, aber wir taten es und die Bewegung tat mir gut. Soviel wusste ich im Nachhinein noch zu sagen.
Als sie mich fragte, ob ich versucht hätte, die Wunde auszusaugen, fiel es mir wie Schuppen von den Augen. Ich Idiot! Umso erstaunter war ich, als sie mir auf mein kleinlautes Verneinen hin erleichtert erklärte, dass das auch grundlegend falsch gewesen wäre. Sie erklärte, dass das Gift eines Skorpions in einem Kinderkörper stärker wirkte, als bei einer erwachsenen Person. Außerdem verteilte es sich bei Aufregung schneller und von daher sei es immens wichtig, Ruhe zu bewahren.

Ly erkundigte sich nach Scherengröße, Farbe und Körper des Skorpions. Bereitwillig gab ich Auskunft, woraufhin sie nachdenklich und mit finsterer Miene ihren Kopf hin und her wiegte. Nach einiger Druckserei gab sie zu, dass je kleiner die Zangen im Vergleich zum Schwanz des Tieres, desto toxischer sein Gift. Es gab Skorpione, die, einfach weil sie sich erschreckten oder ihrem Gegner signalisieren wollten, dass mit ihnen nicht zu spaßen sei, zustachen, ohne Gift abzusondern. Als Warnung sozusagen. Wenn der Skorpion aber sehr jung und erfahrungsarm war und zeigen wollte, was er alles drauf hatte oder aber sich einem lebensbedrohlichen Angriff ausgesetzt sah, so floss Gift. In Helenes Fall sei eindeutig Gift im Spiel, war sich Ly sicher. Sie sagte das mit ernstem Gesicht und Tonfall, dass sich mein Alles-wird-gut-Gefühl von jetzt auf gleich in Luft auflöste. Während sie mir erklärte, dass es jetzt primär wichtig sei, die Atmung und den Herzschlag Helenes aufrecht zu erhalten, wuchs ein glühender Kloß in meinem Magen, der mich von innen her zu verbrennen drohte. Genau an diesem Punkt wurde mir schmerzlich bewusst, wie viel ich besaß und wer bekanntlich viel hatte, konnte viel verlieren.

Zuerst war ich mir sicher, ganz sicher, nicht von der Seite meiner Tochter weichen zu wollen. Ly hatte mit mir geredet und ich hatte alles hinterfragt. Nein, es gab kein Gegenmittel im Dorf, welches in der früheren, zivilisierten Welt bei solch einem Vorfall verabreicht worden wäre. Helenes kleiner Körper musste da allein und ohne Hilfe durch. Herzschlag, Atmung, Zeit. Mehr brauchte es nicht, um wieder gut zu werden. So saß ich also neben meiner kleinen Tochter, deren Leben doch gerade erst begonnen hatte, hielt die schlaffe Hand und betrachtete ihr bleiches, schweißnasses Gesicht. Flache Atmung. Kaum spürbarer Puls. Und ich daneben. Ich, der heulte wie ein Schlosshund und nicht in der Lage war, als Helenes Herzschlag für gefühlt entsetzlich lange Augenblicke aussetzte, geistesgegenwärtig richtig zu reagieren. Stattdessen rief ich panisch um Hilfe. Tho kam angerannt und gab meiner Tochter eine Herzdruckmassage. Er kniete halb auf ihrem Oberkörper und ich wollte ihn am liebsten anschreien, dass er ihr doch so die Rippen bräche, doch ich konnte nur reg- und sprachlos mit ansehen, was sich vor meinen Augen abspielte.

Er brachte das Organ dazu, seinen Dienst wieder aufzunehmen. Ich glaubte zu sehen, wie er mich kurz danach vorwurfsvoll anschaute und tat das einzig Sinnvolle. Ich kapitulierte und überließ das Feld den Profis. Dem Leben meiner Tochter zuliebe.

Tho und Ly versprachen, sich mit der Wache abzuwechseln. Anfangs tigerte ich in ihrem Garten auf und ab. Mit an Bord ein Gedankenkarussell, welches einfach nicht aufhören wollte, sich wie wild zu drehen. Dann kam mir in den Sinn, dass ich etwas tun musste. Irgendetwas Nützliches, um die grausame Zeit des Wartens einigermaßen zu überstehen.
Als ich nach Hause lief, hielt ich auf halber Strecke inne, die Augen gen Himmel gerichtet.
„Wenn du das hier amüsant findest, dich daran aufgeilst, wenn du auch nur ansatzweise Einfluss nehmen kannst und das hier trotzdem zulässt, schwöre ich dir, wenn du mir mein Kind nimmst, mache ich hier Schluss! Dann komme ich und sage dir persönlich meine Meinung!"
Ich presste die Worte zwischen meinen Zähnen hervor. Tränen, vermischt mit Schmutzpartikeln, brannten mir in den Augen.

Ich erntete hier und da etwas im Garten. In Helenes Garten. Mein Herz war schwer wie Blei. Im Haus entnahm ich unserer Vorratstruhe diverse Zutaten. Ich kochte einen Eintopf. Mit Liebe, Herzblut und etlichen, salzigen Tränen. Zusätzlich hatte ich einen Ingwer-Minztee gekocht und eine kleine, alte, blecherne Milchkanne mit Henkel benutzt, um den Tee zu transportieren. Beides trug ich nun (Eintopf in der linken, die Kanne mit dem Tee in der rechten Hand) zum Grundstück von Ly und Tho. Es war mitten in der Nacht. Ich hielt es aber nicht mehr aus und niemals würde ich auch nur ein Auge zubekommen, also hatte ich mich auf den Weg gemacht. Eintopf und Tee würden heiß, lauwarm und auch kalt schmecken. Außerdem wäre ja mindestens einer der Beiden wach, da die Vitalfunktionen Helenes überwacht werden mussten.

Ich war fast da. Lief ich auf einmal langsamer? Was wäre, wenn...Nein, nein! Sie hätten mich doch längst benachrichtigt, wenn es schlecht um meine Tochter stünde. Aber was, wenn sie einfach aufgehört hatte zu atmen und Ly und Tho davon nichts mitbekommen hatten, weil sie vor Erschöpfung eingeschlafen waren?

Schluss jetzt! Ich würde da jetzt reingehen und meine

Pflichten als Vater und als Freund erfüllen! Was war ich denn bitteschön für ein Mensch, mich einfach davonzustehlen und in eine Ecke gekauert abzuwarten, ob sich alles wieder von selbst richtete?

Meine Schritte beschleunigten sich. Die Kanne mit dem Tee baumelte bedrohlich hin und her. Gerade noch rechtzeitig, konnte ich deren Bewegung austarieren, ohne, dass etwas überschwappte.

Im Garten war niemand. Der Mond beleuchtete die Szenerie gespenstisch. Die Liege, auf der Helene vor Stunden noch so geschwächt gelegen hatte, stand verwaist auf der Terrasse. Ich atmete die aufkommende Panik und die Tränen weg und schritt an ihr vorbei, ins Innere.

Stille. Irgendwo im hinteren Teil flackerte warmes Licht. Dorthin befahl ich meinen Füßen zu gehen.

Helene lag im Bett. Eine Kerze brannte. Tho saß auf einem Hocker, direkt neben dem Bett, mit geschlossenen Lidern, seitlich gegen die Wand gelehnt. Eine seiner Hände, um das Handgelenk meiner Tochter gelegt. Ly schlief zusammengerollt auf der anderen Seite neben dem Bett, auf dem Boden.

Plötzlich blickte Tho auf.

Er hatte mich wohl kommen hören, denn er erschrak gar nicht. Seine Augen sahen müde aus, er war aber wach, lächelte, löste seine Hand von Helenes Arm und bedeutete mir mit einem kurzen Kopfnicken und einer Daumen-nach-oben-Geste, dass alles in Ordnung war.
Der Felsbrocken, der sich in genau diesem Moment von meinem Herzen löste und hinfort polterte, hätte, so er denn körperhaft gewesen wäre, die Erde erbeben lassen.
Die Erleichterung brach sich Bann und ich konnte ein Schluchzen nicht unterdrücken, von dem auch Ly wach wurde. Verschlafen blinzelte sie erst mich an, dann hob sie ihren Kopf und schaute nach Helene. Als ihre Augen zu mir zurückkehrten, spielte auch um ihre Mundwinkel ein leichtes Lächeln.
„She made it."

Nachdem man mir Tee und Eintopf abgenommen hatte, trat ich an das Bett. Ich strich Helene übers Gesicht und stellte mit Erleichterung fest, dass es sich vollkommen normal anfühlte. Keine Anzeichen mehr von Fieber oder kaltem Schweiß. Als ich vorsichtig ihr Handgelenk nahm, um mir den Einstichpunkt etwas genauer zu besehen, entzog sie mir ihren Arm, drehte sich auf die Seite, winkelte Arme und Beine an und schlief einfach weiter. Sie kam zu Kräften!

Die Nacht war lau genug, dass wir uns samt Eintopf und Tee (beides jetzt tatsächlich lauwarm) auf der Terrasse wiederfanden, um Helene nicht ihres erholsamen Schlafes zu berauben.
Tho hatte Becher, Schüsseln und Löffel herausgetragen.
Ich bedankte mich von Herzen und mit Tränen in den Augen bei meinen Freunden, denen, zu meiner großen Freude, meine Kochkünste und der Tee zu schmecken schienen. Das Angebot, bei Sybill vorzusprechen, um Tho und Ly den kommenden Tag frei zu verschaffen (ich hatte mir überlegt, zwei meiner Sonntage zu opfern, um den jeweils fehlenden Arbeitstag von Ly und Tho zu kompensieren oder aber die gesamte Woche früher anzufangen und länger zu bleiben, das sollte Sybill entscheiden), wurde vehement abgelehnt. Ich konnte also nichts weiter tun, als mich fortwährend und demütigst zu bedanken. Die beiden zeigten sich sichtlich gerührt und wir nahmen uns oft und lange in den Arm.
Noch graute der Morgen nicht und wir entschieden, dass wir uns eine Mütze Schlaf redlich verdient hatten. Ich würde es

mir mit einer Decke auf der Liege, die immer noch auf der Terrasse stand, bequem machen, während Ly und Tho sich drinnen zur Ruhe begaben. In ein paar Stunden, bei einem gemeinsamen Frühstück, wollten wir dann sehen, inwieweit sich Helenes Zustand verbessert hatte, um dann die Arbeit auf dem Feld in Angriff nehmen zu können.
Mit der (wie ich fand, berechtigten) Hoffnung auf einen ganz normalen Arbeitstag, den ich mit meiner Tochter an meiner Seite verbringen durfte, schlief ich ein.

18

Es war Samstag und Helene war nach der Feldarbeit (sie hatte sich schnell erholt, trotzdem bestand ich darauf, dass sie sich die meiste Zeit im Schatten aufhielt und sich ausruhte) mit zu Ly und Tho gegangen. Es stand zwar kein Feuerfest an, dennoch hatten wir vereinbart, den Abend gemeinsam zu verbringen. Das Ganze sollte bei uns stattfinden und da ich vorhatte, einen delikaten Snack zum späten Abend zu reichen und dafür noch Besorgungen zu erledigen waren, hatte ich meine Tochter direkt bei Arbeitsende verkauft.

„Gaaht es der Kleinen wiedr guat?"

Die Frage des Schweizers klang nicht nach einer Höflichkeitsfloskel, sondern ließ ehrliche Anteilnahme erkennen.

Ein wenig seltsam war es ja schon, dass ich so spärlichen Kontakt zu den beiden deutschsprachigen Schweizern pflegte, aber sie waren schließlich auch etwas seltsam, der Jovin und der Fadri. Die vietnamesischen Feldarbeiter hatten ihren Palmwein. Die Schweizer hatten Hanf. Jeder wusste, dass Sybill Drogen jedweder Art verachtete. Verbotene Früchte schmeckten aber nunmal umso süßer. Also hatten die Schweizer Jungs einen Weg gefunden, Hasch anzupflanzen. Etliche Male kam ich nicht umhin, ihre geröteten Augen zu bemerken und die übertrieben, entspannte Lustigkeit, mit der sie einem dann begegneten. Das A und O war, es nicht zu übertreiben. Es gab Abende, an denen wir uns am Palmwein berauschten, doch immer in dem Maß, dass wir am nächsten Morgen unserer Arbeit nachgehen konnten. Die Schweizer kifften ab und zu, jedoch nie im Dienst oder davor. Das war diszipliniert genug, um nicht aufzufliegen. Da keine Neuankömmlinge mehr vorbeigekommen waren, wurden die Wachdienste von Jovin und Fadri überflüssig und Sybill hatte begonnen, die beiden anderweitig einzusetzen. Seit geraumer Zeit arbeiteten sie deshalb am Fischteich, in dessen Nähe ich gerade unterwegs war. Also sie arbeiteten nicht an dem Teich als solches, sondern waren verantwortlich für die Futterzubereitung und dessen anschließende Zuführung an den Fischbestand.

„Danke der Nachfrage, Jovin. Helene ist zum Glück wieder wohlauf und voll in ihrem Element. Sie buddelt unverdrossen im Garten herum. Ich habe ihr das Versprechen abgenommen, achtsam zu sein. Die Angst, dass sie irgendetwas Giftiges beißt oder sticht, scheint bei mir definitiv größer zu sein, als bei ihr selbst", erwiderte ich und begleitete meine Aussage mit einem gekünstelten Lacher. Es traf sich gut, dass ich auf Jovin gestoßen war, da ich etwas von ihm wollte. Was im eigenen Garten wuchs, durfte man für sich behalten. Anders sah es mit dem Ertrag aus, der im Dorf, auf den Feldern, am Fischteich oder auf Ausflügen nach draußen erbracht wurde. Dieser gehörte der

Gemeinschaft, der Sybill vorstand und welcher ohne ihr Einverständnis nicht angerührt werden durfte. Nun waren Theorie und Praxis bekanntermaßen zwei unterschiedliche paar Schuhe. Es galt das Credo: Wenn du etwas abzwackst, dann maßvoll.

„Jovin, ich brauche ein, zwei Fische."

Ich hatte für den heutigen Abend, in unserem selbst gebauten Ofen, einen Mangokuchen gebacken. Genauer gesagt waren es zwei. Den zweiten, etwas kleineren Kuchen präsentierte ich nun Jovin. (Tauschgeschäfte waren interessant und nützlich für beide Seiten.) Jovin blickte auf den noch warmen Kuchen, kam mit seiner Nase dem entgegen, sog hörbar Luft durch sein Riechorgan und ließ dann ein annerkennendes „Hmmm" vernehmen. Anschließend sah er mich an, nickte und sagte: „Einverstanden."

Wir standen am Wasser des Fischteichs, in dem quirliges Leben erwachte, als Jovin seinen Kescher dort eintauchte. Lange benötigte er nicht, um zwei kapitale Gelbflossenmakrelen ans Tageslicht zu befördern. Er schnappte sich ein bereitliegendes Rundholz und beendete ihr nervöses Zappeln mit je einem gekonnten Schlag. Beide Fische wickelte er in große, grüne Blätter und klagte mir dabei sein Leid. Die Wacheinteilungen früher, ja, die waren in Ordnung gewesen. Keine schwere, körperliche Arbeit und vor allem, kein Fischgestank, den man partout nie ganz abgewaschen bekam. Bei einer seiner seltenen Atempausen, erkundigte ich mich höflich nach Fadri, hörte aber nur mit einem halben Ohr hin, als Jovin berichtete, wie Fadri gerade irgendwelche Fischabfälle zu Fischmehl verarbeitete, um damit dann wieder den Frischfisch füttern zu können. Ich wollte los und mich um die Bouillabaisse á la moi kümmern, die ich vorhatte mit dem eingetauschten Fisch zu zaubern. Also leitete ich schließlich die Verabschiedungszeremonie ein, bestellte höflicherweise beste Grüße an Fadri, nahm ebensolche für Helene entgegen und umarmte Jovin einmal herzlich. Er roch tatsächlich nach Fisch.

In unserer Hütte hing noch der Duft von frisch gebackenem Kuchen und machte unser Zuhause zu einem noch wärmeren, behaglicheren Ort, als er es ohnehin schon war.

Kochen entschleunigte so herrlich. Man erarbeitete etwas so

Einfaches und Nützliches wie eine Mahlzeit und fand darin eine Art von Befriedigung, die sich mit nichts anderem vergleichen ließ.

Ich hatte mir alles zurecht gelegt. Schneidbrett, Messer, saubere Schüsseln, eine etwas größere für den Abfall. Alle Zutaten, die ich benötigte, verstaute ich ordentlich und in Reichweite meines Schneidbrettes auf dem Küchentisch. Ein anständiges Mise en Place war eben das A und O. Ohne eine organisierte Vorbereitung war das Endprodukt meiner Meinung nach zum Scheitern verurteilt. Ich hatte gehofft, das Ausnehmen der Fische noch vor dem Abendessen in der Gemeinschaftsbaracke bewerkstelligt zu bekommen, aber mir lief die Zeit davon. So wusch ich mir die Hände mit dem Wasser in der Regentonne, benetzte meinen Nacken und Gesicht mit dem kühlen, frischen Nass und machte mich auf den Weg.

Wie schon beim letzten Mal wurde ich bereits erwartet und meine Tochter begrüßte mich, indem sie auf mich zuraste und dabei die Arme ausstreckte.

Unter den gegebenen Umständen, ging es mir doch

verdammt gut, dachte ich, während ich Helene an mich drückte.

Es roch schon eigenartig, als wir die Räumlichkeiten betraten.

Man servierte Reisbandnudeln (leider völlig verkocht und daher matschig) mit Fischsoße, bei der sich mir die Vermutung aufzwängte, es handele sich um Fischabfälle, welche Fadri vergessen hatte, zu Fischmehl zu verarbeiten. Zu allem Übel kam das Ganze auch noch lauwarm daher. Helene schob ihren Teller, nach einer Kostprobe, mit einem herzhaften: „Bäh!“ weit von sich. Tja, dachte ich belustigt, Kindermund tut Wahrheit kund. Zumindest spielte mir dieses verkorkste Mahl in die Karten, da mein spätabendliches Essen so erst die entsprechende Würdigung erfahren würde. Ich kaute bedächtig, hielt inne und zog ein knochengleiches Stück Gräte zwischen meinen Zähnen hervor, nahm noch einen Löffel vom Nudelmatsch und dann hatte auch ich genug.

Auf dem Heimweg erkundigte ich mich bei meiner Tochter, ob sie es vorzog, mir beim Kochen zur Hand zu gehen oder sie lieber im Haus etwas spielen wollte. Da es bereits dunkel war, war der Garten tabu, das wusste sie aber. Sie entschied sich dafür, mir beim Gemüse schnippeln helfen zu wollen, was mich freute und sie bekam von mir einen Kuss auf die Stirn.

„Papa, wenn ich erwachsen bin, will ich nicht auf dem Feld arbeiten."

Helene zerkleinerte auf eigenen Wunsch die Zwiebeln.

„Aha. Sondern?"

Ich war dabei den Fisch auszuputzen. Kiemen durchtrennen, sauberer Bauchschnitt, Innereien in die Abfallschüssel, Kopf und Schwanz mit Mittelgräte ebenso. Dann die verbleibenden Filets noch einmal nach kleineren Gräten absuchen.

„Ich will lieber draußen nach Schätzen suchen!"

Ich konnte sie verstehen. Sehr gut sogar. Zulassen konnte ich so etwas allerdings mitnichten.

„Helene, du weißt, dass es da draußen lebensgefährlich ist, oder?"

„Ja, weiß ich. Hier drinnen ist es aber langweilig."

„Du findest deinen Garten und deinen Papa langweilig?"

„Das habe ich nicht gesagt! Du hörst nicht richtig zu!"

Helenes Augen funkelten wütend. Sie hatte aufgehört die Zwiebel zu zerkleinern, die vor ihr auf dem Brettchen lag. Ich hielt besser mal kurz meinen Mund, dachte ich.

„Wenn ich erwachsen bin, habe ich gesagt. Warum sollte ich dann auf dem Feld arbeiten? Das kenne ich doch schon!"

Ihre Argumentation war leider gut. Zu gut, für meinen Geschmack. Ich musste schlau kontern.

„Darüber können wir reden, wenn es soweit ist."

Meine Tochter war eingeschnappt. Sie brodelte innerlich und knirschte mit den Zähnen; ich sah es genau. Als der Erwachsenere hätte ich wohl pädagogisch richtig und beschwichtigend auf sie einwirken sollen. Das Problem war nur, dass ich ebenso eingeschnappt war. So tätigten wir stumm unsere Handgriffe, bis ich plötzlich bemerkte, wie Helene Tränen in den Augen standen. Erschrocken wollte ich sie in den Arm nehmen und ihr sagen, dass es mir leid täte, da herrschte sie mich fauchend an: „Es ist gut Papa, das sind nur die Zwiebeln!"

Wir hielten unsere Trotz-Schilde tatsächlich bis zum

Eintreffen Lys und Thos wacker oben. Vor unseren Gästen war dann erst einmal gute Mine zum bösen Spiel angesagt. Erst als ich zwischendurch kurz zur Erledigung des kleinen Geschäftes hinter unserer Hütte verschwand, wurde mir von jetzt auf gleich klar, wie sinnlos meine an den Tag gelegte Bockigkeit war und wie sehr ich das unbeschwerte Verhältnis zu meiner Tochter vermisste. Ich beschloss, mich Helene gegenüber wieder lieb zu zeigen, so wie sie es auch verdient hatte. Ich war ihr Vater, ihr Fels in der Brandung. Bedingungslose Liebe hatte sie von mir zu erwarten und was tat ich? Ich war eingeschnappt, weil sie nicht so tickte wie ich. Ich dachte darüber nach und fand den Fehler. Gerade wollte ich neuen frohen Mutes zurückkehren, als mich Ly vor dem Eingang abfing.

„Did you put up a fight?“ You and your daughter?“

Man hatte es uns also doch angemerkt, stellte ich betreten fest. Dabei waren wir zwar distanziert, dennoch sehr höflich miteinander umgegangen, als unser Besuch eingetroffen war. Ich seufzte und zog die Schultern hoch.

„Yes, we did.“

Ly lächelte und erwiderte: „Give her a hug.“

„I´ve been thinking about the same thing“, entgegnete ich

und umarmte nun sie.
Zurück in unserer Hütte, besprach Tho gerade etwas auf Vietnamesisch mit meiner Tochter, die zu mir herüber sah, als ich eintrat. Kein wütendes Funkeln in ihren Augen. Gott sei Dank. Ich ging direkt zu ihr und umarmte sie. Sie ließ es geschehen.
„Ich hab dich lieb, egal was du tust, okay?“, flüsterte ich ihr ins Ohr.
„Okay Papa“, sagte sie und erwiderte meine Umarmung.

So war es uns allen dann doch noch vergönnt, diesen Abend gemeinsam und ohne Groll zu genießen. Die Fischsuppe wurde übrigens in den höchsten Tönen gelobt. (Sie war mir aber auch mehr als gelungen.)
Wir Erwachsenen aßen jeweils drei Teller von der Suppe plus einem Stück Kuchen. Helene hielt es damit genau umgekehrt. Auch sie aß Suppe, aber eben nur einen Teller, dafür gab es bei ihr reichlich Nachschlag beim Kuchen. Da mussten wir anderen dann kapitulieren, weil einfach nichts mehr hinein passen wollte.

Einen Tag darauf saß ich an einem ganz herrlichen Sonntagvormittag auf einem äußerst bequemen, hölzernen Schaukelstuhl (ich hatte den Stuhl unlängst in Einzelteilen in einer Ecke des Vorratscontainers entdeckt und ihn nach und nach wieder hergerichtet) im Garten und schaute meiner Tochter dabei zu, wie sie neue Pflanzen in ihrem Garten integrierte und kultivierte. In meinen Händen eine dampfende Tasse Ingwer-Minztee, genoss ich das laue Lüftchen, welches mir, durch die umliegenden Bäume hindurch, um die Nase strich. Fasziniert betrachtete ich die Vielfalt von Leben, die sich auf dem Quadratmeter abspielte, den ich gerade genauer beobachtete. Fliegen, Raupen, Würmer – allesamt waren emsig beschäftigt. Zahlreiche Ameisen schienen auf den ersten Blick vollkommen kopflos und willkürlich umher zu krabbeln. Fokussierte ich ihr Treiben, offenbarte sich mir dann aber die Ordnung und Struktur, mit der die sogenannte Waldpolizei Blattstückchen, Tannennadeln oder versehrte Kameraden transportierte. Jede einzelne Ameise diente dem Wohl der Gemeinschaft und ordnete sich dem Wachstum des Staates unter, in dem sie lebte. Ihre Rolle war vorherbestimmt und wurde nicht hinterfragt. Blieb übrig zu wissen, ob diese Tiere in ihrem durchorganisierten Leben zu beneiden oder eher zu bedauern waren.

Ameisen betrieben sogar Laus-Tierhaltung. Mit hierarchischer Arbeitsteilung und permanenter Kommunikation schafften diese winzigen Tierchen Großes. Interessant fand ich die Rolle der Kundschafterameise, welche in meinen Augen von allen am eigenverantwortlichsten agierte. Entdeckte eine solche Ameise auf ihren Streifzügen eine schmackhafte Nahrungsquelle, hinterließ sie auf ihrem Weg zurück zum Bau eine punktuelle Duftspur. Andere Ameisen rochen diesen Braten, folgten der Spur und verstärkten diese. Umso intensiver ein Pfad duftete, desto mehr Ameisen kümmerten sich darum. Ein Erfolgsrezept, denn so gelangten viele Tiere dorthin, wo vereinte Kräfte gebraucht wurden.

Es war etwas frischer als sonst oder täuschte ich mich? Ich musste mich kurz räuspern, ehe ich einen weiteren, wohltuenden Schluck meines Tees trinken konnte. Die kommende Woche würde mir einiges abverlangen. Die Guavenernte stand kurz bevor. An sich fand ich Guaven als Speise eher unspektakulär, doch Ly hatte sie einmal in mundgerechte Stücke geschnitten und dazu Chili-Salz gereicht. Der milde, leicht säuerliche Geschmack der Guavenschnitze, passte ganz hervorragend zu der scharfen Würze des Salzes. Man konnte eben mit den einfachsten Mitteln schmackhafte Speisen kreieren. Ich musste dringend mal mit Sybill reden. Mir schwebte eine Versetzung in die Küche vor. Natürlich nur, wenn dies eigenverantwortlich und mit ausreichendem Handlungsspielraum geschah. Ich konnte mir gut vorstellen, die aktuell existierende Küche, zu einer vorzeigbaren zu machen. Vielleicht erst einmal nur probehalber. Für einen Monat oder so. Nach Ablauf der Zeit würde man Résumé ziehen und gemeinsam über eine etwaige Weiterführung entscheiden. Solch eine Veränderung würde auch Helene gut tun, wie ich fand. Einen weiteren Mundvoll aus meiner Tasse nehmend, verschluckte ich mich leicht (wahrscheinlich war das der knarzenden Schaukelbewegung meines neuen Stuhls geschuldet) und musste husten. Ich setzte mich etwas aufrechter hin, um den Hustenreiz loszuwerden. Abermals hustete ich.

Und noch einmal, diesmal etwas kräftiger.

Das war das Leben.

Printed in Poland
by Amazon Fulfillment
Poland Sp. z o.o., Wrocław

61579975R00181